中國語言文字研究輯刊

二一編

許學仁 主編

第 **18** 冊

元泰定乙丑圓沙書院所刻《廣韻》研究

李福言 著

花木蘭文化事業有限公司

國家圖書館出版品預行編目資料

元泰定乙丑圓沙書院所刻《廣韻》研究／李福言 著 -- 初版
-- 新北市：花木蘭文化事業有限公司，2021〔民 110〕
目 2+282 面；21×29.7 公分
（中國語言文字研究輯刊 二一編；第 18 冊）
ISBN 978-986-518-671-5（精裝）
1. 廣韻 2. 版本學 3. 研究考訂
802.08   110012611

ISBN-978-986-518-671-5

9 789865 186715

中國語言文字研究輯刊
二一編　　第十八冊　　　　　　　ISBN：978-986-518-671-5

元泰定乙丑圓沙書院所刻《廣韻》研究

作　　者　李福言
主　　編　許學仁
總 編 輯　杜潔祥
副總編輯　楊嘉樂
編　　輯　許郁翎、張雅淋、潘玟靜　美術編輯　陳逸婷
出　　版　花木蘭文化事業有限公司
發 行 人　高小娟
聯絡地址　235 新北市中和區中安街七二號十三樓
　　　　　電話：02-2923-1455／傳真：02-2923-1452
網　　址　http://www.huamulan.tw 信箱 service@huamulans.com
印　　刷　普羅文化出版廣告事業
初　　版　2021 年 9 月
全書字數　148262 字
定　　價　二一編 18 冊（精裝）　台幣 54,000 元　　版權所有‧請勿翻印

元泰定乙丑圓沙書院所刻《廣韻》研究

李福言 著

作者簡介

李福言，男，1985 年生，江蘇豐縣人，任教於江西師範大學文學院，講師，碩士生導師。武漢大學文學博士，北京語言大學在站博士後。主要研究方向為音韻異讀、歷史方言文獻。主持教育部人文社科青年項目一項，中國博士後第 67 批面上二等資助一項，江西省文化藝術重點項目一項，江西省社科青年項目兩項，江西省高校人文社科青年項目兩項。入選江西師範大學 2017 青年英才培育計劃。出版專著多部，在《歷史語言學研究》《漢語史研究集刊》《勵耘語言學刊》《中國文字研究》《語言研究集刊》等學術刊物發表論文多篇。

提　要

　　杜信孚所輯七種元代江西書院中，性質複雜。作者似乎認為所有涉及「書院」名字的都應該是書院刻書，經筆者考察，真正屬元代江西刻書書院的可能只有興賢書院、廣信書院、武溪書院。圓沙書院有可能是江西的書坊，但是由於江西福建毗鄰，所以刻書具有建陽刻書的特點。江西、福建因為毗鄰，具有相同的文化圈，所以相互影響。筆者重點比較了俄藏黑水城本這一詳本且出現較早的版本，比較了重修廣韻以及原本廣韻，比較了元代同樣是略本廣韻的南山書院本，比較了古逸叢書本這一在圓沙書院本之後重修的版本。目的就是通過比較，來認識泰定圓沙書院本《廣韻》的特點，並盡可能的梳理版本源流。

　　雖然《原本廣韻》與泰定圓沙書院本《廣韻》有很多相似處，但是二者仍有差異，具體表現在圓沙書院本有訛誤而《原本廣韻》沒有，圓沙書院本與《重修廣韻》有相同處而與《原本廣韻》並不一致，所以我們認為圓沙書院本與《原本廣韻》雖然同屬略本系統，但是與《原本廣韻》相比，泰定圓沙書院本與南山書院本的關係更近一些。通過比較泰定圓沙書院本與南山書院本平聲東韻字的所有內容，發現二者完全一致。朴現圭、朴貞玉（1986：84）指出至正丙午南山書院本由泰定乙丑圓沙書院本而來，這是可信的。元代泰定年間圓沙書院曾刻有簡本《廣韻》，泰定圓沙書院本與《原本廣韻》雖然同屬略本系統，但是與《原本廣韻》相比，泰定圓沙書院本與南山書院本的關係更近一些。

　　簡本《廣韻》主要對注解、引文、典故進行省略，這種省略與《廣韻》的前身《切韻》係韻書性質不同，簡本《廣韻》主要是在《廣韻》基礎上的省略，其又音異讀並沒有省略，音系框架還是《廣韻》性質的。簡略的《廣韻》仍有工具書查找音義的作用，仍是為科舉服務的。但是其類似類書的功能減弱了。

江西省文化藝術重點項目
「元代江西書院刻書與區域文化研究」
（YG2018275I）成果

目 次

緒　論

第一節　書院刻書問題研究綜述

葉德輝《書林清話》（1990 年版）卷四論及元代監署各路儒學書院醫院刻書以及私宅家塾刻書、書坊刻書、建安葉氏刻書、廣勤堂刻萬寶詩山等情況。

劉實《略論我國書院的教學與刻書》（《浙江師範學院學報》1982 年第 1 期）在介紹書院刻書部分，指出，「在我國雕版印書歷史上，書院刻書著名者，是元代杭州的西湖書院……不過，西湖書院原為宋代太學故址，至元始改成為藏書、刻書、專事出版的機構，它不同於一般的書院，並不以聚徒講學為主。」（頁 60）作者還指出，「另外，在書院刻書中，也有的是以書院名義刊行，而實為私家主持刻印的，如元代的方回虛谷書院刻《筠溪牧潛集》，詹氏建陽書院刻《古今源流至論》，潘屏山圭山書院刻《集千家注分類杜工部詩》，平江路天心橋南劉氏梅溪書院刻《鄭所南先生文集》、《清雋集》、《百二十圖詩》、《錦殘餘笑》……」（頁 60）。

曹之《書院刻書漫話》（《四川圖書館學報》1985 年第 2 期）首先介紹了書院的歷史，進而介紹了宋到清書院刻書的概況。筆者轉引如下：「元代書院刻書見於著錄的有十七家之多。這些書院及其所刻書是：興賢書院至元 20 年（1283）刻《濂南遺老集》；廣信書院大德三年（1299）刻《稼軒長短句》；宗

文書院大德六年（1302）刻《經史證類大觀本草》；梅溪書院大德十一年（1307）刻《校正千金翼方》、泰定元年（1324）刻《類編標注文公先生經濟文衡》、泰定四年（1327）刻《書集傳纂疏》、元統二年（1334）刻《韻府群玉》、後至元三年（1337）刻《皇元風雅》等；圓沙書院延祐二年（1315）刻《大廣益會玉篇》、延祐四年（1317）刻《新箋決科古今源流至論》和《皇鑒箋要》、延祐七年（1320）刻《山堂考索》、泰定二年（1325）刻《廣韻》等；西湖書院後至元五年（1339）刻《文獻通考》、至正二年（1342）刻《國朝文類》、至正二十三年（1363）刻《金陀粹編》；蒼岩書院刻《標題句解孔子家語》、《紀纂淵海》等；武溪書院泰定三年（1326）刻《新編古今事文類聚》；龜山書院至順四年（1333）刻《道命錄》；建安書院至正九年（1349）刻《蜀漢本末》；屏山書院至正二十年（1360）刻《止齋先生文集》、《方是閒居士小稿》；豫章書院至正二十五年（1365）刻《豫章羅先生文集》；南山書院至正二十六年（1366）刻《廣韻》；臨汝書院刻《通典》；桂山書院刻《孔叢子》；梅隱書院刻《書集傳》；雪窗書院刻《爾雅郭注》等等。」（頁70）作者還指出明代書院刻書見於著錄的有十六家，清代書院刻書有二三十家。作者還討論了書院刻書的內容，約分為兩類，一類是書院師生自己的著述，一類是歷代文獻。作者還分析了書院刻書的原因，首先是「書院擁有大量藏書，其中多有善本。這不僅可以為刻書提供較好的底本，而且是校勘工作的重要保證。」（頁73）其次是「山長學術水平較高，精於校勘，這就從根本上保證了刻書的質量。」還有「書院擁有大量學田，這是書院經費的主要來源之一。政府所撥經費，大多是撥給田產，私人籌措經費，亦多捐贈田產。書院經費收入主要靠田租……書院把這些田租給佃農，按時收租。」（頁74）這些論述對於我們認識元代書院刻書有參考價值。

魏隱儒《中國古籍印刷史》（印刷工業出版社1988年）在第十二章「元代的刻書事業」討論了元代的刻本種類與刻書特點。

李致忠《歷代刻書考述》（巴蜀書社1990年版）介紹了歷代刻書的概況，其中對元代刻書進行了探討，從元代刻書的時代背景、刻書機構、管理機關、刻書特點、刻書禁例展開。作者指出，「元朝官刻書籍除上述者外，最主要、最大量的還是由各個機關輾轉下達給各路儒學、書院、郡庠、郡學、儒司所

刻的書。」（頁 186）「元時官方的刻書出版事業，之所以中書省也管，正是由於這種政權體制所決定的，是封建集權統治所必須的，也反映出元朝對刻書的管理制度是嚴格的。」（頁 187）作者舉《國朝文類》刊印的過程來說明元朝對刻書管理的嚴格程度。首先翰林國史院進呈奎章閣授經郎蘇天爵編輯的《國朝文類》，翰林國史院得到呈奏後，又轉呈禮部，禮部議准後，又呈中書省，中書省議准禮部咨文，最後由江浙行省下江南浙西道肅政廉訪司書吏，由他交給西湖書院山長，於是《國朝文類》以西湖書院的名義，刊板流行於世。「從此書的編纂、呈請、刊刻過程，一方面說明元朝對刻書管理的嚴密性，另一方面也反映出元朝統治者對有關政治，實關治體、有裨治道的著作，是十分重視的。因此才逐級審核，逐級呈請，最後由書院贍學錢糧內出資刊布流傳。」（頁 188）作者還說，「元朝學校之設，除各路設有儒學之外，並於先儒過化之地，名賢經行之所，與好事者出錢粟贍學者，並立為書院，作為正規學校的補充，同時由國家或私人撥捐學田。」（頁 191）這也是書院刻書的政治經濟保障。所以作者還引用顧炎武的話論證這一現象，「聞之宋元刻書，皆在書院。山長主之，通儒訂之，學者則互相易而傳佈之。故書院之刻有三善焉：山長無事而勤於校讎，一也；不惜費而工精，二也；板不貯官而易印行，三也。」（頁 192）這從側面也反映了書院刻書的特點。

賈秀麗《宋元書院刻書與藏書》（《圖書館論壇》1990 年第 2 期）梳理了宋元書院刻書的年代、書名、卷數等，進而討論了宋元書院刻書的特點，如內容豐富、精於校勘、刻印考究等。

吳萬起《宋代書院與宋代學術之關係》（文史哲出版社 1991 年版）論搜集「宋代書院刊刻圖書見於國內各藏書目錄者」十多種，略述內容（頁 77～80）：

> 竹溪書院
>
> 方岳秋崖先生小稿八十三卷，宋寶祐五年刻。
>
> 丁丙善本書室藏書志卷三十一云：秋崖小稿八十三卷，一刻於開化，再刻於建陽。迨先生之後，咸淳進士曰黃孫，寶祐進士曰石者，又翻刻於竹溪書院。
>
> 白鹿洞書院
>
> 和靖帖，宋淳熙七年五月刻。
>
> 包孝肅詩，南宋刻，無年號。

環溪書院

仁齋直指方論二十六卷。

小兒方論五卷。

傷寒類書活人總括七卷。

醫學真經一卷，宋景定五年刻（書林清話卷三）

建安書院

項安世周易玩辭十六卷，宋嘉定四年刻。（北平圖書館善本書目）

晦庵先生朱文公文集一百卷、續集十卷、別集十一卷，宋咸淳元年六月刊。

陸心源皕宋樓藏書志云：每頁二十行，每行十八字，版心有字數及刻工姓名，卷中有張履祥印、白文方印。（卷八十五）

龍江書院

北溪先生大全文集五十卷，宋淳祐八年刻。

瞿鏞鐵琴銅劍樓藏書目錄卷二十一云：是書初刻於宋淳祐戊申，板藏龍江書院，歲久佚壞。至元乙亥，漳州守張某委學錄黃元淵重刻於郡學。

象山書院

袁燮絜齋家塾書鈔十二卷，宋紹定四年刻。

四庫全書總目提要卷十一云：其書宋史藝文志作十卷，陳振孫書錄解題稱為燮子喬錄其家庭所聞，至君奭而止，則當時本未竟之書，且非手著。紹定四年，其子甫刻置象山書院，蓋重家學，不以未成帙而廢之。

泳澤書院

大學章句一卷、中庸章句一卷、論語集注十卷、孟子集注十四卷，宋淳祐六年八月刻。

陳鱣經籍跋文宋本四書跋云：四書舊先刻者為臨漳本。此宣城舊本，不知視臨漳所刻何如。而繕寫精良，字大悅目，誠為至善。

又云：每頁十六行，行十五字，注作大字，低一格。

白鷺洲書院

漢書一百二十卷，宋刻無年號。

莫有芝宋元舊本書經眼錄卷一云：半頁八行，行正文十六字，注文雙行，二十一字。每卷末皆記二行云：右將監本、杭本、越本及三劉宋祁諸本參校，其有同異，並附於古注之下。又有正文若干字，注文若干字，一行或二行在卷題後。

麗澤書院

呂祖謙新唐書略三十五卷，宋刻無年號（見葉德輝書林清話卷三）

司馬光切韻指掌圖二卷，宋紹定三年三月刻。

陸心源䀝宋樓藏書志卷十六云：先文正公切韻指掌圖，近印本於婺之麗澤書院，深有補於學者，謹重刊於越之讀書堂。又云：案此影抄本宋紹定刊本，每半頁十一行，每行十六字，版心有刻工姓名。

江左書院

儀禮經傳通解集傳集注三十七卷，宋嘉定間刻。

丁丙善本書室藏書志卷二云：其書初刻於南康道院，再刻於江左書院，每頁十四行，行十五字，夾註同，版心有大小字數，刊工姓名。於匡、徵、恒、慎、敦、讓字有闕筆。於《儀禮》則全載鄭注，節錄賈疏，每引溫本及成都石經，足訂注疏之訛。

作者總結說，「由上述各書院刊刻之圖書觀之，其範圍至為廣闊，有經書、有史書、有文集、有醫書，刊刻種類並不限於一端。」另外，「宋代書院刊本誠具有繕寫精良，字大悅目，校讎精審之特色。」（頁81）

黃海明《概述四川尊經書院的刻書》（《四川大學學報》1992年第4期）首先介紹了尊經書院的刻書經過，進而分析了尊經書院的刻書成就，指出，「書院刻書規模較大，數量繁多」，「所刊各書四部皆備，重在經史詞章。」作者還分析了形成這種特點的原因，「這種刻書傾向是和張之洞創辦書院的指導思想分不開的。他在為尊經書院制訂的十八條學規章程中，明確指出經史、小學、輿地、推步、算術、經濟、詩古文辭皆學也，無所不通者代不數人，高材或兼二三門，專門精求其一，性有所近，志有所存，擇而為之，斯於必成，非博不通，非專不精。因此，他鼓勵學生讀有用之書，他的所謂有用之書，包括了用

以考古，可以經世，可以治身心三等，最根本的就是經籍史傳。」（頁 105）其次，「自刻書院師生著述，活躍學術氣氛，這是尊經書院刻書的一大創舉。」第三，「輯刻叢書，頗便於人。」第四，「刻本形式較完整地繼承了前人的優良傳統。尊經刻本全部採用木刻雕板，紙墨工料就地取材，一般都是竹紙，並全部用紙裝裝幀，表現出有清一代的刻書風格。」第五，「刻本注重內容，講究質量。」作者還分析了尊經書院刻書取得成就的原因。「第一，書院刻書出於一定的政治動機。當時的清政府內憂外患，張之洞把教育作為振起頹業之方，深信廣泛地勸學勤業就可以培養出修舉宏綱的人稱。他創辦尊經書院就是希望為四川培養一大批通博之士，致用人才。」（頁 107）「書院刻書也是教育和社會的客觀需要。」其次，「尊經書院具有雕板印書的社會環境和物質條件。」「書院擁有較豐富的辦學經費，這是得以長期刻書的必要條件。」尊經書院經費都是由四川當局直接從府庫中撥給的。另外，「書院有豐富的藏書，保證了刻書具有較好的底本可供遴選，有較好的校本可作甄別。」最後，「書院刻書受到歷任四川學政、書院院長的高度重視。」作者最後分析了尊經書院刻書的作用和影響。比如，「為書院造就大批優秀人才，改變蜀中學風，振興蜀學，提供了大量的參考書和學習資料。」「尊經刻本遠銷省內外，有些還被一些書院、書坊所翻刻。」「尊經書院在一定程度上促進了四川刻書事業的發展。」最後，「為保存和傳播古代文化遺產發揮了積極作用。」

漆身起、王書紅《江西宋元刻書事業初探》（《江西圖書館學刊》1993 年第 1 期）介紹了江西宋元時期官、私、刻書的特點。宋代方面，江西是宋代四大刻書中心之一。作者歸納江西在宋代刻書發達的原因，如經濟發達、造紙業發達、私家藏書發達。進而介紹了宋代江西的刻書機構和刻書概況。官刻方面，公使庫刻書佔有重要地位，如淳熙年間，撫州公使庫刻印漢鄭玄《禮記注》二十卷以及《春秋經傳集解》等，被視為珍品；在書院刻書方面，江西白鹿書院在淳熙年間刻印《論孟要義》以及嘉定年間，白鷺洲書院刻印顏師古《漢書集注》一百卷等。私刻方面，質量和數量不及官刻。作者進而總結宋代江西刻書的特徵，版式方面，「行寬、字疏、白口。前期多半四周單邊，後期逐漸演變為左右雙邊，上下單邊，少數四周雙邊。版心鐫刻字數、書名、卷次、頁碼。官刻書多在卷末鐫刻校勘人銜名，私刻、坊刻書多在卷末鐫刻題記或牌記」（頁 70）；字體方面，顏、柳、歐兼而有之；裝幀方面，主要採用

蝴蝶裝，少數用旋風裝和經摺裝，南宋出現包背裝。元代江西刻書也分為官、私、坊三種。官刻方面麼，有元代江西行中書省刻書較多，還有路府州郡縣儒學刻書，如大德年間信州路儒學刻印唐李延壽《北史》一百卷。書院刻書方面，「元代書院刻書不但數量可觀，而且質量較高，因為主持書院的山長往往是一些有學問的學者，他們往往親自校勘。清代學者顧炎武稱宋元刻書，皆在書院，元代江西書院刻書以大德三年鉛山廣信書院所刻辛棄疾《稼軒長短句》十二卷為最著，此刻本為行書刻寫，字畫圓潤秀麗，堪稱善本。」（頁71）作者進而總結了元代江西書院刻書的特點，即黑口、趙字、無諱、多簡。「所謂黑口，係指每版的中縫線為粗大黑線；所謂趙字，係指元朝刻書大多數是模仿趙孟頫的字，即所謂的吳興體；所謂無諱，係指元朝刻本不像宋刻本那樣，皇帝的嫌名廟諱處處可見，而且沒有諱字；所謂多簡，係指元朝刻本書特別是坊刻書，多用簡體或俗字。元朝刻書的裝幀形式盛行包背裝。」（頁67）

　　漆身起、王書紅《江西明清刻書事業初探》（《江西社會科學》1993年第12期）首先介紹了明代的刻書機構與概況，明代江西刻書分為官刻、私刻、坊刻三種。官刻方面，有布政使司刻書，江西布政使司刻書有二十二種，居全國第三位；有按察使司、分巡道刻書，江西有十六種，居全國第二位；有州府縣刻書，江西有二百九十種，也居全國榜首；藩府刻書，如益王朱祐檳刻書，既多且精，被版本學家稱善；有學校刻書，如書院刻書，不過沒有元代突出，如白鹿書院刻《史記集解》等。私刻方面，「明正德以後，私家刻書漸多，特別是嘉靖以後，私家刻書尤為風行，精品紛呈」（頁149），如高安陳邦瞻所刻《皇王大紀》八十卷。坊刻方面，明代前期版式多為大黑口，字體多用軟體趙字，裝訂形式為包背裝，沿襲元代刻書特徵；中期白口盛行，字體又轉嚮用歐顏體，刊用書籍多用宋刻為模本，反映復宋之古；後期為白口、長字、避諱，裝訂也由包背改為線裝。清代江西刻書也分為官、私、坊三大系統。官刻方面，有江西藩署、撫署刻書，以藩署所刻《經義述聞》質量較高；江西官書局刻書，成為清後期江西官府刻書主體，也是江西第一家專業性的官刻機構，後人稱之為「江西本」；清代府州縣刻書不多；各府州縣官學刻書方面，嘉慶二十一年（1816）阮元在南昌府學刻本《十三經注疏》附校勘記可謂「清代官刻之代表」，此刻本由阮元任江西巡撫時根據宋底本精心校勘刻印而成；書院

刻書，如紫陽書院刻印《鐵橋志書》、鵝湖書院刻印鄭之橋《六經圖》十二卷、白鷺洲書院刻印李祖陶《邁堂文略》一卷、盱江書院刻印李覯《盱江先生全集》三十七卷。清代私刻方面，如南康謝啟昆、鄱陽胡克家、宜豐張自烈等。「清代江西私家刻書，論質量，最著者當首推鄱陽胡克家所刻《資治通鑒音注》和《文選注》……論數量，則當首推新昌胡思敬，他一生潛心圖書的庋藏和刊刻，其刻書堪稱江西第一大家，主要刻有《問影樓輿地叢書》十五種、《問影樓叢刻初編》九種、《退廬全書》、《豫章叢書》一百零三種」（頁 151）。另外，作者還總結了清代江西私刻的突出特點，即叢書出版較多，而且類型多樣，如專門搜輯已失傳的書的輯佚叢書，專門搜輯地方人士著作的都邑叢書，專門搜輯一家一姓著作的氏族叢書，專門搜輯一門學問著作的專類叢書以及反映家藏書籍的家藏叢書等。作者還總結了清代江西刻書的特點，把江西官書局成立為標誌，之前的為前期，之後直到清末為後期。前期字體仍是明末風格，字形長方，橫細豎粗，康熙以後盛行兩種刻書字體，一種是軟體，也稱寫體，一種是硬體，即仿宋體，道光以後，字體呆板；版式上，一般為左右雙欄，大部分為白口，也有少數黑口；裝幀上基本上是線裝。後期，鉛印技術逐漸替代雕版印刷，書籍裝幀由線裝改為精裝、平裝，刻書內容由傳統四部分類的書籍轉為自然科學、應用科學等。總之，作者對明清刻書事業的概況介紹的比較客觀。

　　李才棟《江西古代書院研究》（江西教育出版社 1993 年版）全書共分六章，介紹從唐代到清代江西書院的發展與演變。作者在結論部分總結說，「書院誘聚書、藏書開始，進而發展了著書、編書、校書、刻書、傳書等項事業，又成為學者講學說書，士子求學讀書的教育機構。它不但以大學著稱，而且又是學術研究和學者以文會友的重要場所。」（頁 466）作者認為，書院往往成為學派活動的基地，甚至是學派的發源地。許多書院在學術上又實行「兼容並蓄」，客觀上促進了學術的發展。「鑒於書院系私人、家族或地方公眾所建，故能以其條件之不同而因院、因師地確定各自的辦學方針、課程設置。」（頁 467）「書院一般具有鮮明的自主性質，這與官學不同。書院從民間集資興建，或由個人出資，或由家族籌集……許多書院尚吸收年長學徒參加書院管理。」（頁 469～470）這些結論性認識似乎是古代書院的總體特徵，我們認為對江西書院特點的勾勒還有待加強。對於元代書院的研究，作者認為「元

廷對於書院，採取了相當積極的態度」（頁212），對於元廷創辦書院的辦法，
主要有兩種，「一是接管宋代官辦的書院」，「二是依據好學之家的要求，由地
方呈請，朝廷立案賜額，置田，派官員主持，此類事例甚多。」（頁213）作
者還歸納了元代廣設官辦書院的作用，「從根本上講，通過書院以儒學，尤其
是程朱理學為內容，培養人才、教化鄉里，有利於鞏固元廷的統治。同時，通
過書院的建設發揮了政治上爭取江南士紳的合作，對穩定大局起了重要作
用。」（頁216）作者還統計了江西始建於元代的書院有94所。作者還分章節
重點探討了吳澄與元代江西民間書院的關係問題。作者還從書院發展史的角
度探討過重要人物與書院關係，「江西吳澄治經學，虞集擅文章，馬端臨治史，
三者鼎立，多成於書院之中。吳辦書院，馬任教書院，虞學於書院，其文鐫於
書院，皆與書院相關。可謂元代江西書院中三位著名人物，也是元代中國書
院中的三位著名人物。吳之經學崇朱，而學術思想會合朱陸，虞集承之。馬
為曹涇門人由董氏傳朱學，而鄱陽新安此一派，已流入訓詁，非朱學正統了。」
（頁256）

　　李國鈞《中國書院史》（湖南教育出版社1994年）介紹了唐代以至明清的
書院發展歷史，包括書院制度、書院教育學派以及人物的教育思想，附錄部分
介紹了書院藏刻書與書院教育關係、書院考試制度以及歷代書院名錄，對研究
認識中國書院發展歷史很有參考價值。

　　方品光、陳愛清《元代福建書院刻書》（《福建師範大學學報》1994年第
3期）首先介紹書院刻書緣起，進而介紹元代福建書院刻書興盛的概況，隨後
分析了元代福建書院刻書的類型，如刻印書院創始人或代表人物的著述及研
究成果，或雕刊授課教材或閱讀參考書等。然後分析了元代福建書院刻書發
達的原因，比如理學發達，如元代朝廷給書院以學田做經費保證，書院擁有
豐厚固定的學田收入可作講學和刻書的資本，另外，主持書院的山長多為有
學問的長者，他們精於校勘等。

　　金達勝、方建新《元代杭州西湖書院藏書刻書述略》（《杭州大學學報》
1995年第3期）指出，「西湖書院是在南宋太學基礎上建成的，繼承了南宋太
學的圖書，故其藏書數量多，內容豐富。具體包括兩個方面：一是現成圖書，
而是已雕刻的書版。」（頁70）作者統計，得出元代西湖書院藏有經部四十九
種、史部三十五種、子部十一種、集部二十四種，除書板外，還繼承了宋高宗

趙構御書的《易》《詩》《書》《左氏春秋》等七種經文石刻與孔門七十二弟子石刻畫像等。另外，作者指出，西湖書院在刻印方面，有幾項重要工程，如修復補刻宋國子監本書板、主持刻印了《元文類》、兩次刻印馬端臨《文獻通考》，最後作者還討論了西湖書院刻書精美的原因等。

陸漢榮、曹曉帆《古代書院藏書的重要來源之一——書院刻書》（《圖書館建設》1995 年第 1 期）分別從「刊刻儒家經典書籍，充實書院重點藏書」「刊刻名師碩儒的著作和師生教學研究的成果，形成書院藏書一大特色」「書院刻書兼有贏利性質，作為書院經費來源之補充」三個角度分析作為書院藏書來源的書院刻書活動。

林申清編著《宋元書刻牌記圖錄》（北京圖書館出版社 1999 年版）「圓沙書院延祐四年刻《新箋決科古今源流至論》、泰定二年刻《廣韻》」條云：「元代書院刻書，世稱精緻，以書院有學田收入為刻書經費，且主持書院之山長多當時著名學者故也。圓沙書院延祐四年刻《新箋決科古今源流至論》前後三集各十卷。前集目錄後有長方形牌記曰延祐丁巳孟冬圓沙書院刊行，又有鐘式牌記云延祐丁巳、鼎式牌記云圓沙書院。版式清朗，元刻之佳本也。泰定本《廣韻》，舊時國內各家鮮有著錄，乃楊守敬訪自日本，已刻入《古逸叢書》。是書唐韻序後有牌記云泰定乙丑菊節圓沙書院刊行。原書後歸武進陶湘之涉園。」（頁 75）

徐梓《元代書院研究》（社會科學文獻出版社 2000 年版）重點論述了元代書院的管理制度、經濟來源以及書院官學化問題，同時還分析了朱熹對元代書院的影響。該書是在作者同名博士論文基礎上修改而成。

李致忠《古代版印通論》（紫禁城出版社 2000 年版）第九章「元代的版印概況」討論了元代版印圖籍的社會背景、刻書狀況、裝幀藝術以及對圖籍的管理問題。

田建平《元代出版史》（河北人民出版社 2003 年版）在第二章「元代的儒學與書院出版」中論及書院出版的問題，指出「儒學也與書院合作刻書，葉氏謂，當時各路刊書，牒書院之有餘貲者與其役。大概凡合作刻書，總有一個或幾個領頭的主要刊刻單位，至於其他的儒學或書院合作者，也不排除僅僅出點錢糧板料，或予以名義上的支持，而在圖書正式出版後掛名而已這種可能。」（頁 25），如作者所據葉德輝《竹林清話》記載，指出「信州路儒學

刻《北史》一百卷，板心有信州路儒學刊、信州象山刊、象山書院刊、道一書院刊、稼軒書院刊、藍山書院刊、玉山縣學刊、弋陽縣學刊、貴溪縣學刊、上饒學刊等字。」（頁 26）可知，《北史》屬於儒學和書院合刊的。作者還專門論及元朝書院刻書問題，指出，「元朝書院刻書，有承辦皇帝旨意的，有承辦政府委派的，也有自己編撰，根據自身特點，因講學之需要，或為學術所繫，自寫自編自刻自印的。此外，還有書院編撰，交付私坊刻印，出版時掛上書院名頭這種方式。有的書院，應私坊之約，為其編書，最後由私坊出版。」（頁 31）這對元朝書院刻書的分析是比較客觀的。作者還根據葉德輝《書林清話》著錄，總結了「以書院名義出版的私刻本書籍」問題。作者還說，「元朝的書院刻書，若就其書籍內容來分析，最突出的貢獻乃在於以子集居多，刻印了一批子集類圖書。」（頁 44）如作者所舉泰定丙寅，廬陵武溪書院重刻宋本《新編古今事文類聚》等。

劉青《明清書院刻書與藏書的發展及其影響》（《圖書館學刊》2004 年第 5 期）介紹了明清書院刻書與藏書的發展歷史，並對其特點和影響進行分析。作者認為「明清書院注重刻書，其刻書範圍遍及經史子集各類。」（頁 7）「清代書院刻書較多，不能盡列。其中特別值得重視的是以經史訓詁為主的書院，因他們辦院的目的就是彙集學者研究學術，發展學術，所以十分重視圖書的收集，而且重視整理有關書籍，刻印自己學者的著作，匯印有學術價值的書籍。他們實際上成為一種圖書館和出版機構而推動清代學術的發展。」（頁 8）

葉憲允《論福建鼇峰書院的藏書與刻書》（《上海高校圖書情報工作研究》2005 年第 4 期）介紹了清代鼇峰書院藏書刻書的情況。作者根據《鼇峰書院志》記載，統計出該書院藏書共有八百九十六部二萬三千六百二十五卷，補遺書籍六部七十五卷，續增書目是七十二部四千零四十五卷六十五冊五本。藏版十四部八千八百七十二快。共分為經史子集四大部類。可見，鼇峰書院藏書巨大，種類齊全。在刻書方面，鼇峰書院成績也很突出。比如，作者指出，「清代書院刻書為人稱道的有兩大成就，一為康熙時期張伯行在鼇峰書院刊刻的《正誼堂全書》，一為阮元於嘉道時期在詁經精舍、學海堂的刻書活動。《正誼堂全書》是清代書院刻書的代表，也與福州四大書院中的鼇峰書院和正誼書院有關。」（頁 50）「搜訪先儒遺著，分立德、立功、立言、氣節、名儒粹語、名儒文集六個部分，精心校勘，得書五十五種，因號《正誼堂全書》，這部全書

成為理學著作的一個很重要的總結。」（頁 50）作者還介紹了鼇峰書院刻書的價值與地位，認為是「清代書院刻書中規模和價值都比較突出的一種」。

曾建華《古代書院的藏書與刻書》（《出版科學》2005 年第 5 期）介紹了古代書院刻書的活動，指出，書院刻書受到內外部環境的影響。外部環境方面，「由於雕版印刷術的發明和發展，出版活動變得愈加便利，書籍數量日增，書院不僅加大了藏書量，而且藉此刻印書籍。」（頁 69）內部因素看，「書院的鼎盛時期，亦是我國古代學術研究的繁榮時期：宋代理學和書院並起；明代心學和書院同盛；清代漢學復興使訓詁考證之學勃興。」（頁 69）作者進而指出書院刻書與政府官刻、書坊刻書以及私人刻書的聯繫與區別，「它既有內容的廣泛性，包括經史子集叢諸部，又有較強的針對性，即重點為本書院師生學習、研究所用，很少刊刻御纂制書，也幾乎沒有面向民間的農桑卜算、陰陽雜家、啟蒙讀物以其戲曲、小說類的文藝作品，而主要集中刊刻學術性著作、尤其看重師承學派，講求自成一家之言。」（頁 70）這種看法也有一定偏頗，因為一些書院刻書，也會照顧到當地的需要，而不僅僅是著眼於學術。作者還進一步分析了書院刻書的四種類型，「刊刻書院師生讀書箚記、研究成果」「刊刻書院教學所需名家讀本和注釋本，作為閱讀之參考書籍和典範本」「刊印歷史上重要的叢書、文集」「刊刻歷代先儒大師的學術巨著和本院山長等人的名作，其目的在於將這些學術性著作流傳於世」。這四種類型的劃分也有一定的道理，但是，就如前面我們所說，這種劃分其實也有一定的偏頗。據我所知，元代不少書院的刻書，並不完全是這四種類型的。

陳矩弘《元代書院刻書事業述略》（《圖書與情報》2006 年第 2 期）介紹了元代書院刻書的背景，羅列了元代刻書的書院數量、刊刻年代、刊刻書名，最後分析了元代書院刻書繁榮的原因。

張秀民《中國印刷史》（浙江古籍出版社 2006 年版）討論了元代刻書概況，指出元代刻書相比宋代，屬於衰落，進而從刻書要地、刻書內容、元版特色、套印發明、官私藏書、裝背、印刷物料等角度展開論述。

申萬里《元代教育研究》（武漢大學出版社 2007 年版）第七章討論了「元代慶元路的書院」情況，介紹了慶元路書院概況、建築布局及規模、管理、學產等問題，最後指出「元代書院的一個重要特徵就是：書院的官學化。這種情況出現的原因，是元政府加強對書院控制和管理的結果」（頁 592），作者進一

步分析說，「元代書院的官學化是在元中期程朱理學逐漸一統天下的情況下出現的。」「科舉的恢復促進了書院的官學化」，「官學化是書院取得政府支持和經濟保障的手段之一」。作者還分析了元代書院官學化的影響，認為「書院官學化直接導致了書院在整個國家儒學教育體系中所佔比重的增加。元代書院教學職能的增強，對明清的書院發展產生了重要的影響。」（頁593）

陳方權《湖北宋元明清刻書考略（下）》（《圖書情報論壇》2008年第2期）主要介紹了明代、清代刻書的情況。明代刻書主要有官刻、纂修刊刻地方志、家刻三種。家刻方面，尤其以明正德以後至嘉靖年間刻書較多。「京山郝氏、竟陵鍾、譚、公安三袁等在萬曆、天啟、崇禎年間刻書不少，他們給湖北的文化和刻書事業帶來的影響是極其深遠的。」（頁61）在清代，湖北刻書在中國書籍出版史上佔有光輝的一頁。也可分為三個方面，比如各州府縣署纂修刊刻地方志，「基本做到了各州有志、各府有志、各縣有志」（頁61）。其次是官書局刻書。「所刻之書以仿清代初期鈔寫本為多，以影宋本為尤多。至體質笨拙之元代本、明嘉靖後之重眉密行鉤勒圈批今方局則俱無有」。再次是書院刻書。「清代湖北各州府縣均有書院，經考，已知刻有書籍的書院有：湖北崇正書院，刻《西遊筆略》；江漢書院，刻《雨香書屋詩鈔》、《六是唐詩選》《湖北金石存佚考》等；甌山書院，刻《清風易注》《清風遺集》等；傳經書院，刻《潛江縣志》等；鍾靈書院，刻《利川縣志》等；經心書院，刻《興山縣志》等；紫陽書院，刻《詩韻析》《詩意折衷》《書經詮義》等；麟山書院，刻《蘄州志》等；富川書院，刻《興國州志》等；鄖山書院，刻《鄖陽志》等；康熙年間之武昌勻庭書院，刻《榕村藏書》以及各種文科講義……兩湖書院刻書較多，在全國有一定影響，如光緒年間，刻《勸學篇》《孝經六藝大道錄》《春秋世族譜》《春秋經傳日月考》《江楚會奏變法摺》《兵法史略學》，還刊有木活字本《金正希年譜》等。」（頁62）從中可見，清代湖北書院所刻書籍內容廣泛，涉及經部、子部、集部等，其中子部內容以地方志為主。另外還有一些很有地方特色，如《湖北金石存佚考》《江楚會奏變法摺》等。

胡春榜《元代江西書院繁盛成因探析》（江西師範大學碩士論文2008）指出元代江西書院繁盛有三種原因，一是來自於前朝遺民心繫書院，二是來自於江西區域經年累月的人文積澱以及理學內部的整合，三是來自於江西書院與科舉之間的榮枯關聯，四是來自於元朝總體寬鬆與扶持的書院政策。

　　薛穎《元代江西書院刻書考論》（江西師範大學碩士論文 2008）討論了元代江西書院刻書事業發達的原因和刻書特點，並以《稼軒長短句》為例，說明元代江西書院刻書的特點。作者搜集李才棟《江西古代書院研究》有關元代書院情況，進而分析元代江西書院刻書情況，對於《江西歷代刻書》所記圓沙書院地點及其刻書情況，作者「遍查不得，是否屬於江西書院，不得而知」，這顯示作者的闕疑精神。其實，這個書院應該不屬於江西，而屬於福建建陽的私刻。

　　蔡志榮博士論文《明清湖北書院研究》（華中師範大學 2008）在摘要中說，「從對書院數目和時空分布的考證分析中，發現明代書院數量比前代大幅度擴展，區域分布更加廣闊。從其發展特點來看，明代湖北書院官學化日趨明顯，對地方科舉發展、人才培養起著重要作用。書院推動區域文化發展，鄂東地區書院林立，講學興盛，成為明代學術文化交流中心。」對於清代湖北書院，作者在對書院的數目考證、時空分布統計的基礎上，研究湖北書院的教學管理、組織管理、日常活動等來縱深把握清代湖北書院內部發展運行模式和特點，並以書院與區域文化發展之間的關係為視角，考察書院在地方社會中的作用和影響。進而用個案研究法考察書院與地方社會的關係。在此基礎上，考察書院的地方教育和人才培養功能，認為「書院是地方社會教化的主要實施者，書院通過教學、講學和祭祀活動在民間傳播儒家思想文化，推動文化的普及與傳播，促進區域文化的發展，化民成俗，教化地方社會發揮不可替代的作用。」的確，書院具有社會教化的作用，這種功能胡青（2004）也曾撰文論及。這種教化功能對於本文對元代書院刻書功能的考察也有借鑒作用。蔡志榮在文中還論及「書院的藏書和刻書」問題，「書院刊刻的書籍主要為院中生徒的課藝等連續性讀物，反映書院的學術成就。如經心書院，兩次刻印《經心書院集》和《經心書院續集》，課藝的內容有準備科舉考試的制義、試帖，有考證經史的文章，有研究理學的心得，各個時期呈現不同的風格，皆能代表書院的學術研究或應試備考水平的高下。這類書籍的出版大多受阮元創辦的詁經精舍、學海堂刊印課藝的影響，如經心書院受其影響，兩次刻印《經心書院集》和《經心書院續集》，主要體現書院生童對經史研究的成就和心得……有的書院為地方出版地方志，如經心書院刊刻的光緒十一年《興山縣志》、麟溪書院刊刻的同治三年《恩施縣志》、鍾靈書院刊刻的光緒二十年《利川志》、鄖山書院刊刻的同治九年《鄖陽志》、富川書院刊刻的光

緒十五年《興國州志》等地方志書籍。書院是一地二等教育和學術文化中心，清代官學的衰落，書院已經取代官學在地方文化中心的地位，因此書院出版的書籍，相對其他的地方出版機構而言，質量較高，體現一地的文化發展水平，為地方社會保留一些文獻資料，所出之書不僅收入本院藏書樓，惠及師生，而且為其他各書院的藏書樓提供源源不斷的高質量的圖書，也推動地方文化事業的發展。」（頁 165）

孫新梅《清代河南的書院刻書述略》（《蘭臺世界》2010 年 11 月）指出清代河南刻書的書院中，刻書書籍最多的有大梁書院、嵩陽書院、明道書院等。指出清代河南書院刻書的種類主要有學規、章程，如大梁書院「刊刻宋朱熹《白鹿洞規條》及元程端禮的《讀書分年日程》於講齋」；有書院教學所需的名家讀本、注釋本；有書院師生的研究成果；有叢書；有志書等。作者還分析了清代河南書院刻書精良的原因，如大量藏書是校勘的基礎，山長博學是校勘的保證；獲得經費渠道很多。

肖書銘碩士論文《明清時期福建官府刻書研究》（2011 年）從明清時期政治、經濟和文化等歷史背景出發分析和探討該時期福建官府刻書事業發展的源流與演變，並考察其在發展過程中所表現出來的特殊及其原因。在具體分析明清福建官府刻書問題時，著重從經費來源、主要校勘人員、刻工輯錄三個方面進行分析。最後分析了明清官府刻書的特點。首先，「明代福建官刻本在經史子集這四大部類中的分布並不均衡，其中史部最多，達到 101 種，占全部刻本的 56.3%，其餘之經、子、集部分別為 21 種、27 種和 29 種，數量相近。」（頁 37）清代的情況與此類似。作者進而認為，明刻官府刻書比較零散，多為單種零本，少有大規模叢書刊刻。而清代叢書大規模出現，這與清代學術文化的大規模總結有關。其次，明清兩代福建官府刻書的差異性還表現為清代福建刻本比明代更注重理學文獻的刊刻。從機構上看，明清時期官府刻書機構演變有一個重要特點就是書院刻書的興起與官學刻書的衰落。作者還分析了福建官府刻書的地域特點。認為明清兩代交替中官府刻書資源向作為唯一官府刻書中心的福州地區高度集中。最後，作者還分析了明清時期福建官府刻書的歷史貢獻。如保存文化遺產，促進了學術交流，扶持和幫助了坊刻的發展等。

肖永明、於祥成《書院的藏書、刻書活動與地方文化事業的發展》（《廈門大學學報》2011 年第 6 期）重點討論了書院刻書活動對地方文化事業的促進

作用。指出，「書院刊刻了大量的古代文獻典籍，這些文化典籍除滿足書院自身教學與學術研究需求外，還流出書院，惠及當地士子百姓。這是有利於當地文化的發展與積累的……這種對社會公眾的服務，使書院的刻書活動具備了更為明顯的公共性質。書院書版不是庋藏深院而是成為社會公眾所共享的文化資源。」（頁 30）「其次，書院編撰刊刻了大量地方文獻，這對地方文化事業的發展有促進作用。書院刊刻的地方文獻主要包括三個方面：一是當地省府州縣的地方志……二是包括文人學者有關當地的詩文著述……三是包括各書院自行纂修的書院志」（頁 31）作者最後總結說，地方文獻的刊刻，對地方文化的保存與發展具有重要意義。「首先，各省府州縣地方志涉及當地地理形勝、歷史沿革、人物掌故、行政建置變遷、文化教育事業、民俗風習等內容，編纂刊行方志，可以梳理地方文化源流，展現地方歷史文化的深厚底蘊，突出、張揚地方文化特色，增強人們對於地方文化的自覺意識，增進對地方文化的瞭解，確立認同感，從而推進地方文化事業的發展。其次，歷代文人學者與當地有關的各種文藝作品、學術著作，是地方文學藝術繁榮程度及理論思維發展水平的體現，對這些地方文獻的整理、刊刻，既可以在更為廣闊的範圍內展示、傳播地方文化的發展成果，又可以為後人保存不同時期地方文化發展的歷史記錄，從而為地方文化的進一步發展提供思想資源與精神動力。最後，書院是儒學文化的象徵，它擔負著儒學文化知識的生產、傳播、積累的功能。各地書院的創設與發展，本身就是地方文化的組成部分。書院志記錄了書院發展的歷史與現狀，保存了與書院乃至當地文化發展有關的各種歷史文獻、文物典籍，刊刻書院志可以為地方文化建設提供歷史的借鑒。」（頁 31）作者對書院刻書以及書院的歷史作用進行了深入的分析，對於我們思考元代書院刻書有一定啟示。

　　吳國武《宋元書院本雜考——以《書林清話》著錄為中心》（《湖南大學學報》2011 年第 6 期）對葉德輝《書林清話》著錄書院本訛誤之處進行訂正，同時補充該書遺漏的宋元書院本，最後探討了書院本廣狹兩種定義。作者認為「書院本當有廣義、狹義之分，其區分關鍵在於書院本身的性質。廣義的書院本當指以書院為名刊刻之書籍。既包括真正的講學書院，比如建寧府的建安書院為宋儒王埜創建，成為朱子學傳播之地，其所刻書有朱子本人的文集、朱熹好友項安世《周易玩辭》等；也包括私宅家塾性質的書院……還包括書坊性質的書

院書院，比如建陽的圓沙書院、南山書院、梅溪書院，多刊刻適合科舉需要的
韻書、類書等。這種廣義的書院本，除了書院之名相同外，缺乏共同的版刻特
徵。在現存的廣義書院本中，私宅書坊所刻占去一半以上，刻印精良、行格舒
朗的官刻數量比較有限。」（頁 28）「狹義的書院本，則特指真正的講學書院所
刊刻的書籍，而以書院為名的私宅、書坊不在此列。……這一類書院，還有福
建的建安書院、沙陽豫章書院、江西的宗文書院、稼軒書院、道一書院、象山
書院、藍山書院、白鷺洲書院、臨汝書院等。」（頁 28）作者進一步分析了宋元
書院本的類型與分布。指出，廣義的書院本可以分為官刻、家刻和坊刻三種類
型。屬於官刻的書院本又分為三種情況，「第一種情況，有些書院以前是官學，
像元代著名的西湖書院，其前身為南宋臨安太學，藏版豐厚且有刻書傳統。」
「第二種情況，有些書院與地方官學完全是一回事，像元代江西的宗文書院便
是如此。」「第三種情況，官學帶領書院刻書，比如撫州路臨汝書院刻《通典》。」
作者經過考察，認為這是路學與諸書院協力刊成，非臨汝書院一家所為。有名
為書院本的家刻本，有名為書院本的坊刻本。作者指出，「除《書林清話》中所
舉詹氏建陽書院、潘屏山圭山書院、劉氏梅溪書院外，還有圓沙書院、南山書
院、雪窗書院、椿莊書院、梅隱書院等亦為書坊。從現在的情況看，以書院為
名的書坊主要集中在建陽一帶，兩浙亦有此現象。」

　　高葉青《關中地區古代書院概況及功能探微──以書院藏書與刻書功能為
主》（《寶雞文理學院學報》2013 年第 2 期）從書院分布、創建緣由、命名方式、
用地來源、資金來源、書院命運、書院功能等角度介紹了古代關中地區的書院
概況。作者在介紹藏書與刻書功能時，將藏刻書合起來討論，進而討論了藏書
及刻印書籍的目的，如供學者及學生研習所用，或為保存先賢經典，或是刊印
本地志書以流傳後世，或是刊印出售以補書院日常開支。作者還討論了書院藏
刻書的特點，比如內容集中於儒家經典，兼及名人鄉賢著作、志書類書籍；校
勘詳審、刊印精良；地方特色突出，尤其注重對本籍人著作的收藏與刊刻。

　　全昭梅《廣西書院與地方文化研究》（廣西大學碩士論文 2013 年）論及
廣西書院的藏刻書活動，指出「明代中期以後出現坊刻，但宋至明，廣西刻
書以官刻為主。清代是廣西刻書事業的繁榮時期，除官刻書仍為主流外，坊
刻、私家刻書發展也變得突出。而廣西書院相對於藏書，刻書之風沒那麼盛
行。」（頁 85）作者認為，「據現存資料，雍正二年廣西巡撫李紱修復宣成書

院並刻《韓子粹言》及詩論數種存儲書院是目前所見較早的書院刻書。而道光之後書院刻書有所改善……此外就是光緒十五年，桂林恭城縣鳳岩書院刻印的《恭城縣志》。光緒時期，馬丕瑤對廣西的藏書及刻書事業貢獻巨大……光緒十二年春，馬丕瑤於桂林秀峰書院西側創辦了桂垣書局，書局五進三間，有刻書處、讀書堂和藏書樓，可見按照馬丕瑤的設想，桂垣書局既是一個刻書的出版發行機構，同時還是具備閱覽和藏書功能的圖書館。桂垣書局將從各地收集的善本作為底本，刊印了不少書籍，但由於經費緊張，書局一度難以為繼。光緒三十年（1904）廣西巡撫柯逢時撥銀二萬兩生息刻書，書局才未垮掉。據陳相因、劉漢忠先生的統計，從光緒十六年（1890 年）至光緒三十二年（1906 年）的十六年時間裏，桂垣書局刻印圖書凡三十種左右。」可見，廣西書院刻書歷史短，成果並不多，只有光緒年間馬丕瑤的刻書活動較為突出，這與江西書院刻書相比，差距明顯。

方彥壽、黃麗奇、王飛燕《閩臺書院刻書的傳承與發展》（《福州大學學報》2013 年第 6 期）介紹了閩臺兩地書院刻書的情況。如宋代朱熹在武夷精舍編刻《小學》六卷，是福建書院見於著錄的最早刻本，也是中國出版史上最早的小學教科書。元代福建書院刻書集中在閩北。元代福建書院刻書最多的是建陽的張氏梅溪書院。明代，弘治九年，尤溪知縣方溥編刻《南溪書院志》三卷，是福建現存最早的書院志。「明後期，福州書院刻書開始發力，為清初福建書院刻書的中心從閩北向閩都轉移奠定了基礎。」（頁 6）清代，閩學重心從閩北向福州轉移，福州以鼇峰、正誼書院最負盛名，臺灣則以海東書院最為顯著。

張發祥《元代撫州書院述論》（《東華理工大學學報》2015 年第 4 期）介紹了元代撫州書院的發展狀況，指出元代撫州書院以民辦居多，分布均衡，每個州縣大約都有五六所。元朝政府對書院管理加強，使元代撫州書院官學化趨勢嚴重。

趙路衛《元代士人與書院──以長江流域為中心》（湖南大學博士學位論文 2017 年）通過宋元之際的士人與書院、江南士人家族與書院的傳承與變遷、非漢族士人與書院、學術的嬗變與書院、元代士人論書院等幾個方面結合具體案例，分析元代士人與書院的關係，認為，「宋元之際的書院山長在改朝換代之際不可避免地面臨著道義與現實之間的選擇困境，這也是大多數江南士人必須面對的問題。江南書院雖不可避免地經歷了戰火的浩劫，但得益

於元朝的書院政策，在一定程度上得到了保護。」「元朝統一之後，江南士人的地位與前代相比有所下降，他們依託儒戶制度，利用書院來維繫其家族在文化和教育上的優勢地位。他們的後代子孫憑藉這種優勢，通過科舉進入元政權。在這一轉變中也附帶著江南士人家族在某些方面的傳承。」「官學化雖然使得許多書院喪失了講學的自主性和活力，但在某些士人的努力下，書院仍不失為理學的研習和傳播基地。山長的學術水平和責任感使得一些書院突破家族、地域和官學化的束縛，一躍成為地域學術中心。不同代際的士人秉持不同的學術理念，以書院作為紐帶，完成了元代理學從惟朱是尊到朱陸會通的轉變。」「元代的士人群體與前代相比多了一層民族融合的色彩，參與建設或指教於書院中的蒙古、色目士人雖然不占元代士人的多數，但他們作為書院活動的主體，為元代書院的發展注入了新的發展動力。參與書院建設是蒙古、色目士人完成自身士人化重要的途徑和表徵。」「元代書院發展的狀況不僅為後世所關注，也為當代士人所記錄，元代士人文集中大量的相關文字便是元代士人對書院觀感的最直接材料。他們或對當時書院發展的某些弊端提出批評，或極力讚頌書院發展的繁盛，或提出自己的書院理想。」作者對元代書院與士人關係的分析比較深入、客觀。

陳明利《元代福建書院及其刻書考》（《瀋陽大學學報》2018 年第 5 期）首先梳理了元代福建書院的史實，通過爬梳《中華人民共和國地方志福建省志：教育志》、陳壽祺《福建通志》、《黃仲昭《八閩通志》等文獻，考證出元代福建地區創建的書院有 29 所，即崇安縣的洪源書院、南平松溪縣的湛盧書院、南平建陽區的化龍書院、建陽縣的鼇峰書院、南平浦城縣的西山書院、福州長樂的唐峰書院、龍溪縣的龍江書院、漳州市的威惠廟左書院、三明建寧縣的屏山書院、福州長樂的鄉約堂書院、三明沙縣的豫章書院、福州市區的藤山書院、莆田的瑤臺書院、南平建甌市的屏山書院、廈門同安區的大同書院、南平武夷山市的文定公書院、福州的養正書院、福州的勉齋書院、南平光澤縣的崇仁書院、南平建陽區的化成書院、福州福清的玉峰書院、寧德古田的城南書院以及溪東書院、寧德霞浦的東山書院、莆田仙遊的夾漈書院、寧德福鼎的仙蒲書院、廈門同安的浯江書院、金門的梧洲書院、龍巖連城的樵唱山房。作者進而分析元代福建書院刻書的情況，認為元代福建書院刻書

活動頗有特色，具有重要研究價值。

國外有關書籍版刻與流傳方面的研究著作有：

美國學者周紹明著、何朝暉譯的《書籍的社會史——中華帝國晚期的書籍與士人文化》（北京大學出版社 2006 年版）談到了「知識的非人格化」問題，「一部書、一部手稿及一部印本的誕生，象徵著知識從作者個人擁有的狀態中脫離出來，最終進入讀者手中。與過去師徒口耳相傳的方式比較，這種共享學問的方式最終——如果不是一開始就——在傳播和保存知識的過程中傾向於鼓勵一定程度的非人格化。書籍的印刷進一步強化了這種趨勢，因為它產生了大量相同的副本，以供廣泛傳播。隨著時間的流逝，這種知識的非人格化，即它與其創作者的分離，上升到主導地位，原因在於印本本身實際上就意味著它最終達到藏書家和其他讀者手中時，作者並不認識這些人，這些人彼此之間也互不相識。這些人希望根據自己的目的來利用印本中的觀念和信息，完全可以用原作者想像不到的方式把書變成他們自己的。」（頁 103）「這兩種模式在承認書籍流通越廣，就使得知識非人格化、抽象和自省的特性越強的同時，也同時通過民間出版社和書店，以及圖書館、大學等機構的活動，市場越來越便利地向讀者提供他們所想要的知識。」（頁 103）這種「知識的非人格化」問題，對我們思考元代書院刻書後書籍的流通問題有很大參考。

英國學者戴維·芬克爾斯坦、阿利斯泰爾·麥克利里合著、何朝暉譯的《書史導論》（商務印書館 2012 年版）是一種討論書籍理論的重要著作。作者首先指出什麼是「書史」，「這裡所說的書史，是半個多世紀以來西方學術界在突破傳統文獻研究藩籬的基礎上興起的一門交叉學科。它以書籍為中心，研究書籍創作、生產、流通、接受和流傳等書籍生命週期中的各個環節及其參與者，探討書籍生產和傳播形式的演變歷史和規律，及其與所處社會文化環境之間的相互關係。它是統合關於書籍的各種研究——編輯史、印刷史、出版史、發行史、藏書史、閱讀史——的全面的歷史。」（頁 6）作者還引用了達恩頓的「交流圈」概念，「從作者到出版者、印刷者、販運者、圖書銷售商和讀者的交流圈。這個交流圈在這些關鍵要素之間運行——這樣就為諸如揭示讀者得以影響文本生產的方式」（頁 29）同時作者還討論了「文本的社會化」問題，「自從達恩頓對『交流圈』做了系統闡述，把它作為考察文本在社會中所扮演角色的一種手段，書史就開始越來越聚焦於麥克蓋恩所描述的『文

本的社會化』，即書籍作為人造物品從私人空間到達公共空間所產生的影響。在這一模式中，正如保羅・杜吉德（Paul Duguid）所指出的，生產在很大程度上成了以下進程的一部分：『生產一種公共產品並將其植入一個特定的社會圈。』或者，正如最近的一項重要調研所揭示的，如今變得越來越重要的是這樣一種『書籍生產和消費活動』觀念，它『把主要元素去中心化，並使它們相互作用和彼此依賴：換言之，出版史即超文本（hypertext）』（Jordan and Patten，1995：11）」作者還討論過「副文本」問題，「熱拉爾・熱奈特（Geratd Genette）在其有影響的著作《門檻》（Seuils）中，也提出了類似的問題。該書 1987 年在法國出版，於 1997 年被譯為英文，書名改為《副文本：解釋的門檻》（Paratexts：Thresholds of Interpretation）。熱奈特的著作通過聚焦於印刷書的『副文本』〔用來控制讀者對文本的理解的閾限性（liminal）工具，如封面和封底、印在封套上的廣告詞、索引、腳注、目錄等〕而與亞當斯和巴克的著作相契合。這些傳統目錄學家通常所關注的東西（關於文本生產中的印刷技術和產生變異的線索），對熱奈特來說並無多大興趣。他所關注的，是這些副文本如何成為交流（transaction）的地帶，『一個語用學的專有領地，一種影響公眾的策略，這種影響——無論是否得到理解、實際效果好與壞——都是為了使文本更好地被接受，更恰當地被閱讀』（Genette，1997：2）。換言之，是洞悉文本生產策略，這些策略被用來確保『文本的命運與作者的目的相一致』（Genette，1997：407）。」這些論述無疑對我們深入思考元代書院刻書的流通與傳播很有參考意義。

綜合國內外學者對於書院刻書的研究，有以下特點：

1. 書院刻書問題很早就有研究，宋元明清各個朝代皆有涉及，江西、福建、關中、浙江、廣西等區域多有論述，體現出時間和空間的廣闊性。在討論書院刻書問題時，宏觀概括與微觀分析相結合，文獻考證與計量統計相結合，結論較有說服力。

2. 從書院刻書的時代背景、刻書內容、經費來源、刻書與藏書關係、刻書機構、管理機關、版本特點、牌記、裝幀藝術等進行研究，涉及面廣。從書院刻書與官刻、私刻的關係入手，考辨書院本的性質與真偽，對認識書院本源流很有價值。

3. 分析書院刻書興衰的原因，以及書院刻書對文化事業、學術流派的影響

與作用，具備一定的文化史、學術史視角。通過對書院刻書的教育功能考察，分析了書院刻書對書院教育的相互關係，屬於從教育史的角度探討版本問題。

同時，也應該看到，書院刻書涉及問題廣，不少學者缺少書籍史相關理論的透視，對書院刻書的研究討論並不深入，有的泛泛而談，甚至因襲較多，在關鍵問題上繞圈子。書院刻書宏觀討論太多，微觀細緻分析特別是單個書院中單個刻本的個案考察不足，導致對書院刻書研究進展緩慢。若能結合書籍史、傳播史、編輯史、閱讀史以及社會學等理論，進行個案細緻分析，書院刻書問題一定能有新的突破。

第二節　《廣韻》版本研究綜述

《廣韻》的版本統計：

據《中國古籍總目》，《廣韻》的版本主要有：

《廣韻》五卷，宋陳彭年等重修

元泰定二年圓沙書院刻本　北大（清楊守敬跋）

元至順元年敏德堂刻本　臺北故博

元元統三年日新書堂刻本　國圖（勞健題款）

元至正十六年翠岩精舍刻本　國圖

元余氏勤德堂刻本　臺北故博

元建安余氏雙桂書堂刻本　國圖

元刻本　北大

元刻本　國圖（清楊守敬跋）

元刻本　國圖

明初刻本　國圖

明宣德六年清江書堂刻本　北大

明弘治十四年劉氏文明書堂刻本　臺北故博

明內府刻本　　上海

民國間影印明內府刻本　　國圖

明劉氏明德堂刻本　國圖　北大

明萬曆四十七年開封府刻本　南京（清丁丙跋）

　　　明刻本　復旦

　　　明刻本　重慶

　　　明刻本　北碚

　　　明刻本　四川師大

　　　明刻本　西北大學　湖南

　　　明刻本　國圖　浙江

　　　明刻本　山東

　　　明刻本　遼寧

　　　明刻本　北大

　　　陳上年輯刻三種本　國圖　北大

　　　古經解彙函本（小學彙函，同治刻，光緒石印、光緒刻）

　　　古逸叢書本（光緒刻、民國影印）

原本廣韻五卷　宋陳彭年等重修

　　　四庫全書本　乾隆寫

廣韻五卷　宋陳彭年等重修

　　　宋紹興間刻本　國圖（存卷一至二、四）

　　　宋刻本　上海（清楊守敬跋）

　　　宋刻明修補本　上海（清翁同龢題識並校）

　　　清初影宋抄本　國圖

　　　清影抄宋本（缺卷三至四）　山西文物局

　　　澤存堂五種本（康熙刻、光緒石印）

　　　民國二十三年北平來薰閣影印澤存堂本　北師大

　　　清初崑山顧氏刻本　北大

　　　清嘉慶間刻本　北大

　　　清刻本　北大（清陳倬校）

　　　古逸叢書本（光緒刻、民國影印）

鉅宋廣韻五卷　宋陳彭年等重修

　　　宋乾道五年建寧府黃三八郎刻本　上海（卷四配元刻本）

宋本廣韻訂不分卷　鄭文焯撰

　　　清書帶草堂刻本　國圖

大宋重修廣韻五卷　宋陳彭年等重修

　　曹棟亭五種本（康熙刻）

　　古經解匯函本（小學匯函，同治刻，光緒石印，光緒刻）

　　民國二十九年北平燕京大學圖書館抄本　北大

廣韻校刊劄記一卷　清鄧顯鶴撰

　　清道光三十年新化鄧氏邵州東山精舍刻本　遼寧

宋本廣韻五卷　宋陳彭年等重修

　　清雍正十三年新安汪氏刻明善堂印本　國圖

重修廣韻五卷　宋陳彭年等重修

　　四庫全書薈要本（乾隆寫）

　　四庫全書本（乾隆寫）

廣韻五卷　趙世忠校

　　抄本（存一卷）湖北

重編廣韻五卷　宋陳彭年等重修　明朱祐檳重編

　　明嘉靖二十八年益藩刻本　國圖　北大

廣韻雋五卷　明袁鳴泰彙輯

　　日本刻本　北大

廣韻新編五卷　清勉學堂主人撰

　　清康熙間勉學堂刻本　南京

廣韻錄異二卷　清竹琰撰

　　清海鹽朱氏稿本　臺圖

廣韻母位轉切五卷　清汪灼撰

　　清抄本　國圖

廣韻雙聲迭韻法一卷　清丁顯撰

　　韻學叢書本（稿本）北大　復旦

　　丁酉圃叢書本（光緒刻，韻學叢書）

廣韻說一卷　清吳夌雲撰

　　廣雅書局叢書本（光緒刻）

廣韻姓氏刊誤　清孫詒讓撰

　　稿本（不分卷）　浙大

稿本（二卷）　浙大

廣韻定韻表二卷　馮超撰

稿本　南京

顧廣圻《顧千里集》（《中華書局》王欣夫輯，2007 年版）卷十七跋三「廣韻五卷宋刻本」條說，「世所行《廣韻》有三：其本各不同，家亭林先生刻節注本也，吾郡張氏刻足本也，而揚州詩局所刻，平上去皆足，入聲則節注。其兩節注之本，又不相同。今年，於洪鈐庵殿撰家獲見所收宋槧，有曹棟亭圖記者，第五冊乃別配又一宋本，正揚州本之所自出。證以潘稼堂為張氏作序，言『見宋錄於崑山徐相國家，借錄以歸，張子士俊得舊刻於毛氏而闕其一帙，余乃畀以寫本』，雖潘未舉所闕何帙，然此無子晉、斧季父子圖記，決非一本可知。張、曹不同之故，及節注又不同之故，則見此而皆了然矣。長夏無事，粗讀一過，又知局刻校讎不精，多失宋槧佳處，即如去聲豔第五十五、㮇同用，陷第五十七、鑑同用，鑑第五十八、釅第五十九、梵同用，次序分合，猶存《廣韻》之舊。視張刻之依《禮部韻略》，豔與㮇、釅同用，陷與鑑梵同用，而移釅於陷鑑前，改為釅五十七，陷五十八，鑑五十九者迥勝，乃曹氏重刻時反依張轉改，何與？且其轉改，實在刻成之後，故於目錄僅將釅陷鑑三大字鑿補，而小字任其牴牾。近時戴東原撰《聲韻考》，目之為景祐後塗改，不知其出曹氏手，失在未及見此耳。戴所見世行三刻及明大板外，僅有盧試講藏舊本，鈐庵家亦有之，即明大板及亭林本之所自出，節注之祖也，係元代坊板，遜宋槧遠甚固宜，然則宋槧誠至寶矣。其餘曹依張改字處殊復不少，不知張氏刻書，好為點竄，如《玉篇》如《群經音辨》，以舊本勘之，往往失真，非獨《廣韻》也。安得傳是樓完本一旦再出，盡刊潘氏轉寫、張氏意改之誤，且更與此本添一重印證。道光元年歲次辛巳處暑後十日，元和顧千里記於環翠山房。」（頁 275～276）此段論清代通行三種《廣韻》版本，即顧亭林刻節注本、張氏刻足本、揚州詩局刻前詳後略本。其中對張刻與局刻異同原因作了分析。

又同卷「廣韻五卷元刻本」條，「今世之為《廣韻》者凡三：一澤存堂詳本，一明內府略本，一局刻平上去詳而入略本。三者迥異，各有所祖。傳是樓所藏宋槧者，澤存堂刻之祖也；曹棟亭所藏宋槧第五卷配元槧者，局刻之祖也，此元槧者，明內府刻及家亭林重刻之祖也。局刻曾借得祖本校一過，知其多失真。澤存堂刻各書，每每改竄，當更不免失真，惜未知祖本何在耳。明

內府本得此相校，亦多失真，所謂開卷東字下『舜七友東不訾』，即訛『七友』作『之後』者也。亭林重刻自言悉依元本，不敢添改一字，而所訛皆與明內府板同，是其稱元本者，元來之本，而亭林仍未嘗見元槧也。至朱竹垞誤謂明之中涓刪注，始成略本，不審何出？但非得見祖本早在元代，固末由定其不然矣。其或目此為麻沙小字宋槧，則書估為之，無足憑信也。又案局刻所配入聲，與此亦迥異，疑宋代別有略本流傳如此，附書存之以俟考。」（頁276～277）此處又論及當時通行的三種《廣韻》版本及其祖本問題。作者認為，傳是樓藏宋槧是澤存堂的祖本，曹棟亭所藏宋槧以及第五卷所配的元槧，是局刻的祖本。而其中的元槧，又是明內府本和亭林所刻本的祖本。但是這幾個本子都有問題。作者認為局刻所配的入聲跟曹棟亭所配第五捲入聲也不同，推測宋代還有略本流傳。

又「廣韻五卷校本」條，「惠松厓先生閱本，乾隆乙卯，小門生顧廣圻錄，原書附《更定四聲稿》，別為一書，故不具。閏月十二日，敬識。段若膺先生校尤精確，五月五日借讀，爰並錄焉。廣圻又識。嘉慶乙丑再讀，覺舊校多未妥。廣圻又記。乙丑三月，以《集韻》勘，彼不載者，△其旁為識。潤蒼。嘉慶乙丑三月重讀，時在邗江郡齋，廿四日，所居藝學軒五間拉然而壞，急走得免，此帙從瓦礫中取出，亦未破損，安知非神物護持耶？道光辛巳再閱，千里。」（頁277）介紹了清代幾位學者如惠棟、段玉裁等的校閱經過。

朴現圭、朴貞玉《廣韻版本考》（學海出版社 1986 年）介紹了宋、元、明、清、民國時期的版本類型，大致從詳本、略本、略多本、前詳後略本展開分析。作者最後總結說，《廣韻》從宋代刊刻，到清代，共有八十多種版本。「《廣韻》刻版之大類有四：詳本、略本、略多本、前詳後略多本。詳本盛於宋、元、清，今日亦然。惟今本除有巾箱本、鉅宋本之三種外，悉為清澤存堂及古逸叢書之流。茲清二槧，雖覆宋監本，而亦有自行修改者不少，殆不如景印宋本。又鉅宋本之景印本，缺去聲一卷，而限布於一地，故盼早日景足本而傳用於各地學者也。略本何以盛於元、明而衰於清朝？略本刻者以閩地為主，販書為宗，《廣韻》詳本之注解頗多，不符於刻者營利，因以刪節本行世。又清朝為考據學之極盛期，尋取善本及宋槧，故盛行詳本；元明之學者，有異於清朝，頗未重視之。」（頁188）這種對詳略本盛行原因的分析，也是很有道理的。

　　方孝岳、羅偉豪編《廣韻研究》（中山大學出版社，1988 年版）介紹了《廣韻》的詳略兩種，並分析了兩種版本類型的優劣，認為研究《廣韻》，單純依靠一個版本是不夠的，必須拿各種版本互相校。方氏對《廣韻》版本的梳理大致是對的，但很多也有很多不足。比如對鉅宋本和曹棟本、巾箱本版本關係的判斷，依據周祖謨的考證，認為三者是同一系統，其實不準確，詳見下面余迺永的分析。另外，《廣韻》不止有詳本和略本，還有前詳後略本，這在陳新雄的《廣韻研究》中有更細緻的分析，可以參考。

　　聶鴻音《俄藏宋刻〈廣韻〉殘本述略》（《中國語文》1998 年第 2 期）取上海商務印書館《四部叢刊》影印的海鹽張氏涉園藏宋巾箱本、上海古籍出版社影印的黃三八郎書鋪本與俄藏宋刻《廣韻》比勘，分析文字異同後，指出，俄藏《廣韻》與南宋巾箱本及黃三八郎書鋪本屬於同一系統，只是其謄刻質量明顯優於黃氏書鋪本。作者認為黃氏本是南宋乾道五年（1169 年）在福建刻印的，作者根據葉夢得所論「天下印書以杭州為上，蜀本次之，福建最下」的觀點，認為孟列夫以俄藏《廣韻》為杭州刻本的猜測是合情理的。作者認定這是公元 1023 年至 1127 年間的北宋刻本，屬於現存《廣韻》刻本中年代最早的一種。

　　余迺永《俄藏宋刻〈廣韻〉殘卷的版本問題》（《中國語文》1999 年第 5 期）並不同意聶鴻音的論斷。他從刻工、避諱、韻序、注文等方面指出，俄藏本原為高宗本的祖本。作者認為（頁 381），「大須本如刊行於北宋哲宗朝（公元 1086～1100），為南宋孝宗乾道五年（公元 1169）黃三八郎書鋪本刊行的鉅宋本所據，則俄藏本最有可能的出版年代，當在徽宗至欽宗之世（公元 1101～1126），為後來南宋高宗紹興間（公元 1131～1162）刊行的監本所據，而非刊行於孝宗時（公元 1163～1194 年）的巾箱本之祖。」作者推斷聶文的論斷當受周祖謨的觀點影響。余迺永說（頁 381），「考清儒及後來學者校勘張刻者最多，周校因得集諸家之長以踵事增華，但對張刻頗加責難，並批評黎氏誤信張本，致所刻古逸本《廣韻》不能悉仍宋刻之舊；又推舉宋刻之中，當以巾箱本為最善。實則張刻未嘗魯莽滅裂，其所以與黎刻不同之處，原因是黎刻的祖本為南宋寧宗（公元 1195～1224）時刊行的覆高宗紹興間本；張刻的祖本為據高宗本訂正寧宗版的遞修本，故更正初刻本的誤字特多，而兩本所錄的刻工姓名相同。黎刻依張刻校改，實際是暗合於寧宗遞修本的。」余迺永接著說（頁 381），

「再者，刊行於清康熙四十三年（公元 1704）的澤存堂本《廣韻》，此書的祖本源於常熟毛扆（毛晉之子）汲古閣舊藏，但缺入聲一卷，由潘耒借與抄自崑山徐元文含經堂所藏的宋本，然後始得補足。又從澤存堂本若干注文與巾箱本相合之處，可以推定潘抄為巾箱本一系《廣韻》。張刻於補足入聲之缺帙之餘，復得藉此校刊全書。加上當時尚有刊行於康熙六年（1667 年）的顧炎武翻刻明內府本，此書雖為略注本，想必亦在張刻查勘之列。」

	祖　　本
鉅宋本	大須本（刊行於北宋哲宗）
黎刻古逸本	南宋寧宗（1195～1224）刊行的覆高宗紹興間本
張刻澤存堂本	據高宗本訂正寧宗版的遞修本
澤存堂本（1704）	汲古閣舊藏＋潘抄徐元文所藏宋本

上表可見，黎刻與張剋實際上屬於同一系統的。

作者進而討論了鉅宋本、高宗本、寧宗本、黎刻本的藏地。筆者也列表如下：

版　　本	藏　　地
鉅宋本	全帙藏日本內閣文庫，上海圖書館藏本缺去聲一卷
高宗本	全帙藏日本靜嘉堂文庫，北京圖書館藏缺上聲、入聲兩卷
寧宗初刻版	藏日本靜嘉堂、宮內廳書陵部、日本國會圖書館
黎刻古逸叢書本	藏上海圖書館
寧宗遞修本	藏日本內閣文庫、龍谷大學、上海圖書館、哈佛大學燕京研究所

作者舉例說明各個版本之間的關係，指出（頁 382），「此處正可見俄藏本較巾箱本的祖本及高宗本尚要古舊，其年代應銜接於鉅宋本的祖本之後，元至正本可能是根據俄藏本或鉅宋本的祖本一類北宋刻本校勘過的。」

作者又分析了版本的祖本問題。我們也列表如下：

	祖　　本
澤存堂與棟亭本	寧宗版的遞修本
古逸本	寧宗版初刻本

進而分析聶文致誤之由。聶文之所以認為俄藏本可能為巾箱本的祖本，是受周祖謨校《廣韻》的影響。周祖謨認為日本金澤文庫所藏北宋監本《廣韻》（余迺永指出該本實際上是今藏日本靜嘉堂文庫的南宋高宗紹興間所刻《廣

韻》），與涵芬樓所藏影寫南宋監本之間的文字歧異不多，只有去聲諫韻士諫切一紐當收五字，北宋本只有「轏棧虥」三字（余迺永指出，高宗本此實「轏棧羼」三字，周文有誤），而南宋本則有「轏羼棧虥餞蹼」六字。「聶文以此對照巾箱本及俄藏本的士諫切一紐均收轏棧虥餞蹼五字，而以訓『羊相間』的羼字入初雁切紐下，準確無誤，故作出如是推論」（頁383）。余迺永認為「古逸本去聲諫韻注文作『士諫切五』而列有轏羼棧虥餞蹼六字，無初雁切一紐。羼字顯係誤入，與周文描述的涵芬樓景寫南宋監修本相同，故可推斷寧宗初刻本已是如此。」但是「棟亭本的士諫切五字及羼字收於初雁切的鏟蹼二字之後，如巾箱本及俄藏本。同於《全王》及《唐韻》，可見是前有所承的。」「澤存堂本士諫切所收五字不誤，但初雁切的羼字反在鏟蹼二字之前。」余迺永認為，「張刻與曹刻的祖本相同，唯一分別是澤存堂依據的底本是寧宗遞修本的景鈔而非刊本，同紐字序自不難有萬一的移動，故寧宗遞修本此處應已勘改，且其時勘改的材料，可能是大須本、俄藏本、鉅宋本或巾箱本的任一種或多種，不必待張刻取潘抄（即巾箱本景鈔）而後始得改正，更不足以因此假定俄藏本為巾箱本的祖本。」可見，俄藏本更可能是高宗本的祖本。

余迺永進而作出了一個更有意思的判斷，「高宗本『士諫切五』的『轏棧羼』三字，見於俄藏本的序列是轏字見於上半頁第八行之末，跟著的棧字見於第九行之首，下隨『虥餞蹼襻妠鏟蹼』七字，第十行之首是蹼字的注解『穀麥蹼也』，接著即羼字。」余迺永推斷說，「如果俄藏本是高宗本的祖本，很可能是刻工在雕棧字及其注解『木棧道。又士限切』之後，誤接隔行的羼字，故漏去虥至蹼等七字及蹼字注文。」作者核查高宗本，發現果然是這樣。這樣，作者同時也發現古逸本的錯誤，因為古逸本的祖本是寧宗初刻本，初刻本是覆高宗紹興間本，寧宗初刻本雖然發現高宗本漏刻了，但仍不免把羼字放在棧字前面，妠字下面又漏刻鏟字，導致並缺初雁切一紐，「而將鏟紐的蹼字誤附於音女患切的妠紐之處，至寧宗遞修本始能全部更正，成就今日棟亭本及澤存堂本的面貌。」（頁383）

筆者據余迺永所論，梳理一下《廣韻》版本的源流問題。如下圖：

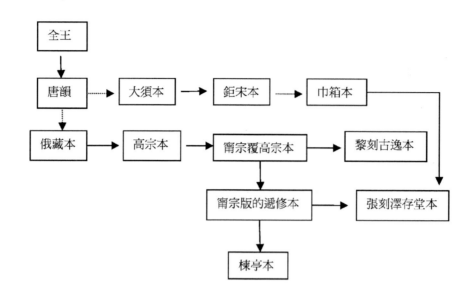

　　但是董婧宸《南宋浙刻監本〈大宋重修廣韻〉版本補考——兼述宋元詳本〈廣韻〉的版本源流》〔註1〕對此有不同意見，她指出，「高宗監本的祖本，為俄藏北宋本《廣韻》，南渡之初，校勘未善。寧宗監本依高宗本重刻並校改誤字，書版入元後在西湖書院，入明後版移南京國子監。今存的寧宗本《廣韻》，有初刻、重修和遞修的印次差異，重修本經過元代一次補版，遞修本經過元明兩次修補版。自高宗監本而出者，又有南宋前期浙刻巾箱本。自寧宗監本而出者，有清康熙間張士俊澤存堂本、光緒間黎庶昌古逸叢書本。澤存堂本的底本，主要為毛扆舊藏的寧宗初刻本，今下落不知，另潘耒抄本所依據的徐元文本，亦為浙刻監本。張本刊刻時，據《說文》《玉篇》《類篇》《集韻》等字韻書校改，並參校了元大宋本、元注略多本《廣韻》。張氏參校之《廣韻》，或即曹寅棟亭本《廣韻》之底本。黎本校改則多出澤存堂本。」

　　余迺永《澤存堂本〈廣韻〉之版本問題》（《語言研究》1999年第2期）首先介紹澤存堂本的底本情況，「澤存堂本《廣韻》謂清康熙四十三年甲申（1704）吳郡張士俊重刊之宋本《廣韻》。此書之底本，據其首載潘耒序，乃常熟毛扆（毛晉之子）汲古閣藏大宋本及潘耒鈔崑山徐元文含經堂藏宋本。因毛本原缺一帙，故潘氏畀其抄本以供張刻補足云。」（頁154）可見澤存堂本由兩種版本匯合而成。作者進而介紹現存另一種汲古閣宋本的情況。筆者製表說明流傳情況，如下：

〔註1〕未刊稿。

文徵明→毛晉父子→季振宜父子→陸費墀→張岱→同好堂一冊／丁姓書肆二冊
→傅增湘→北京圖書館

　　作者進而根據避諱分析該宋本祖本問題。認為該本是南宋高祖紹興間
（1131～1162）浙刊本，而不是北宋本。但目前最古的高宗本全帙→明五嶽山
人黃省曾藏→朝鮮人丁彥俊→日本靜嘉堂文庫。但是高宗本在寧宗時（1195
～1224）翻刻，所以高宗本與寧宗本相似，皆不同於孝宗巾箱本。

　　寧宗本又有初刻本和遞修本兩種。遞修本據高宗本修正初刻本。初刻本→
原藏陸心源皕宋樓→日本靜嘉堂文庫。另外，日本宮內廳及國會圖書館均藏是
書。國內上海圖書館也藏此初刻本。

　　遞修本在宋末元初重修。現存日本內閣文庫及龍谷大學圖書館，元、明間
都有重印。上海圖書館和美國哈佛大學燕京研究所所藏，雖題為元刻明印本，
實際為宋刻明印本。

　　余迺永說，上海圖書館的寧宗初刻本，是古逸叢書本的祖本。它由楊守敬
在日本訪得，並在 1884 年黎庶昌刻入《古逸叢書》中。但是黎氏根據澤存堂本
校改。結果「從原本者十之二，從張本者十之八」。這就是古逸本的情況。古逸
本後來由上海涵芬樓覆影，1939 年商務印書館《叢書集成初編》又將之影印初
版。

　　余迺永認為，北京圖書館也藏有兩種性質接近寧宗初刻本的清鈔本《廣
韻》。前者原屬章壽康式訓堂，後歸傅氏雙鑒樓。後者為涵芬樓舊藏清鈔本。
涵芬樓舊藏清鈔本→原歸顧湄之陶廬→法式善之詩龕→蔣汝藻傳書堂→張元
濟涵芬樓購得。

　　余迺永認為，「由澤存堂本之行款及所錄刻工姓名，可知此毛氏舊藏必非
上舉之高宗本及巾箱本，而實為寧宗本。毛氏之高宗本今存北京圖書館，巾
箱本今存於臺北中央圖書館，其寧宗本今已散佚，故潘序指稱之缺帙已不得
而知。又由澤存堂本誤字遠較古逸本為少，足見所據乃寧宗遞修本。」作者
認為澤存堂本當為兩種宋本互勘而成，即不只用遞修本校對。作者通過比較
寧宗遞修本、澤存堂本、古逸本三種入聲部分的刻工，認為「由澤存堂本所
記入聲之刻工姓名，幾乎全帙無法與寧宗遞修本者相符，可見澤存堂本之入
聲一帙，是必毛藏原缺而由潘抄補足之部分」（頁 156）。作者進而通過比較俄
藏黑水城北宋本殘卷、靜嘉堂藏高宗本及寧宗版之初刻本、內閣文庫藏之寧

宗版遞修本、古逸叢書本之黎庶昌校札與巾箱本、鉅宋本、棟亭本等詳本及元至正本與明內府本兩種略本，比較澤存堂本注文，推測澤存堂中的潘抄部分為哪一種宋本。作者最後認為，澤存堂本與棟亭本大同小異，但二者沒有從屬關係，實際上當有同一祖本，即巾箱本。作者最後介紹了澤存堂本《廣韻》在清代的批校情況，如「孫爾準朱校本，現藏臺灣中央圖書館；陳澧點評侯康朱校本，現存加拿大英屬哥倫比亞大學圖書館；黃丕烈跋並臨段玉裁校跋本，又李福臨顧廣圻所錄惠棟、段玉裁校本，兩本均存北京圖書館；沈廷芳批校本，現歸上海圖書館等。」「曹刻《廣韻》於清代之批校，有北京圖書館藏何焯校跋本。」（頁 158）

余迺永的這些考論對我們研究《廣韻》版本流傳很有參考價值。

陳新雄《廣韻研究》（臺灣學生書局 2004 年版）第一章第二部分討論了《廣韻》的版本問題，指出《廣韻》有詳本、略本、前詳後略本三種。他引用陳澧《切韻考》卷六轉引顧千里《思適齋集》中《書元槧後》一文內容（2004：11）：「今世之《廣韻》凡三：一澤存堂詳本，一明內府略本，一局刻平上去詳而入略本。三者迥異，各有所祖。傳是樓所藏宋槧者，澤存堂刻之祖也。曹棟亭所藏宋槧第五卷配元槧者，局刻之祖也。此元槧者，明內府及家亭林重刻之祖也。局刻曾借得祖本校一過，知其多失真。澤存堂刻各書，每每改竄，當更不免失真。亭林重刻，自言悉依元本，不敢添改一字，而所訛皆與明內府板同，是其稱元本者，元來之本，而亭林猶未見元槧也。至朱竹垞誤謂明之中涓刪注始成略本，不審何出？但得非見祖本早在元代，固未由定其不然矣。又局刻所配入聲與此本亦迥異，疑宋代別有略本流傳如此。」又引《書宋槧後》云（2004：12）：「有曹棟亭圖記第五冊乃別配另一宋本，正揚州局刻本所自出，局刻多失宋槧佳處，刻成之後，依張氏轉改，將去聲目錄醼陷鑑三大字鑿補，而小字任其牴牾，戴東原撰《聲韻考》目之為景祐塗改，而不知其出於曹氏手也。」筆者根據陳新雄所述將這三種版本、內容及其祖本列圖如下：

	版 本 內 容	祖 本
澤存堂詳本	字多；注詳；卷首載陸序、孫序，又注明隋唐撰集增字諸家姓氏；各卷韻目上有切語；卷末載雙聲疊韻法等六則附錄。行世有：張氏澤存堂本、黎刻古逸叢書覆宋本、涵芬樓復宋巾箱本。	傳是樓藏宋槧

略本	字少；注略；卷首僅載孫序，又缺論曰以下一段；各卷韻目上無切語；卷末亦無雙聲疊韻法等六則附錄。行世有：黎刻古逸叢書覆元泰定本、明內府本、顧亭林刻本、明德堂刊麻沙小字本。	元槧
局刻平上去詳而入略本	前四卷及卷首與詳本同；後一捲入聲韻，字少注略，但與略本亦異；卷末亦無雙聲疊韻法等六則附錄。行世有：曹棟亭五種本。	曹棟亭所藏宋槧第五卷配元槧

據李俊傑（2006）指出：

> 元本封面題覆元泰定本廣韻，前載孫愐唐韻序，10 行 20 字，序末有泰定乙丑菊節圓沙書院刊行牌記。12 行。注雙行。四周雙欄、黑口、黑雙魚尾。〔註2〕

紀國泰《鉅宋廣韻版本及價值考論》（《西華大學學報》2009 年第 1 期）論及「鉅宋廣韻與澤存堂本和古逸叢書本兩種《廣韻》版本之間的關係問題」時指出，「宋本《廣韻》流傳至今的，大都為南宋國子監刻本（簡稱監本），也有民間書鋪所刊印的所謂私刻本。監本與私刻本的主要區別標誌有兩個：第一，監本於卷首陸序前載有北宋真宗景德四年和大中祥符元年頒布的牒文各一道，私刻本則無這兩道牒文；第二，監本每頁版面為二十行，私刻本則為二十四行。」筆者所討論的圓沙書院本其實也屬於私刻本。

余迺永在《互注宋本廣韻》（2008：4～13）「新校修訂版序」中曾論及《廣韻》的版本流傳問題，今摘錄如下：

> 《切韻》傳世之殘卷約可分五系。舉其大者，乃《切二》及《切三》為一系，《王一》及《全王》為一系，《王二》與《唐韻》各為一系，《五代本切韻》為一系。前四系同屬寫本，《五代本切韻》則有寫本與刻本兩種。由《切韻》至《廣韻》其間相距逾四百年，體例除《王二》之韻目及韻序略異。諸系之別，不外於韻目以開合分或以洪細分，又收字漸廣兼且注文越見繁富耳，故其間不同乃量之增加而非質之改變。

> 《廣韻》傳世之宋刻，國內所見北宋版獨俄藏黑水城殘卷一種。南宋版者可分三系，即浙地官刊之高宗時刻本及寧宗時據以翻刻者為一系，此系之祖本乃俄藏北宋本。孝宗時浙刊官刻之巾箱本與乾

道五年黃三八郎書鋪私刻於閩地之鉅宋本各為一系。鉅宋本雖非官刻，刊行亦較晚，然觀其上聲之豏、檻、儼、范四韻及去聲之陷、鑒、釅、梵四韻與平、入二聲之咸、銜、嚴、凡及洽、狎、業、乏諸韻相配不紊，錯字又較少；而非如俄藏本去聲置釅韻於陷韻之前（上聲韻末殘缺無考），可知鉅宋本所據以為底本者必早於俄藏本。巾箱本上去二聲此四韻亦如高宗本之提儼、釅於豏、陷之前，錯字則與俄藏本及鉅宋本互有異同，是以自成一系也。

清代翻刻之宋本《廣韻》，康熙甲申四十三年有吳郡張士澤存堂本及丙戌四十五年曹寅刻於揚州詩局之棟亭本，光緒十年有黎庶昌刻古逸叢書本。黎刻所據之底本為南宋寧宗時刻本，由楊守敬於日本訪得。張刻所錄之刻工同黎本而錯字較黎刻為少，故所據者乃為寧宗版之遞修本，原藏汲古閣。曹刻改南宋本原每半頁十行為八行，是以版面異於張刻及黎刻，又略去刻工姓名；然以內涵言，張刻與曹刻最相若，二書可能來自同一底本。兩者之不同，或曹氏乃據寧宗遞修本翻刻，而張氏乃據相同於此本之影鈔翻刻，遂不免有手民偶失。觀曹寅自刻之《棟亭書目》謂家藏《廣韻》有宋本及元本各一部，張刻後跋自記云從毛扆處借得大宋重修《廣韻》一部，遂延其甥王君為玉摹寫刻本可知也。何況二書底本並於入聲一帙殘缺，曹刻以元刻略注本充之，張刻則依潘耒鈔徐元文含經堂藏宋本補足；然二書自上平至入聲，其誤與不誤諸字仍幾相沿不替者乎？至於曹刻較張刻遲刊兩年，二本之近似，可能曹刻曾用張刻勘對。惟曹刻何以不援引張刻補足詳本之入聲一卷，又去聲諫韻韻末，曹刻之「妠、鑹、幾、羼」四字排列如《全王》《唐韻》及北宋本，而非如張刻之作「妠、羼、鑹、幾」，或元刻本之作「妠、鑹、羼、幾」。足見曹刻必有所受，張刻之近似曹刻，乃二者有相同之底本，張刻復得潘鈔補足及王為玉等之校讎，並先於曹刻刊行而已。

前人所謂之北宋本《廣韻》，據版心所錄刻工姓名及所避帝諱，已證其為前述之南宋高宗時刻本。其書每半頁十行乃南宋監本版式，而非如俄藏北宋本之每半頁十四行更毋論矣。此本全帙現藏日本內

閣文庫，北京圖書館所藏同版者缺上聲及入聲兩卷，書前有毛晉汲
古閣圖書印記。鉅宋本之全帙亦歸日本內閣文庫，其上海圖書館藏
本缺去聲一卷及上聲第十八頁，原由顧澐隨黎庶昌出使日本而訪得。
黎刻之底本亦藏上海圖書館，此本所錄刻工，多見於南宋寧宗浙地
官刻之板檗，廟諱則至高宗趙構之構字而止，然不及北宋徽宗之佶
字及欽宗之桓字。其版面及每行字數又悉如高宗本，可知乃南宋寧
宗時依高宗間刊本覆刻者。此版迭經修訂重印，故黎刻行款及刻工
雖同於張刻而錯字較多，可定為寧宗時之初刻本。張刻所據者雖乃
遞修本，然張刻廟諱止于欽宗之桓字而非南宋高宗之構字，異於寧
宗本甚至高宗本者相反。黎氏以所據宋本不無瑕誤，欲盡依張刻改
之；惟楊守敬則欲竭從祖本，終議改其中之訛替甚明者，並附黎氏
校札一卷於古逸本書末。結果仍「從原本者十之二、從張本者十之
八」。寧宗初刻本謬誤居諸宋刊之首自是不難想見也。巾箱本所錄刻
工見於孝宗乾道年間另本宋刻，故屈萬里及昌彼得之《圖書版本學
要略》謂乃孝宗時婺州（今浙江金華縣）所刻。原藏毛晉汲古閣，
後歸張元濟涉園，現藏於臺北中央圖書館。此書前後頗多散佚，上
海涵芬樓以張刻澤存堂本補共三十六頁，商務印書館刊於《四部叢
刊初編》。縮印本並補張刻之「大宋重修《廣韻》一部」至「論曰」
序文共六頁。

　　南宋寧宗時覆刻高宗紹興間浙刊本有初刻本與遞修本之分，自
來為勘《廣韻》者忽略；故每遇諸本與澤存本相違之處，輒指謂張
改。如周祖謨《廣韻校勘記》序言評「張氏刻書頗好點竄」，並引楊
守敬《日本訪書志》云「原本（指寧宗初刻本）謬訛不少，張氏校
改撲塵之功誠不可沒。然亦有本不誤而以為誤者，有顯然訛誤而未
校出者，有宜存而徑改者」以證成其說；且謂「宋本面目惟有憑藉
黎刻所附校札，始得窺其大略」。又於《跋張氏澤存堂本廣韻》一文，
謂「宋刻之中，當以巾箱本為最善」；並譏黎氏為張本所蔽，未能全
仍宋本之舊，乃無真知灼見之過云。孰知巾箱本訛誤之多，實僅次
寧宗初刻本耳。

　　張刻澤存堂本《廣韻》於清代之批校獨多，存錄者如孫爾準朱校本，現藏臺灣中央圖書館；陳澧評點侯康之朱校本，現存加拿大英屬哥倫比亞圖書館；黃丕烈跋並臨段玉裁校跋本，又李福臨顧廣圻所錄惠棟、段玉裁校本，兩本均存北京圖書館。又沈廷芳批校本，現歸上海圖書館。曹刻《廣韻》於清代之批校，有北京圖書館藏何焯校跋本。近人周祖謨得見黃丕烈過錄之段校本，又得王國維以巾箱本校張刻及以《切韻》《廣韻》通勘《廣韻》之緒餘，附以黎刻《廣韻校札》及趙斐雲重校王勘，並益以故宮博物院所藏王仁昫《刊謬補缺切韻》等校注，於一九三七年出版《廣韻校本》及《校勘記》。惟周書往後五十餘年不予修正，故一九四七年於北京故宮博物院影印流通之宋濂跋全本《王韻》，及一九八四年於上海古籍出版社印行之巨宋本均未嘗引用；兼且對《廣韻》版本之知慮既欠周遍，復每疏經訓，難免於力詆張刻之餘，輒以不誤為誤；甚而他本有與澤存堂本相合者，抑義熟視無睹，執意指為張改。……拙著初版為一九七五年刊行於臺北聯貫出版社之《互注校正宋本廣韻》，一九九三年於香港中文大學刊行《新校本》，皆以闡釋《廣韻》音系及訂補全書又切為務。蓋其時對書中訛字誤注之處，仍信從周說而未遑修訂也。後覺齟齬漸多，復見龍宇純氏之《全本王韻校箋》及《廣韻校札》，其論每與《周校》相左。近得魯國堯兄之助，大致集齊《廣韻》善本；取與《切韻》系書逐字比勘，方悟《周校》闕失鏨多，非加刊正，《廣韻》真貌反蔽而不章也。一九九四年趁移居加國之便，竟兩年之功，所得已逾《新校本》逾三十萬字；又為善本難得，搜求幾得十年，乃一旦接踵而至。每得一本，則從頭檢校乙次，再四再三，通宵達旦，睡不寧席。至於勘對所獲，凡片言可析者俱但著書眉，蓋一則便於尋按，兼可節約篇幅。需要詳論各條，始置諸校勘記也。

　　文中所述「光緒十年有黎庶昌刻古逸叢書本。黎刻所據之底本為南宋寧宗時刻本，由楊守敬於日本訪得。張刻所錄之刻工同黎本而錯字較黎刻為少，故所據者乃為寧宗版之遞修本，原藏汲古閣。」「鉅宋本之全帙亦歸日本內閣文庫，其上海圖書館藏本缺去聲一卷及上聲第十八頁，原由顧澐隨黎庶昌出

使日本而訪得。黎刻之底本亦藏上海圖書館，此本所錄刻工，多見於南宋寧宗浙地官刻之板槧，廟諱則至高宗趙構之構字而止，然不及北宋徽宗之佶字及欽宗之桓字。其版面及每行字數又悉如高宗本，可知乃南宋寧宗時依高宗間刊本覆刻者。此版迭經修訂重印，故黎刻行款及刻工雖同於張刻而錯字較多，可定為寧宗時之初刻本。」這屬於《古逸叢書》本之一種。另一種余迺永在校例中曾談及：

> 《廣韻》之屬：底本據清張士俊澤存堂翻刻之宋本，並據涵芬樓所藏景宋寫本及覆印宋刊巾箱本、黎刻古逸叢書覆宋本及校札、日本內閣文庫藏南宋高宗紹興間刊監本（簡稱南宋祖本）及孝宗乾道五年黃三八郎書鋪所刻之鉅宋本、北京大學所藏曹刻楝亭五種本、上海古籍出版社影印鉅宋本及俄藏黑水城北宋刻本、臺北故宮博物院藏元刻至正刊本、至順刊本及勤德堂鼎新刊本、又中央圖書館藏元建刊本及元某本、黎刻古逸叢書覆元泰定本、明刻永樂甲辰廣成書堂刊本、顧炎武翻刻明經廠本、四庫全書文淵閣《原本廣韻》及《重修廣韻》以與澤存堂本相勘。

可見，文中所述「黎刻古逸叢書覆元泰定本」才是我們所說的圓沙書院刻本。

張亮（2010）對《廣韻》版本收藏情況做過分析，「《廣韻》從刊行到現在版本很多，常見的本子有張氏澤存堂本、《古逸叢書》覆宋本、涵芬樓覆印宋刊巾箱本、曹刻楝亭五種本、乾道五年黃三八郎本《鉅宋廣韻》、覆元泰定本、小學匯函內府本等 7 種。前 5 種稱繁本，後兩種稱簡本。所謂簡本是元人根據宋本刪削而成。繁本和簡本主要表現為注文的多少不同，個別韻收字多少也略有不同，但音系是相同的。」〔註3〕指出覆元泰定本為簡本。

張亮《善本古籍〈廣韻〉版本考》（《圖書館學刊》2010 年第 3 期）介紹了遼寧師大圖書館所藏王松蔚批校張氏澤存堂本《廣韻》的版本情況。

周祖謨《廣韻校本》（中華書局 2011 年第 4 版）序言部分介紹了《廣韻》的版本問題。作者首先介紹了《廣韻》的詳略兩種類型。「詳注本為宋陳彭年等原著，略注本則為元人據宋本刪削而成者。明人所見多為略注本，詳注本

〔註 3〕張亮、譚曉明《善本古籍〈廣韻〉版本考》，《圖書館學刊》，2010 年第 3 期，頁 96。

流傳甚少。至清初，張士俊乃據汲古閣毛氏所藏宋本及徐元文所藏宋本校訂重雕，廣韻原書面目始為世人所知。其後曹寅亦曾據宋本雕版，但行款與宋本不同。曹刻印本較少，故不若張刻流傳之廣。」（頁1）但是張氏刻書「好為點竄」，問題不少。後來黎庶昌曾以楊守敬所得宋本《廣韻》刻入古逸叢書中。雕版時根據張本刊正，結果「宋本與張本不同者，從原本者十之二，從張本者十之八」，所以，「《廣韻》一書始終缺一完善之刻本」。後來作者見到了不少宋本《廣韻》，認為張、黎兩本所據同為南宋監本。「因以澤存堂初印本為底本，參照各本，以復宋本之舊。其後復取四部叢刊景印南宋巾箱本、曹刻棟亭五種本、黎刻古逸叢書覆元泰定本以及顧炎武翻刻明經廠略注本，校其異同。苟有可採，悉加擇錄。進而博考群書，並參考今日所見唐本韻書，以正宋人重修之失。最後寫為定本，並撰述校勘記五卷，附於校本之後，以便尋案。」（頁2～3）

劉芹《〈四庫全書〉所存〈原本廣韻〉成書來源考》（《中國典籍與文化》2013年第4期）首先從編書體例、注釋、注音、韻字字形、韻字收錄五個方面對《四庫全書》所存《原本廣韻》與《重修廣韻》進行比較，得出的假設是《四庫全書》所存《原本廣韻》成書年代晚於《重修廣韻》。並根據朴貞玉、朴現圭《廣韻版本考》，列出《廣韻》各版本關係（頁87）：

元元貞

乙未明　　元元貞乙未十二行槧→明內府本→原本廣韻
　　　　　元龍集乙卯本→元泰定乙丑本→覆元泰定本

德堂本

進而選取元元貞乙未明德堂本系列之《廣韻》與《四庫全書》所存《原本廣韻》作一比較，看二者之間關係密切與否、程度如何。作者從編排體例、注釋、注音、韻字字形、韻字收錄方面比較後得出：《四庫全書》所存《原本廣韻》成書晚於《重修廣韻》，來源於明內府刊版刪削，最早所據底本可溯至元元貞乙未明德堂本，與《覆元泰定本廣韻》一卵雙生。

張亮、鄭國新、丁一聞《徐宗元尊六室所藏〈廣韻〉及批校題跋輯錄》（《圖書館學刊》2019年第3期）介紹了現代學者徐宗元所藏澤存堂本《廣韻》的批校、題跋。據考，有王頌蔚、惠士奇、惠棟父子批校以及碑文108處，作者進而分析其文獻價值。

　　以上綜述對《廣韻》版本的研究，可見，《廣韻》從刊成以來，版本複雜，有 80 多種。對《廣韻》版本研究卓有成效者，如周祖謨和余迺永。特別是余迺永，他對《廣韻》版本的梳理比較有成績。他廣搜眾版，詳細分析版本流傳，並結合避諱、小韻韻序以及小韻內容佐證之。

　　對於略本《廣韻》的研究，如劉芹，通過比較幾種略本的關係，分析版本源流，對我們考察圓沙書院本《廣韻》很有參考價值。

第一章　俄藏黑水城《廣韻》與泰定圓沙書院本比較研究

　　俄藏黑水城《廣韻》，余迺永（1999）考證為北宋本《廣韻》。今將其與圓沙書院本《廣韻》這一注略本比較，觀察二者間的異同。

　　據聶鴻音（1998：148），「俄藏《廣韻》原件為蝴蝶裝刻本，紙幅 18.5*27 釐米，版框 15.5*23 釐米，半頁 14 行，四周雙欄，白口單魚尾，版口下端署李、秦、郎三個刻工姓氏。原書上平聲、入聲兩卷全佚，其餘三卷亦多有殘缺。現存部分如下：下平聲一先肩字至四宵矯字，10 面；又九麻斜字至十陽商字，2 面。上聲三十小膘字（敷沼切）至五十琰獫字（良冉切），18 面。去聲十三祭蠆字至五十八陷顲字，38 面。原書各卷的首尾均已亡佚，沒有刊刻題記保存下來，人們目前還無法得知這部書的確切刻印時間和地點。」

　　筆者將俄藏本現存的卷數內容與圓沙書院本相同韻字進行比較，分析圓沙書院本略去了哪些內容，有何異同。（「同」表示二種版本相同）

第一節　泰定圓沙書院所刻《廣韻》與俄藏黑水城本內容相同

一先

　　1. 鵳：鵁鵳鳥名又五革五堅二切。

2. 狷：上同

3. 狷：俗

4. 菺：茂葵也今蜀葵

5. 麜：鹿有力又音牽

6. 麡：上同

7. 鵑：鶺鵑鶺屬

8. 緅：緊也

9. ○賢：善也能也大也亦姓胡田切十七

10. 臤：古文又口間切

11. 絃：俗見上注

12. 胘：肚胘牛百葉也

13. 刏：自刎頸也

14. 挗：縣名又音堅

15. 婜：婦人守志

16. 趌：疾走

17. 礥：艱險又剛強也

18. 睯：難也

19. ○煙：火氣也烏前切十二

20. 煙：上同

21. 窒：古文

22. 煙：籀文

23. 咽：咽喉

24. 驔：馬竅白

25. 胭：胭項

26. 薕：竹名

27. 閼：閼氏單于適妻也氏音支

28. ○蓮：爾雅云荷芙蕖其實蓮落賢切八

29. 憐：愛也又哀矜也

30. 憐：俗

31. 虋：虋虋餅也

32. ○田：釋名曰土已耕者曰田田填也五稼填滿其中也又姓出北平敬仲自
陳適齊後改田氏九代遂有齊國徒年切十九

33. 佃：作田也說文云中也春秋傳曰乘中佃一轅車古輕車也又音甸

34. 填：塞也加也滿也又陟陳切

35. 闐：轟轟闐闐盛皃

36. 蹎：蹋地聲

37. 謳：謳誕語不正也又他丹切

38. 鈿：金花又音甸

39. 輴：輴輴眾車聲

40. 磌：柱礎

41. 鷏：蚊母鳥也

42. 湵：湵污大水皃又都年切

43. 貚：貙屬

44. 摷：擊也

45. ○秊：穀熟曰年奴顛切三

46. 年：上同

47. ○顛：頂也又姓左傳晉有顛頡都年切十五

48. 巔：上同

49. 齻：牙齻儀禮曰右齻左齻鄭玄云齒堅也

50. �：馬額白今戴星馬

51. 槙：木上

52. 瘨：病也

53. 癲：上同

54. 滇：滇池在建寧

55. 敱：走頓

56. 驒：驒騱野馬

57. 傎：傎隕也又倒也

58. 蹎：蹎僕說文跋也

59. 厧：厧冢

60. ○牽：引也挽也連也亦姓晉有牽秀何氏姓苑云武邑人苦堅切九

61. 縴：縴縺惡絮

62. 蚈：螢火又古奚切

63. 麉：鹿之絕有力者亦作麡

64. 鳽：說文曰石鳥一名雝鶏一曰精列又秦公子名士鳽

65. ○妍：淨也美也好也五堅切八

66. 研：磨也

67. 硯：上同

68. 掔：掔破

69. 醘：醮也

70. 趼：獸跡

71. 輕：急也又牛耕切

72. ○眠：寐也莫賢切七

73. 瞑：上同說文曰翕目也又音麵

74. 瞴：埤蒼雲注意而聽也

75. 瞑：爾雅曰密也

76. 宀：上同

77. 䰅：燒煙畫眉

78. 寡：不見

79. ○蹁：蹁躚旋行兒部田切十二

80. 螷：螷珠

81. 骿：骿肋

82. 輧：四面屏蔽婦人車又房丁切

83. 胼：胼胝皮上堅也

84. 趼：上同

85. 骈：益也

86. 玭：班珠或與螷同

87. 琕：上同

88. ○淵：深也管子曰水出而不流曰淵又姓世本有齊大夫淵湫烏玄切十

89. 剈：上同

90. 囷：古文

91. 痏：骨節疼也

92. 弲：弓勢

93. 剈：曲翑

94. 鼝：鼓聲

95. 遄：行皃

96. 翾：鳥群

97. 蜎：蜎蠉又嬽泫切

98. ○涓：說文曰小流也又姓列仙傳有齊人涓子古玄切八

99. 睊：視皃

100. 蠲：除也潔也明也說文曰馬蠲蟲明堂月令曰腐草為蠲

101. 萺：草名

102. 稍：麥莖

103. 鵑：杜鵑鳥

104. 焆：明也

105. 鞙：鞙馬尾也又胡犬切

106. ○銷：銅銚火玄切五

107. 圓：規也又辭沿切

108. 栒：椀屬

109. 瞁：直視

110. ○邊：畔也邊陲也近也厓也方也又姓出陳留北平二望陳留風俗傳云祖於宋平公布玄切十四

111. 籩：竹器

112. 甂：小盆

113. 蝙：蝙蝠仙鼠又名伏翼

114. 猵：獺屬

115. 穮：籬上豆也又北典切

116. 編：次也又方法切

117. 萹：萹竹草又北泫切

118. 蹁：足趾不正

119. 儇：身不正也

120. 牑：牀上版也

121. 蹁：行不正皃又薄邊切

122.（○玄）縣：說文云繫也相承借為州縣字

123. 眩：亂也又胡練切

124. 駽：馬一歲

125. 玹：石次玉

126. 矎：目童子也

127. 昡：目大皃

128. 胘：牛百葉又音弦

129. 峘：說文云漢中西城有峘鄉

130. ○祅：胡神官品令有祅正呼煙切二

131. 詽：訶也怒也

二仙

132. 僊：古文

133. 𦬕：𦬕莚蘮也

134. 籑：竹名又音癬

135. 茾：草名似莞

136. 躚：舞皃

137. 秈：秈稻

138. 碈：祆繪石也

139. 廯：倉廩

140.（○遷）𨘩：古文

141. 𨗳：上同

142. 鄒：地名

143. 櫏：椦櫏木名

144. 籩：箐籩竹名

145. 𤶊：痛也

146. ○煎：熟煮子仙切四

147. 髯：女鬢垂皃

148. （○然）㺔：猚㺔獸名似猿白質黑文

149. 嘫：姓也

150. 肰：犬肉

151. 繎：絲勞皃

152. 篒：竹名

153. 蘸：草名

154. 燃：陸佐公石闕銘云刑酷燃炭

155. （○延）狿：獌狿大獸名

156. 郔：地名在鄭

157. 綖：冠上覆也

158. 蜒：蚰蜒

159. 袩：帤袩牛領上衣

160. 鋋：小矛又市連切

161. 睒：相顧視也

162. 遅：上同

163. 遴：行皃

164. 莚：草名

165. （○餐）饘：上同

166. 邅：上同

167. 栴：栴檀香木

168. 氈：席也周禮曰秋斂皮冬斂革供其毳毛為氈

169. 鸇：晨風鳥

170. 顫：江湘間人謂額也

171. ○甄：察也一曰免也居延切又章鄰切三

172. 蒬：草名一曰豕首又名彘盧

173. 甎：竹器

174. （○邅）邅：同行難也說文曰趁也又直然切

175. 鱣：詩曰鱣鮪發發江東呼為黃魚

176. 鳣：上同

177.（○潺）鐉：小鑿

178. 輲：軒輲

179. 壥：門聚

180.（○羶）扇：扇涼又式戰切

181. 鋋：魚醬

182. 脡：生肉醬又丑延切

183. 袩：帴袩牛領上衣又音延

184. ○脠：魚醢也說文云肉醬丑延切四

185. 延：說文曰安步延延也

186.（○鋋）單：單于又丹善二音

187. 挻：挻援牽引

188. 僐：態也

189. 僤：上同

190. 禪：靜也又市戰切

191. 嬋：嬋娟好皃

192.（○纏）纏：俗餘皆倣此

193. 鄽：市鄽

194. 趈：移也又張連切

195. 蟺：守宮別名

196. 廛：居也說文曰一畝半也一家之居也

197. 壥：上同

198.（○嗎）仚：輕舉皃說文曰人在山上也

199. 嫣：長皃好皃又於建於遠二切

200. 翮：飛皃

201.（○連）漣：漣漪風動水皃

202. 鰱：魚名

203. 獜：獜猭兔走皃

204. 鏈：鉛礦又丑延切

205. 磏：上同

206. 槤：移也又橫關柱又木名

207.（○篇）翩：飛皃

208. 媥：身輕便皃

209. 瘺：身枯

210. 扁：小舟

211. 藊：藊苆可食又補殄切

212.（○便）緶：縫也

213. 楩：木名

214. 平：書傳云平平辯治也又皮明切

215. 諞：巧言又符蹇切

216. 娹：娹娟美好

217. 箯：竹輿

218. 蝙：蝙蜎沙虱也亦作蝒

219. 楄：木名食之不咽

220.（○縣）綿：上同

221. 謱：欺也

222. 蝒：馬蜩蟬中最大

223. 愐：忘也

224. 宀：深屋

225. 顐：雙生

226. 杣：木名

227. 臱：視遠之皃

228. 楣：木名

229. 櫋：櫋密也

230.（○全）蜁：貝也白質黃文

231. 牷：牛全色書傳云體完曰牷

232. 眰：目眇視皃

233. 萲：莘萲草也

234. ○宣：布也明也徧也通也緩也散也須緣切九

235. 揎：手發衣也

236. 捿：上同

237. 憛：吳人語快說文曰寬嫺心腹兒

238. 圍：面圓也

239. ○鐫：鑽也斷也子泉切四

240. 銕：古文

241. 朘：縮朒

242. 剶：剝也又丑全切

243. ○翾：小飛許緣切九

244. 儇：智也疾也利也慧也又舞兒

245. 弲：角弓兒

246. 蠉：蟲行兒

247. 趰：疾走兒

248. 譞：智也

249. 嬛：嬛妍美頭

250. 矎：目童子也

251. ○壖：江河邊地又廟垣或從需餘同而緣切六

252. 褖：促衣縫也

253. 堧：城下田也

254. 擩：攜物也

255. 緛：緛絲難理

256. ○穿：通也孔也昌緣切三

257. 川：山川也蔡邕月令章句曰眾流注海曰川釋名曰川者穿也穿地而流也

258. 灥：三泉

259. ○沿：從流而下也與專切十二

260. 㳂：上同

261. 鉛：說文曰青金也一曰錫之類也

262. 鈆：上同

263. 櫞：拘櫞樹皮可作粽埤蒼雲果名似橘

264. 捐：棄也

265. 蝝：蝗子一曰蟻子

266. 鰅：魚名

267. 蔫：郭璞云蔫尾草一名射干

268. 腅：短也

269.（○旋）㮈：圓案

270. 璿：玉名

271. 璇：上同

272. 叡：籀文

273. 蜎：蜎蜎沙虱

274. 淀：回淀

275. 瓀：美石次玉

276. 瑌：上同

277. 蜒：蜒蝸蝸螺也

278. 匼：漉米竹器

279. 還：還返

280. 圓：規也又火玄切

281. 瞦：好皃

282. 嬽：上同

283. 旋：圓轉轤也

284. ○娟：便娟舞皃嬋娟好姿態皃於緣切七

285. 悁：悁憂悒也

286. 蜎：蠋皃又狂兗切

287. 㟄：山曲

288. 瀿：水深

289.（○船）舡：上同

290.（○鞭）鯾：魚名

291. 鯿：上同

292. 箯：竹輿

293. 揙：揙擊

294. ○次：口液也夕連切二

295. 涎：上同

296. ○詮：平也說文具也此緣切十九

297. 銓：銓衡也又量也次也度也

298. 硂：上同

299. 痊：病瘳

300. 佺：偓佺仙人

301. 騡：白馬黑唇

302. 筌：取魚竹器

303. 絟：細布

304. 譔：善言

305. 諏：言語和悅

306. 縓：爾雅曰一染謂之縓今之紅也又採選切

307. 悛：謹兒

308. 荃：香草

309. 刌：剔也

310. 峑：山巓

311. 匡：簿也又竹器名

312. 鑡：說文曰所以鉤門戶樞也一曰治門戶器也

313.（○專）磚：磚瓦古史考曰烏曹作磚

314. 篿：楚詞云索瓊茅以筵篿王逸云折竹卜曰篿又音團

315. 嫥：可愛之兒

316. 膞：膞鳥胃也

317. 鱄：魚名專諸吳刺客或作鱒

318. 鷒：鳥名又徒端切

319. 鄟：邾鄟邑名

320. ○遄：速也疾也市緣切八

321. 篅：說文曰以判竹圜以盛穀也

322. 圌：上同

323. 輇：無輪車名

324. 輇：上同

325. 橏：木名

326. ○員：說文作員物數也王權切又云運二音四

327. 圜：天體

328. 圓：上同

329. 湲：潺湲

330.（○怑）踡：屈也伏也蹴也

331. 睠：目眇視也

332. 蜷：蜿蜷蛇名

333. ○栓：木丁也山貟切二

334. ○猭：獮猭兔走皃丑緣切二

335. 剶：去木枝也

336. ○乾：天也君也堅也渠焉切又音千九

337. 鰬：魚名

338. 騝：騮馬黃脊

339. 橬：廩也構木為之

340. 鍵：鑰也又音件

341. 搟：舉也

342. ○愆：過也去乾切十

343. 辛：古文

344. 譽：籀文

345. 僁：俗

346. 褰：褰衣

347. 襩：齊魯言袴又巳偃切

348. 趘：蹇足跟也

349. 攐：縮也

350. 嘕：方言曰嘕嘕歡皃

351. 豥：曲角

352. 顴：頰骨

353. 躽：曲脊行也

354. 瘞：手屈病也

355. 犍：牛黑耳又音卷

356. 蠸：食瓜葉黃甲蟲

357. 齮：齒曲

358. 鷓：鷓鴣也

359. 奯：大視皃又音倦

360. 㿼：盌也

361. 朧：朧朕醜皃

362. 蜷：蟲形詰屈

363. ○椽：屋桷也直攣切二

364. ○攣：攣綴呂員切三

365. 癴：病也亦作癵

366. ○巻：古縣名在滎陽丘圓切五

367. 罨：小幰

368. 鬈：髮好皃

369. 閼：閼氏單于妻又音遏

370. 蔫：物不鮮也

371. 嫣：長皃又人名

372. 鄢：人姓又鄢陵縣名又於晚切亦作傿

373. 蝘：蝘蜓蟲名

374. 焉：語助也又於乾切

375. ○嬽：蛾眉皃於權切二

376. 灙：水深皃

377. ○燀：火起皃尺延切一

378. ○邅：行不正皃丁全切

379. ○勬：強健也居員切一

三蕭

380.（○蕭）彇：弓弭

381. 橚：橚槮樹長皃

382. 潚：水名

383. 飍：涼風

384. 踃：跳踃

385. 翩：羽翼蔽皃

386. 舭：上同

387. 艘：船總名又音騷

388. 瞍：目無眸子曰瞍又音藪

389. 翛：翛翛飛羽聲

390. 撨：擇也

391. ○祧：遠祖廟也吐雕切十一

392. 挑：挑撥

393. 朓：月出西方又吐了切

394. 庣：不滿之皃

395. 銚：田器

396. 趒：雀行又他弔切

397. 聎：耳疾

398. 蓚：苗也

399. （○貂）髫：小兒留髮

400. 刟：斷穗

401. 琱：琱琢

402. 彫：彫落

403. 鯛：魚名

404. 鵰：籀文

405. 蛁：蛁蟟茆中小蟲

406. 雕：雕刻亦作鵰

407. 裗：說文云短衣也

408. 夷+衣：死人衣

409. 苬：葦華也又音調

410. 蓨：蓨葫荄實

411. 舠：吳船

412. 鳭：鳭鷯剖葦求蟲食似雀青班色

413. 稠：大也多也

414. 裯：上同

415. 瞴：熟視

416. 〇迢：迢遞徒聊切二十二

417. 樤：柚條或從木

418. 趒：躍也

419. 銚：紂頭銅飾

420. 蜩：大蟬

421. 佻：獨行皃詩曰佻佻公子

422. 芀：葦華

423. 鮡：魚名

424. 庣：田器

425. 髫：髫髻毛皃

426. 苕：草木實垂苕苕然也

427. 鰷：白鰷魚名

428. （〇驍）澆：沃也薄也

429. 憿：憿幸或作僥又作僬倖

430. 釗：覷也遠也亦弩關一云周康王名又作覷又指遙切

431. 邀：遮也又於宵切

432. 徼：求也抄也又音叫

433. 膋：腸間脂也

434. 飉：風也

435. 遼：遠也又水名

436. 憀：無憀賴也

437. 竂：穿也

438. 寥：空也又寂寥也寥廓也

439. 料：料理也量也又郎弔切

440. 嫽：周垣

441. 膋：蓋骨亦橑也又力道切

442. 撩：取物又理也

443. 撢：擊也又側交切

444. 僚：上同

445. 鐐：有孔爐又紫磨金也爾雅曰白金曰銀其美謂之鐐

446. 膠：空谷

447. 鷯：鷦鷯

448. 篍：竹名

449. 璙：玉名

450. 嫽：相嫽戲也又力弔切

451. 潦：水清也

452. 蟟：蛯蟟

453. 瞭：目明也

454. 竂：谷名

455. 藔：草木疎莖

456. 髎：細長寮

457. 嶚：崇山兒

458. 憭：空兒

459. 獠：夜獵也又知卯盧皓二切

460. 髎：臗骨名

461. 廖：崖虛

462. 蟧：馬蟧大蟬

463. 敹：揀擇

464. 嘹：嘹亮聞遠聲又力弔切

465. ○堯：至高之兒諡法曰翊善傳聖曰堯五聊切五

466. 嶢：嶕嶢山危

467. ○膮：豕美也詐堯切七

468. 嘵：懼聲詩曰予維音之嘵嘵

469. 憢：憢憢懼也

470. 烄：長大兒

471. 膮：臕膮腫欲潰也

472. 顤：大額又去遙切

473. ○麼：麼麼小也於堯切五

474. 怮：怮怮憂也又一虯切

475. 蔓：草盛皃

476. 鮂：魚名

477. 䀮：望遠也

478.（○鄡）墩：地名說文礅也

479. 竂：竂寥空也

四宵

480. ○宵：夜也相邀切二十

481. 消：滅也盡也息也

482. 逍：逍遙

483. 銷：鑠也

484. 焇：上同

485. 硝：硵蛸藥名

486. 菁：草名又使交切

487. 哨：口不正也又七笑切

488. 翛：鳥毛羽也

489. 魈：魚名又所交切

490. 䱔：煎鹽

491. 摤：長皃又色交色角二切

492. 奞：張羽又先準切

493. 魈：山魈出汀州獨足鬼

494.（○超）怊：悵恨

495. 欥：健也

496. 帠：細絲

497. 昭：鳴也

498. 颲：涼風

499.（○朝）朝：古文

500.（○晁）晁：上同

501. 鼂：古文

502. 潮：潮水

503. ○嘵：喧也許嬌切又五刀切十

504. 梮：玄梮虛危之次

505. 歊：熱氣說文曰歊歊氣出皃

506. 磽：大磬也爾雅注云形如犁錧以玉石為之又音喬

507. 獢：獢獢短喙犬也

508. 獥：犬黃白色

509. 藃：草皃又火交切

510. 嘵：咢然大皃

511. 嚻：炊氣

512. 蘽：白芷別名

513. （○藮）藋：上同

514. 劋：刈草

515. 憔：憔悴瘦也

516. 顦：上同

517. 聰：耳中聲又音曹

518. 嶕：嶕嶢

519. 窲：嶚巢山高皃又音巢

520. 鐰：又音焦

521. 鄡：縣名

522. 僬：又音焦

523. 癄：面枯皃又音焦

524. 撨：取也

525. 藮：草名

526. ○驕：馬高六尺舉喬切九

527. 嬌：女字亦態

528. 憍：憐也恣也本亦作驕

529. 穚：禾秀

530. 蕎：藥名一名大戟

531. 喬：爾雅云句如羽喬郭璞曰樹枝曲卷似鳥毛羽

532. 簥：大管名也

533. 撟：舉手

534.（○焦）雧：籀文

535. 髟毛：兆髟上毛飾

536. 蕉：芭蕉

537. 膲：人之三膲

538. 鷦：鷦鵬南方神鳥似鳳又鷦鷯小鳥

539. 鳭：上同

540. 茮：上同

541. 噍：啁噍聲

542. 鐎：刁斗也溫器三足而有柄

543. 蟭：蟭蟭蟷蜋卵也

544. 顦：面顦枯也

545. 燋：灼龜不兆也亦作龜

546. 僬：義見僥字

547. 鐎：生枲也

548.（○饒）襓：劍衣

549. 擾：牛馴伏又而紹切

550. 蟯：人腹中蟲

551. 薿：芻薿

552. ○燒：火也然也式招切又式照切二

553. 絲：瓜名

554. ○遙：遠也行也餘昭切三十六

555. 媱：美好

556. 傜：使也役也又喜也或作傜

557. 繇：於也由也喜也詩云我歌且繇

558. 颻：飄颻

559. 歍：氣出皃

560. 窯：燒瓦窯也

561. 窰：上同

562. 銚：銚芅葟楚今羊桃也爾雅作銚

563. 珧：玉珧蜃甲

564. 鰩：文鰩魚鳥翼能飛白首赤喙常游西海夜飛向北海
565. 謠：謡歌也爾雅云徒歌謂之謡
566. 愮：憂也悸也邪也惑也
567. 恌：上同
568. 䌛：疾行又音由或作繇
569. 陶：皋陶舜臣又徒刀切
570. 蘨：草茂也又音由
571. 繇：瓜也
572. 烑：光也
573. 䍃：座也
574. 𢏗：弓利
575. 旚：旗旒
576. 榣：木名
577. 踰：跳踰行步皃
578. 瑤：美玉
579. 銚：銚餌食
580. 褕：褕狄后衣亦作榆
581. ○韶：舜樂也紹也市昭切十
582. 磬：上同
583. 佋：廟佋穆也或作昭父昭子穆孝經疏云昭明也穆敬也故昭南向穆北向孫從父坐又市沼切
584. 萔：草名
585. 卲：卜問
586. 玿：美玉
587. 韶：擊也
588. 軺：使車又音遙
589. 柖：柖床別名
590.（○昭）鵃：鶻鵃鳥也又竹交切
591. 鉊：淮南呼鐮
592. 釗：遠也見也勉也亦弩牙又周康王名

593. ○飇：風也俗作飆甫遙切十五

594. 標：舉也又木杪也又必小切

595. 猋：群犬走皃

596. 瘭：瘭疽病名

597. 幖：頭上幟也

598. 熛：飛火

599. 嶅：山峯

600. 驫：眾馬走皃

601. 膘：膘腴腫欲潰也

602. 賯：貝居陸也

603. 髟：髮長皃又所銜切

604. ○鑣：馬銜甫嬌切七

605. 虦：上同

606. 臕：脂臕肥皃

607. 儦：行皃詩云行人儦儦

608. 瀌：雪皃詩云雨雪瀌瀌

609. 麃：萑葦秀爾雅云猋麃芀

610. （○瓢）藨：方言云江東謂浮萍為藨

611. 橐：橐也又公混切

612. ○蜱：蟲名彌遙切五

613. 蜱：蠶初生也

614. 篻：竹名

615. 鷉：工雀

616. （○苗）描：描畫也又音茅

617. 貓：獸捕鼠又爾雅曰虎竊毛謂之虦貓又武交切

618. 貓：俗

619. （○要）葽：秀葽草也

620. 喓：蟲聲

621. 蝼：蛇名

622. 褛：褛襻

623. 邀：邀遮又音梟

624. 蟯：腹中蟲又如消切

625. ○鴞：鷗鴞於嬌切二

626. ○喬：嬌：廣雅云禹妃之名又音驕

627. 蕎：蕎麥又音驕

628. 蹻：驕也慢也又巨虐切

629. （○揪）幧：斂髮謂之幧頭亦作幓

630. 稵：上同

631. ○妖：妖豔也說文作媄巧也今從夭餘同於喬切五

632. 祅：祅災

633. 訞：巧言兒

634. 夭：和舒之兒又乙嬌切

635. （○蹻）繑：說文云絝紐也

九麻

636. ○衺：不正也似嗟切四

637. 斜：上同

638. 邪：鬼病亦不正也論語曰思無邪

639. 蒒：蒒蒿

640. ○闍：闍闇城上重門也視又德胡切五

641. 鉈：短予又音夷

642. 鍦絁：並上同

643. （○窊）窪：深也亦渥窪水名又於佳切

644. 鼃：蝦蟆屬也

645. ○髽：婦人喪髻莊華切一

646. （○檛）簻：上同

647. 笯：亦同

648. 膼：膼也

649. （○爬）琶：琵琶樂器

650. 查槎：二同

651. 艫：艫齖又音櫨

652. 〇佗：佗儕失意敕加切儕丑例切四

653. 哆：張口也

654. 䑥：緩口又厚脣也

655. 〇奓：張也陟加切八

656. 譇：譇詉語不正也

657. 觰：角上廣也

658. 瘥：瘡痕

659. 吒：達利吒出釋典本音去聲

660. 䶲：嗺聲

661. 胮：不密又黏也

662. （〇煆）谺：字統云谽谺谷中大空皃

663. 瘒：瘒病

664. 岈：嵖岈山深之狀

665. 颬：吐氣又風皃

666. 〇齣：大齧也苦加切三

667. 㤉：惡㤉伏態之皃惡苦交切

668. 〇奲：大口皃才邪切一

669. （〇若）婼：婼羌西域國名

670. 〇些：少也寫邪切一

671. 〇爹：羌人呼父也陟邪切一

672. 〇佅：歈佅猶歈娷也五瓜切二

673. 骶：骷骶骼骨

674. 〇㪍：乞加切一

十陽

675. （〇陽）暘：日出暘谷

676. 揚：風所飛揚

677. 眻：美目又餘亮切

678. 佯：詐也或作詳

679. 詳：上同本音祥

680. 徉：儴徉徙倚

681. 洋：水流皃又海名又音祥

682. 煬：釋金又音恙

683. 鍚：兵名又馬額飾

684. 鞝：馬額上粗

685. 輰：輰轙車也

686. 揚：明揚

687. 鰑：赤鱓

688. 鷑：白鷺

689. 蛘：蟲名

690. 禓：道上祭一曰道神又舒羊切

691. 檭：杯也

692. 莧：莧蓂藥名

693. 舜：多也

694. （○詳）翔：翶翔

695. 殃：女鬼古作祥禪字

696. 癢：病也

697. （○良）糧：糧食

698. 粮：上同

699. 涼：俗

700. 量：量度又力向切

701. 蜋：蛦蜋蟲一名蛣蜣又音郎

702. 踉：跳踉也又音郎

703. 椋：木名

704. 晾：賦也

705. 綡：冠纚

706. 綡：薄也又力尚切

707. 㹁：牦牛駁色

708. 醁：漿水

709. 輬：輼輬車名

710.（○香）皀：稻香

711. 薌：穀氣

712. 膷：牛羹

第二節　泰定圓沙書院所刻《廣韻》比俄藏黑水城本有節略

一先

1. 肩：項下又任也克也作也騰也又姓出姓苑。

圓沙書院本略去「出姓苑」三字。

2. 豜：大豕也一曰豕三歲。

圓沙書院本略去「也」字。

3. 鰹：鮦大曰鰹小曰鮵鮵音奪。

圓沙書院本略去「小曰鮵鮵音奪」。

4. 弦：弓弦五經文字曰其琴瑟亦用此字作絃者非說文作弢又姓風俗通云弦子後左傳鄭有商人弦高晉有弦超。

圓沙書院本略去「風俗通云弦子後左傳鄭有商人弦高晉有弦超」。

5. 慈：亭名在密縣說文云急也。

圓沙書院本略去「在密縣」「云」。

6. 痃：痃癖病。

圓沙書院本略去「痃」字。

7. 燕：國名亦州又姓邵公奭封燕為秦所滅子孫以國為氏漢有燕倉又於薦切。

圓沙書院本略去「邵公奭封燕為秦所滅子孫以國為氏漢有燕倉」。

8. 湮：爾雅云落也又音因。

圓沙書院本略去「爾雅曰」。

9. 羸：羸陵縣在交趾。

圓沙書院本略去「在交趾」

10. 畋：取禽獸也又音甸。

圓沙書院本略去「也」字。

11. 昀：地名在絳。

圓沙書院本略去「在絳」。

12. 竇：上同字統云雲竇顏府在北州。

圓沙書院本略去「在北州」。

13. 沺：字林云沺沺水勢廣大無際之皃。

圓沙書院本略去「字林云」。

14. 嗔：說文曰盛氣也。

圓沙書院本略去「說文曰」。

15. 邘：鄉名在馮翊。

圓沙書院本略去「在馮翊」。

16. 巔：山頂也。

圓沙書院本略去「也」字。

17. 邢：地名在河內。

圓沙書院本略去「在河內」。

18. 汧：水名在安定說文曰水出扶風西北入渭爾雅云汧出不流又苦薦切。

圓沙書院本略去「在安定」「西北入渭」。

19. 岍：山名在京兆書曰導岍及岐。

圓沙書院本略去「在京兆書曰導岍及岐」。

20. 騏：爾雅曰青驪騏郭璞云今之鐵驄。

圓沙書院本略去「曰」。

21. 澷：水名出番侯山。

圓沙書院本略去「出番侯山」。

22. 玄：黑也寂也幽遠也又姓列仙傳有玄俗河間人無影胡涓切十三。

圓沙書院本略去「列仙傳有玄俗河間人無影」。

23. 兹：說文曰黑也春秋傳曰何故使吾水兹本亦音滋按本經只作兹。

圓沙書院本略去「曰」字。

24. 伭：說文很也。

圓沙書院本略去「說文」二字。

二仙

25. 仙：神仙釋名曰老而不死曰仙仙遷也遷入山也故字從人旁山相然切十二。

圓沙書院本「釋名」後略去「曰」字。

26. 仙：上同又仙仙舞皃。

圓沙書院本略去「仙仙」二字。

27. 鮮：鮮潔也善也又鮮卑山因為國號亦水名水經曰北鮮之山鮮水出焉又姓後蜀錄李壽司空鮮思明又漢複姓鮮于氏。

圓沙書院本略去「水經曰北鮮之山鮮水出焉又姓後蜀錄李壽司空鮮思明」；「又漢複姓鮮于氏」，省作「又姓」。

28. 鱻：說文曰新魚精也。

圓沙書院本略去「說文曰」。

29. 錢：周禮注云錢泉也其藏曰泉其行曰布取名流行無不遍也又姓晉有歷陽太守錢鳳昨仙切二。

圓沙書院本略去「晉有歷陽太守錢鳳」；周禮，省作禮。

30. 𧎣：方言云鳴蟬也。略去「方言云」三字。

31. 遷：去下之高也詩云遷于喬木七然切八。

圓沙書院本略去「詩云遷于喬木」。

32. 湔：洗也一曰水名出蜀玉壘山。

圓沙書院本略去「出蜀玉壘山」。

33. 薄：草茂皃出字林。

圓沙書院本略去「出字林」。

34. 然：語助又如也是也說文曰燒也俗作燃又姓左傳楚有然丹何氏姓苑云今蒼梧人如延切九。

圓沙書院本略去「左傳楚有然丹何氏姓苑云今蒼梧人」。

35. 燃：俗見上注。

圓沙書院本略去「見上注」。

36. 延：稅也遠也進也長也陳也言也亦州漢高如縣取延川為延安郡又姓漢有延篤南陽人為京兆尹殺梁冀使者以然切十三。

圓沙書院本略去「漢高如縣取延川為延安郡」、「漢有延篤南陽人為
京兆尹殺梁翼使者」。

37. 埏：際也池也又墓道亦地有八極八埏又音羶字。

圓沙書院本略去「字」字。

38. 筵：席也鋪陳曰筵藉之曰席。

圓沙書院本略去「藉之曰席」。

39. 飦：厚粥也諸延切八。

圓沙書院本略去「也」字。

40. 孱：不肖也漢書曰吾王孱工也。

圓沙書院本略去「漢書曰吾王孱工也」。

41. 羶：羊臭也式連切八。

圓沙書院本略去「也」字。

42. 埏：打瓦也老子注云和也。

圓沙書院本略去「老子注云和也」。

43. 煽：火盛也又式戰切。

圓沙書院本略去「也」字。

44. 鋋：小矛方言曰五湖之間謂矛為鋋市連切又以然切九。

圓沙書院本略去「方言曰五湖之間謂矛為鋋」。

45. 蟬：蜩也禮記仲夏之月蟬始鳴季秋之月寒蟬鳴援神契曰蟬無力故不食
也。

圓沙書院本略去「禮記仲夏之月蟬始鳴季秋之月寒蟬鳴援神契曰蟬無
力故不食也」。

46. 澶：杜預云澶淵地名在頓丘縣南又音纏。

圓沙書院本略去「在頓丘縣南」。

47. 纏：繞也又姓漢書藝文志有從纏子著書直連切十。

圓沙書院本略去「漢書藝文志有從纏子著書」。

48. 躔：日月行也說文曰踐也。

圓沙書院本略去「曰」字。

49. 瀍：水名在河南。

圓沙書院本略去「在河南」。

50. 連：合也續也還也又姓左傳齊有連稱又虜複姓六氏西秦丞相出連乞都後魏書官氏志云南方宥連氏後改為雲氏是連氏改為連氏費連氏改為費氏綦連氏改為綦氏又有赫連氏力延切十三。

圓沙書院本略去「左傳齊有連稱又虜複姓六氏西秦丞相出連乞都後魏書官氏志云南方宥連氏後改為雲氏是連氏改為連氏費連氏改為費氏綦連氏改為綦氏又有赫連氏」。

51. 聯：聯綿不絕說文作聯。

圓沙書院本略去「說文作聯」。

52. 㻈：㻈翩飛相及兒。

圓沙書院本略去「飛」字。

53. 令：漢書云金城郡有令皇縣顏師古又音零。

圓沙書院本略去「云」字。

54. 漣：說文曰泣下也。

圓沙書院本略去「下」字。

55. 聯／齗：齗露也。

圓沙書院本略去「也」字。

56. 瀍：瀍水名出王屋山。

圓沙書院本略去「出王屋山」。

57. 篇：篇什也又姓周周大夫史篇之後芳連切七。

圓沙書院本略去「周周大夫史篇之後」。

58. 偏：不正也鄙也衺也又姓急就章有偏呂張。

圓沙書院本略去「急就章有偏呂張」。

59. 便：辯也僻也安也又姓漢有少府便樂成房連切又去聲九。

圓沙書院本略去「漢有少府便樂成」。

60. 綿：精曰綿粗曰絮說文曰聯微也又姓晉張方以綿思為腹心武延切十七。

圓沙書院本略去「晉張方以綿思為腹心」。

61. 棉：屋聯棉又木棉樹名吳錄云其實如酒杯中有綿如蠶綿可作布又名曰緤羅浮山記曰正月花如芙蓉結子方生葉子內綿至蠶成即熟廣州記云枝似桐枝葉如胡桃葉而稍大也。

圓沙書院本略去「也」字；略去「吳錄云其實如酒杯中有綿如蠶綿可作布又名曰緤羅浮山記曰正月花如芙蓉結子方生葉子內綿至蠶成即熟廣州記云枝似桐枝葉如胡桃葉而稍大也」。

62. 瞵：瞳子黑又睩眇遠視。

　　圓沙書院本略去「也」字。

63. 帀：說文曰相當也今人睹物相折謂之帀。

　　圓沙書院本略去「曰」字。

64. 楄：說文曰屋聯楄也。略去「說文曰」。

65. 全：完也具也又姓吳有大司馬全琮疾緣切七。

　　圓沙書院本略去「吳有大司馬全琮」。

66. 泉：水源也錢別名。

　　圓沙書院本略去「也」字。

67. 鶄：駒鶄小鳥駒音旬。

　　圓沙書院本略去「駒音旬」。

68. 瑄：爾雅曰璧大六寸謂之宣郭璞曰漢書所云瑄玉是也。

　　圓沙書院本略去「所云」。

69. 鳶：鴟類也。

　　圓沙書院本略去「也」字。

70. 欏：說文曰欏味稔棗也。

　　圓沙書院本略去「說文曰」。

71. 嬛：娥眉說文曰好也。

　　圓沙書院本略去「曰」。

72. 船：方言曰關西謂之船關東謂之舟又姓出姓苑食川切二。

　　圓沙書院本略去「又姓出姓苑」。

73. 鞭：馬策也卑連切六。

　　圓沙書院本略去「也」。

74. 拴：揀也俗。

　　圓沙書院本略去「俗字」。

75. 專：擅也單也政也誠也獨也自是也亦姓吳刺客專諸職緣切十二。

　　圓沙書院本略去「吳刺客專諸」。

76. 顓：顓頊又姓神仙傳有太玄女姓顓頊名和。

　　圓沙書院本略去「神仙傳有太玄女姓顓頊名和」。

77. 諯：說文曰數也一曰相讓又尺絹市專二切。

　　圓沙書院本略去「說文曰」，無「二」字。

78. 湍：水名在鄧州又音煓。

　　圓沙書院本略去「在鄧州又音煓」。

79. 劙：劙斷首出玉篇。

　　圓沙書院本略去「出玉篇」。

80. 諯：又職緣尺絹二切。

　　圓沙書院本略去「二」字。

81. 歂：字林云口氣引也又姓史記有歂師。

　　圓沙書院本略去「字林云」、「史記有歂師」。

82. 篅：篅車軸也。

　　圓沙書院本略去「篅」字。

83. 虔：恭也固也殺也說文曰虎行皃又姓陳留風俗傳云虔氏祖於黃帝。

　　圓沙書院本略去「陳留風俗傳云虔氏祖於黃帝」。

84. 犍：犍為縣在嘉州。

　　圓沙書院本略去「在嘉州」。

85. 郔：聚名在河東聞喜也。

　　圓沙書院本略去「在河東聞喜也」。

86. 騫：虧少一曰馬腹縶亦姓風俗通云閔子騫之後吐谷渾視熊博士金城騫包。

　　圓沙書院本略去「風俗通云閔子騫之後吐谷渾視熊博士金城騫包」。

87. 權：權變也反常合道又宜也秉也平也稱錘也又爾雅曰權黃華又姓出天水本顓頊之後楚武王使鬬緡尹權後因氏俗作権巨員切二十三。

　　圓沙書院本略去「出天水本顓頊之後楚武王使鬬緡尹權後因氏」。

88. 拳：屈手也廣雅云拳拳憂也又拳拳奉持之皃又姓衛大夫拳彌。

　　圓沙書院本略去「衛大夫拳彌」。

89. 狋：狋氏縣在代郡氏音精。

　　圓沙書院本略去「在代郡」。

90. 捲：說文云氣勢也國語曰予有捲勇。

　　圓沙書院本略去「說文云」。

91. 戀：南戀縣在鉅鹿。

　　圓沙書院本略去「在鉅鹿」。

92. 酄：鄉名在聞喜。

　　圓沙書院本略去「在聞喜」。

93. 焉：何也又鳥雜毛說文曰鳥黃色出江淮間於乾切五。

　　圓沙書院本略去「說文曰鳥黃色出江淮間」。

94. 漹：水名出西河也有干切三。

　　圓沙書院本略去「出西河也」。

三蕭

95. 蕭：蒿也詩云采蕭穫菽亦縣名在沛郡新語云蕭斧名又姓出蘭陵廣陵二望本自宋支子食采於蕭後因為氏漢侍中蕭彪始居蘭陵彪玄孫望之居杜陵望之孫紹復還蘭陵紹十一代孫整始過江為廣陵人風俗通云宋樂叔以討南宮萬立御說之功受封於蕭列附庸之國漢相國蕭何即其後氏也蘇彫切十六。

　　圓沙書院本略去「詩云采蕭穫菽」；略去「在沛郡」；略去「出蘭陵廣陵二望本自宋支子食采於蕭後因為氏漢侍中蕭彪始居蘭陵彪玄孫望之居杜陵望之孫紹復還蘭陵紹十一代孫整始過江為廣陵人風俗通云宋樂叔以討南宮萬立御說之功受封於蕭列附庸之國漢相國蕭何即其後氏也」。

96. 簫：樂器風俗通云舜作簫其形參差以象鳳翼。

　　圓沙書院本略去「其形參差以象鳳翼」。

97. 蠨：蠨蛸蟲一名長蚑出崔豹古今注。

　　圓沙書院本略去「出崔豹古今注」。

98. 摗：擊也又把也。

　　圓沙書院本略去「又」。

99. 簘：舞箾說文云以竿擊人也又音朔。

　　圓沙書院本略去「云」。

100. 佻：輕佻爾雅曰佻偷也。

　　圓沙書院本略去「曰佻」。

101. 斛：斗旁耳又爾雅云斛謂之櫪古田器也郭音鍬。

　　圓沙書院本略去「郭音鍬」。

102. 貂：鼠屬出東北夷又姓出姓苑都聊　切二十二。

　　圓沙書院本略去「出東北夷」；略去「出姓苑」。

103. 刁：軍器篆文曰刁斗持時鈴也又姓出渤海風俗通云齊大夫豎刁之後俗作刀。

　　圓沙書院本「篆文曰」改為「又」；略去「出渤海風俗通云齊大夫豎刁之後」。

104. 雕：鷻屬又姓漢武帝功臣表有雕延年。

　　圓沙書院本略去「漢武帝功臣表有雕延年」。

105. 條：小枝也貫也教也爾雅云柚條似橙而實酸又姓左傳殷人七族有條氏後趙錄冉閔司空條攸姓苑云安定人。

　　圓沙書院本略去「云」；略去「左傳殷人七族有條氏後趙錄冉閔司空條攸姓苑云安定人」。

106. 苕：苕菜詩云邛有旨苕。

　　圓沙書院本略去「也」。

107. 調：和也又姓周禮有調人其后氏焉又徒料切。

　　圓沙書院本略去「其后氏焉」；略去「有」。

108. 岧：岧嶢山高皃。

　　圓沙書院本略去「皃」。

109. 髫：多髮皃又音凋音綢。

　　圓沙書院本略去「皃」「音」。

110. 鞗：革轡詩云鞗革衝衝。

　　圓沙書院本略去「詩云鞗革衝衝」。

111. 嬥：聲類云細腰皃。

　　圓沙書院本略去「聲類云」。

112. 驍：驍武也古堯切九。

　　圓沙書院本略去「也」。

113. 梟：說文云不孝鳥也故日至捕梟磔之從鳥頭在木上又姓隋煬帝誅楊玄感改其姓為梟氏。

圓沙書院本略去「故日至捕梟磔之從鳥頭在木上」；略去「隋煬帝誅楊玄感改其姓為梟氏」。

114. 梟：到懸首漢書曰三族令先黥劓斬左右趾梟首菹其骨謂之具五刑。

圓沙書院本略去「漢書曰三族令先黥劓斬左右趾梟首菹其骨謂之具五刑」。

115. 聊：語助也亦姓風俗通有聊倉為漢侍中著子書又有聊氏為穎川太守著萬姓譜落蕭切四十二。

圓沙書院本略去「也」；略去「風俗通有聊倉為漢侍中著子書又有聊氏為穎川太守著萬姓譜」。

116. 膋：耳中鳴也又力刀切。

圓沙書院本略去「也」。

117. 廖：人名左傳有辛伯廖又力救切。

圓沙書院本略去「左傳有辛伯廖」。

118. 僚：同官為僚又姓左傳晉陽氏大夫僚安。

圓沙書院本略去「左傳晉陽氏大夫僚安」。

119. 簝：宗廟盛肉方竹器。

圓沙書院本略去「方」字。

120. 繚：繚綾經絲出字林。

圓沙書院本略去「出字林」。

121. 熮：說文曰火皃。

圓沙書院本略去「說文曰」。

122. 垚：土高皃。

圓沙書院本略去「皃」。

123. 鄡：鄡陽縣名在鄱陽又姓出何氏姓苑苦麼切五。

圓沙書院本略去「在鄱陽」；略去「出何氏姓苑」。

124. 鄡：縣名在鉅鹿郡。

圓沙書院本略去「在鉅鹿郡」。

125. 彀：玉篇云擊也。

圓沙書院本略去「玉篇云」。

126. 痟：痟渴病也司馬相如所患。

圓沙書院本略去「司馬相如所患」。

127. 蛸：螵蛸蟲也爾雅注云一名蟳蟭亦姓南齊武帝改其子巴東王子響為蛸氏又所交切。

圓沙書院本略去「爾雅注云一名蟳蟭」、「南齊武帝改其子巴東王子響為蛸氏」。

128. 猇：狂也出文字集略。

圓沙書院本略去「出文字集略」。

129. 超：說文曰跳也又姓漢有太僕超喜敕宵切六。

圓沙書院本略去「漢有太僕超喜」。

130. 朝：早也又旦至食時為終朝又朝鮮國名亦姓左傳有蔡大夫朝吳陟遙切又直遙切二。

圓沙書院本略去第二個「又」字；略去「左傳有蔡大夫朝吳」。

131. 鼂：倉頡篇云蟲名亦姓風俗通云衛大夫史鼂之後漢有鼂錯直遙切又陟遙切五。

圓沙書院本略去「倉頡篇云」；略去「風俗通云衛大夫史鼂之後漢有鼂錯」。

132. 朝：朝廷也禮記曰諸侯於天子五年一朝又姓唐有拾遺朝衡。

圓沙書院本略去「唐有拾遺朝衡」；略去「曰」。

133. 譙：國名又姓蜀有譙周。

圓沙書院本略去「蜀有譙周」。

134. 焦：傷火也又姓周武王封神農之後於焦後以國為氏出南安即消切十七。

圓沙書院本略去「周武王封神農之後於焦後以國為氏出南安」。

135. 椒：木名爾雅云檓大椒又椒欓醜菜菜實也應劭漢官儀曰皇后稱椒房以椒塗壁取其緼也又山巔亦姓楚有大夫椒舉。

圓沙書院本略去「爾雅云檓大椒又椒欓醜菜菜實也應劭漢官儀曰皇后稱椒房以椒塗壁取其緼也又山巔」；略去「楚有大夫椒舉」。

136. 饒：益也飽也餘也又姓風俗通云漢有饒斌為漁陽太守如招切六。

圓沙書院本略去「風俗通云漢有饒斌為漁陽太守」。

137. 䓵：蒲葉也又草也。

圓沙書院本無「也」字。

138. 銚：燒器亦古田器又姓後漢衛尉潁川銚期又徒弔切。

圓沙書院本略去「後漢衛尉潁川銚期」。

139. 姚：姚悅美好皃又舜姓今出吳興南安二望左傳有鄭大夫姚句耳。

圓沙書院本略去「今出吳興南安二望左傳有鄭大夫姚句耳」。

140. 搖：動也作也又姓東越王搖句踐之後。

圓沙書院本略去「東越王搖句踐之後」。

141. 軺：說文曰小車也又音韶。

圓沙書院本略去「說文曰」。

142. 洮：五湖名風土記云陽羨縣西有洮湖別名長塘湖義興記曰太湖射湖貴湖陽湖洮湖是為五湖。

圓沙書院本略去「風土記云陽羨縣西有洮湖別名長塘湖義興記曰太湖射湖貴湖陽湖洮湖是為五湖」。

143. 柖：說文曰樹皃又射的也。

圓沙書院本略去「說文曰」。

144. 昭：明也光也著也覲也又姓楚詞昭屈景三族戰國策楚有昭奚恤止遙切七。

圓沙書院本略去「楚詞昭屈景三族戰國策楚有昭奚恤」。

145. 招：招呼也來也又姓漢有大鴻臚招猛。

圓沙書院本略去「招」字；略去「漢有大鴻臚招猛」。

146. 盄：玉篇器也。

圓沙書院本略去「玉篇」。

147. 杓：北斗柄星天文志云一至四為魁五志七為杓又音漂。

圓沙書院本略去「云」。

148. 藨：爾雅曰黃華藨郭璞云苕華色異名也。

圓沙書院本略去「曰」；略去「郭璞云」；無「也」字。

149. 穮：除田薉也亦作穮。

圓沙書院本略去「也」字。

150. 瓢：瓠也方言云蠡或謂之瓢論語曰一瓢飲符霄切六。

圓沙書院本略去「論語曰一瓢飲」。

151. 飄：老子曰飄風不終朝注云疾風也。

圓沙書院本略去「老子曰飄風不終朝注云」。

152. 剽：爾雅云中鏞謂之剽又小輕也或作嫖。

圓沙書院本略去「云」。

153. 蜱：玉篇云細網也。

圓沙書院本略去「玉篇云」。

154. 苗：田苗亦夏獵曰苗又求也眾也未秀也亦姓風俗通云楚大夫伯棼之後賁皇奔晉食采於苗因而氏焉武儦切五。

圓沙書院本略去「曰」；略去「風俗通云楚大夫伯棼之後賁皇奔晉食采於苗因而氏焉」。

155. 緢：說文曰旄絲也。

圓沙書院本略去「說文曰」。

156. 要：俗言要勒說文曰身中也象人要自臼之形今作腰又姓吳人要離之後漢有河南令要兢於霄切又一笑切九。

圓沙書院本略去「象人要自臼之形」；略去「吳人要離之後漢有河南令要兢於霄切」。

157. 腰：見上注亦作䙅。

圓沙書院本略去「見上注」。

158. 鷂：鳥名似山雞而長尾。

圓沙書院本略去「似山雞而長尾」。

159. 鄡：鄉名在淯陽。

圓沙書院本略去「在淯陽」。

160. 喬：高也說文曰高而曲也又虜姓前代錄云匈奴貴姓喬氏代為輔相巨嬌切十六。

圓沙書院本略去「又虜姓前代錄云匈奴貴姓喬氏代為輔相」。

161. 枖：說文云木盛皃詩云桃之枖枖本亦作夭。

圓沙書院本略去「說文云」。

162. 蹻：舉足高去遙切又其略切六。

圓沙書院本「高」後無「也」字

九麻

163. 余：姓也見姓苑出南昌郡。

圓沙書院本略去「見姓苑出南昌郡」。

164. 狐：狐留地名在絳州。

圓沙書院本略去「在絳州」。

165. 檛：棰也左氏傳曰繞朝贈之以策杜預云馬檛也或作簻陟瓜切四。

圓沙書院本略去「左氏傳曰繞朝贈之以策杜預云馬檛也」。

166. 杷：搔也或作把又姓本杷東樓公之後避難改焉西魏襄州刺史把秀蒲巴切三。

圓沙書院本略去「本杷東樓公之後避難改焉西魏襄州刺史把秀」。

167. 楂：水中浮木又姓出何氏姓苑鉏加切六。

圓沙書院本略去「何氏姓苑」。

168. 厙：壞也淮南子云厙屋之下不可坐也。

圓沙書院本略去「淮南子云厙屋之下不可坐也」。

169. 疨：疨癥皃也。

圓沙書院本略去「疨」字。

170. 杷：枇杷木名說文曰收麥器也。

圓沙書院本略去「也」。

171. 秅：開張屋也又縣名。

圓沙書院本略去「也」字。

172. 煆：火氣猛也許加切又呼嫁切六。

圓沙書院本略去「氣」「也」。

173. 呀：唅呀張口皃又呀呷也。

圓沙書院本略去「也」。

174. 靿：窊靿女作姿態。

圓沙書院本略去「也」。

175. 若：蜀地名出巴中記人賒切又惹弱二音二。

圓沙書院本略去「出巴中記」。

十陽

176. 陽：陰陽說文曰高明也爾雅云山東曰朝陽山西曰夕陽又姓出右北平本自周景王封少子於陽樊後襄避周之亂適燕家於無終因邑命氏秦置右北平子孫仍屬焉又漢複姓二十二氏歐陽氏越王句踐之後封於烏程歐陽亭後因為氏望出長沙呂氏香秋有辯士高陽魑帝顓頊高陽氏之後漢有東海王中尉青陽精少昊青陽氏之後又有御史孫陽放秦穆公時孫陽伯樂之後魯之公族有名子陽者及衛公子趙陽之後並以名為氏漢有周陽由淮南王舅周陽侯趙兼之後又駙馬都尉涇陽準秦涇陽君之後世本云偪陽妘姓國為晉所滅子孫因氏焉左傳晉有梗陽巫皋衛有戲陽速漢有博士中山鮭陽鴻又有葉陽氏秦葉陽君之後列仙傳有沛國陵陽子明止陵陽山得仙其後因山為氏漢有揚州刺史鮮陽馘後漢有櫟陽侯景丹曾孫汾避亂隴西封為氏又長沙太守濮陽逸陳留人也神仙傳有太陽子白日昇天春秋釋例周有老陽子修黃老術漢有安陽護軍河東成陽恢何氏姓苑有朱陽氏索陽氏與章切三十一。

圓沙書院本略去「出右北平本自周景王封少子於陽樊後襄避周之亂適燕家於無終因邑命氏秦置右北平子孫仍屬焉又漢複姓二十二氏歐陽氏越王句踐之後封於烏程歐陽亭後因為氏望出長沙呂氏香秋有辯士高陽魑帝顓頊高陽氏之後漢有東海王中尉青陽精少昊青陽氏之後又有御史孫陽放秦穆公時孫陽伯樂之後魯之公族有名子陽者及衛公子趙陽之後並以名為氏漢有周陽由淮南王舅周陽侯趙兼之後又駙馬都尉涇陽準秦涇陽君之後世本云偪陽妘姓國為晉所滅子孫因氏焉左傳晉有梗陽巫皋衛有戲陽速漢有博士中山鮭陽鴻又有葉陽氏秦葉陽君之後列仙傳有沛國陵陽子明止陵陽山得仙其後因山為氏漢有揚州刺史鮮陽馘後漢有櫟陽侯景丹曾孫汾避亂隴西封為氏又長沙太守濮陽逸陳留人也神仙傳有太陽子白日昇天春秋釋例周有老陽子修黃老術漢有安陽護軍河東成陽恢何氏姓苑有朱陽氏索陽氏」。

177. 楊：赤莖柳爾雅曰楊蒲柳又姓出弘農天水二望本自周宣王子尚父幽王邑諸楊號曰楊侯後並於晉因為氏也。

圓沙書院本略去「出弘農天水二望本自周宣王子尚父幽王邑諸楊號曰
楊侯後並於晉因為氏也」；爾雅後無「曰」字。

178. 揚：舉也說也導也明也又州名禹貢曰淮海惟揚州李巡曰江南之氣躁勁
厥性輕揚故曰揚州。

圓沙書院本略去「禹貢曰淮海惟揚州李巡曰江南之氣躁勁厥性輕揚故
曰揚州」。

179. 易：飛也又曲易縣在交址。

圓沙書院本略去「在交址」。

180. 羊：牛羊禮記凡祭羊曰柔毛崔豹古今注云羊一名髯須主簿又姓出泰山
本自羊舌大夫之後戰國策有羊千者著書顯名又漢複姓二氏列士傳有
羊角哀左傳晉大夫有羊舌職。

圓沙書院本略去「出泰山本自羊舌大夫之後戰國策有羊千者著書顯名
又漢複姓二氏列士傳有羊角哀左傳晉大夫有羊舌職」；略去「凡祭」。

181. 烊：焆烊出陸善經字林。

圓沙書院本略去「出陸善經字林」。

182. 瘍：瘍傷也說文云瘍頭瘡也周禮療瘍以五毒攻之。

圓沙書院本略去「周禮療瘍以五毒攻之」。

183. 鷑：鷑鳩一足鳥舞則天下雨出字統。

圓沙書院本略去「出字統」。

184. 崵：說文曰崵山在遼西。

圓沙書院本略去「在遼西」。

185. 詳：審也論也諟也似羊切八。

圓沙書院本「審」後略去「也」。

186. 洋：水名出齊郡臨朐縣北亦州名本漢成固縣秦為漢中郡魏置洋州。

圓沙書院本略去「出齊郡臨朐縣北」；略去「本漢成固縣秦為漢中郡魏
置洋州」。

187. 庠：說文曰禮官養老夏曰校商約庠庠周曰序。

圓沙書院本略去「說文曰」。

188. 良：賢也善也首也長也又姓左傳鄭大夫良霄鄭穆公之子子良之後呂張
切十八。

圓沙書院本略去「左傳鄭大夫良霄鄭穆公之子子良之後」。

189. 梁：梁棟又州名書曰華陽黑水惟梁州晉太康記云梁者言西方金剛之氣強梁故因名之舜置也秦為漢中郡後其入蜀魏末克蜀分廣漢三巴涪陵以北七郡為梁州梁大同年復移在南鄭亦姓出安定天水河南三望本自秦仲周平王封其少子康於夏陽梁山是為梁伯後為秦並子孫奔晉以國為氏又漢復始十二氏左傳有梁其踁魯伯禽庶子梁其之後又魯有仲梁懷晉有梁餘子養梁由靡秦有強梁皋莊子有十梁倚楚文王庶子有食邑諸梁者其後為氏魯有穀梁赤治春秋史記有將梁氏漢光武時有侍御史梁垣烈新垣衍之後漢明帝時有梁成恢善歷數。

圓沙書院本略去「書曰華陽黑水惟梁州晉太康記云梁者言西方金剛之氣強梁故因名之舜置也秦為漢中郡後其入蜀魏末克蜀分廣漢三巴涪陵以北七郡為梁州梁大同年復移在南鄭」；略去「出安定天水河南三望本自秦仲周平王封其少子康於夏陽梁山是為梁伯後為秦並子孫奔晉以國為氏又漢復始十二氏左傳有梁其踁魯伯禽庶子梁其之後又魯有仲梁懷晉有梁餘子養梁由靡秦有強梁皋莊子有十梁倚楚文王庶子有食邑諸梁者其後為氏魯有穀梁赤治春秋史記有將梁氏漢光武時有侍御史梁垣烈新垣衍之後漢明帝時有梁成恢善歷數」。

190. 粱：稻粱廣志曰遼東有赤粱魏武以為粥也俗作梁。

圓沙書院本略去「廣志曰遼東有赤粱魏武以為粥也」。

191. 涼：薄也亦寒涼也又州名禹貢雍州之域古西戎地也六國時至秦屬戎狄月氏居焉秦置三十六郡西北唯有隴西北地二郡於漢屬涼州部至武帝改雍州為涼州後獻帝分渭川河西四郡為雍州建安十八年復改為涼州又姓魏志有太子太傅山陽涼茂。

圓沙書院本略去「禹貢雍州之域古西戎地也六國時至秦屬戎狄月氏居焉秦置三十六郡西北唯有隴西北地二郡於漢屬涼州部至武帝改雍州為涼州後獻帝分渭川河西四郡為雍州建安十八年復改為涼州又姓魏志有太子太傅山陽涼茂」。

192. 颲：北風也又力向切。

圓沙書院本略去「也」。

193. 香：說文作香芳也漢書云尚書郎懷香握蘭許良切五。

圓沙書院本略去「漢書云尚書郎懷香握蘭」。

194. 鄉：鄉黨釋名曰萬二千五百家為鄉鄉向也眾所向也又姓出姓苑。

圓沙書院本略去「出姓苑」。

195. 商：金音度也張也降也常也亦州名即古商國後魏置洛州周為商。

圓沙書院本略去「即古商國後魏置洛州周為商」。

196. 藐：字書藐遠又亡角切。

圓沙書院本略去「字書」。

197. ○紹：繼也又姓出何氏姓苑市沼切五。

圓沙書院本略去「出何氏姓苑」。

198. 晛：玉篇云見也。略去「玉篇云」。

199. ○矯：詐也說文曰揉箭箝也又姓左傳晉大夫矯文居夭切十二。

圓沙書院本略去「左傳晉大夫矯文」。

200. 撟：說文曰舉手也一曰撟擅也。

圓沙書院本「說文」後略去「曰」字。

201. 蟜：山海經云野人身有獸文說文曰蟲也又姓後漢有蟜慎字彥仲。

圓沙書院本略去「後漢有蟜慎字彥仲」。

202. ○表：明也亦箋表釋名云下言於上曰表說文作表上衣也古者衣裘以毛
為表也又姓出姓苑陂矯切四。

圓沙書院本略去「出姓苑」。

203. ○鷕：雉鳴也以沼切又羊水切七。

圓沙書院本略去「也」。

204. 憭：慧也又音聊。

圓沙書院本無「又」。

205. 獿：犬驚說文又奴交切。

圓沙書院本略去「說文」。

206. ○卯：辰名爾雅曰太歲在卯曰單閼晉書樂志云正月之辰謂之寅寅津也
謂物之津塗二月卯卯茂也言陽氣生而孳茂三月辰辰震也謂時物盡震
而長四月巳巳起也物至此時畢盡而起五月午午長也大也言物皆長大
六月未未味也言時物向成有滋味七月申申身也言時物身體皆成就八

月酉酉繡也時物皆繡縮也九月戌戌滅也謂時物皆衰滅十月亥亥劾也言陰氣劾殺萬物十一月子子孳也謂陽氣至此更孳生十二月丑丑紐也謂終始之際故以結紐為名也莫飽切七。

圓沙書院本略去「晉書樂志云正月之辰謂之寅寅津也謂物之津塗二月卯卯茂也言陽氣生而孳茂三月辰辰震也謂時物盡震而長四月巳巳起也物至此時畢盡而起五月午午長也大也言物皆長大六月未未味也言時物向成有滋味七月申申身也言時物身體皆成就八月酉酉繡也時物皆繡縮也九月戌戌滅也謂時物皆衰滅十月亥亥劾也言陰氣劾殺萬物十一月子子孳也謂陽氣至此更孳生十二月丑丑紐也謂終始之際故以結紐為名也」。

207. 綇：旂也又絲名。

圓沙書院本略去「又」。

208. 泖：水名在吳華亭縣。

圓沙書院本略去「在吳華亭縣」。

209. ○絞：縛也又姓出何氏姓苑古巧切十五。

圓沙書院本略去「出何氏姓苑」。

210. 攪：手動說文亂也。

「說文」，圓沙書院本作「又」。

211. 薂：郭璞云江東呼藕根亦作茭又下巧切。

圓沙書院本略去「璞」字。

212. 筊：竹索也又音爻。

圓沙書院本略去「也」。

213. ○爪：說文曰丮也覆手曰爪象形丮音戟側絞切八。

圓沙書院本略去「丮音戟」。

214. 叉：古文說文手足甲也。略去「曰」。

215. ○鮑：鮑魚又姓出東海泰山河南三望本自夏禹之裔因封為氏薄巧切四。

圓沙書院本略去「出東海泰山河南三望本自夏禹之裔因封為氏」。

216. 儤：儤儤長皃出聲譜。

圓沙書院本略去「出聲譜」。

217. ○晧：光也明也日出皃也胡老切十六。

圓沙書院本略去「也」。

218. 暭：明也旰也曜也亦太暤又姓本出武落鍾離山黑穴中者見蜀錄。

圓沙書院本略去「本出武落鍾離山黑穴中者見蜀錄」。

219. 滈：浩汗大水皃又姓漢青州刺史浩賞又漢複姓魯人浩星公治穀梁。

圓沙書院本略去「漢青州刺史浩賞又漢複姓魯人浩星公治穀梁」。

220. 顥：大也又天邊氣說文曰白皃楚詞曰天白顥顥南山四顥白首人也今或作晧。

圓沙書院本略去「或」。

221. 槁：木名在京兆。

圓沙書院本略去「在京兆」。

222. ○老：耇老亦姓左傳宋有老佐盧晧切十四。

圓沙書院本略去「左傳宋有老佐」。

223. ○道：理也路也直也眾妙皆道也說文曰所行道也一達謂之道徒晧切七。

圓沙書院本略去「曰」。

224. 稻：秔稻禮記曰凡祭宗廟之禮稻曰嘉蔬又姓何氏姓苑云今晉陵人。

圓沙書院本略去「禮記曰凡祭宗廟之禮稻曰嘉蔬」；略去「何氏姓苑云今晉陵人」。

225. 稾：禾一莖六穗也出字林。

圓沙書院本略去「也出字林」。

226. 猱：狊猱長皃又奴晧切。

圓沙書院本略去「又奴晧切」。

227. 腦：上同或從囟餘同。

圓沙書院本略去「餘同」。

228. 嶹：說文曰海中往往有山可依止也又音鳥。

圓沙書院本略去「說文曰」「也」。

229. 藻：文藻說文同下。

說文，圓沙書院本作又。

230. 蟇：齧人跳蟲抱朴子曰蟇虱攻君臥不獲安。

圓沙書院本略去「抱朴子曰蟇虱攻君臥不獲安」。

231. 鱳：魚名似鯉雞足。略去「似鯉雞足」。

232. 棗：果名史記曰楚莊王時有所愛馬啖以脯棗漢書曰安邑千樹棗等千戶侯又姓出穎川文士傳云棗氏本姓棘避難改焉。

圓沙書院本略去「史記曰楚莊王時有所愛馬啖以脯棗漢書曰安邑千樹棗等千戶侯」；略去「出穎川文士傳云棗氏本姓棘避難改焉」。

233. 艁：艁舟以舟為橋說文云造古文造。

圓沙書院本「說文云」後略去一「造」。

234. 〇暠：明白也古老切十一。

圓沙書院本無「也」字。

235. 媢：夫妬婦也說文音冒。

說文，圓沙書院本作「又」。

236. 〇寶：珍寶又瑞也符也道也禮記曰地不藏其寶又天寶晉灼云天寶雞頭人身又姓出何氏姓苑博抱切十五。

圓沙書院本略去「禮記曰地不藏其寶」；天寶，簡本作大寶；略去「晉灼云天寶雞頭人身」；略去「出何氏姓苑」。

237. 保：任也安也守也說文作保養也亦姓呂氏春秋云楚有保申為文王傳也。

圓沙書院本略去「呂氏春秋云楚有保申為文王傳也」。

238. 綵：說文曰小兒衣。

圓沙書院本略去「說文曰」。

239. 鴇：郭璞云今烏驄。

圓沙書院本略去「郭璞云」。

240. 〇考：校也成也引也亦瑕釁淮南子云夏后氏之璜不能無考是也又姓出何氏姓苑苦浩切十。

圓沙書院本略去「出何氏姓苑」。

241. 槁：木枯也說文作槀。

說文，圓沙書院本作又。

242. 祮：禱也說文曰告祭也。

圓沙書院本說文曰，圓沙書院本作又。

243. 薨：乾魚周禮曰辨魚物為鱐薨注云薨乾也亦作槁又薨裏字音蒿。

圓沙書院本略去「禮曰辨魚物為鱐薨注云薨乾也」。

244. 篓：筍篓出南中。

圓沙書院本略去「出南中」。

245. 鬌：髮好皃也又昨何切。

圓沙書院本略去「也」。

246. 癉：勞也又怒也。

圓沙書院本略去「又」。

247. 鋤：鋤鈞出異字苑。

圓沙書院本略去「出異字苑」。

248. 曬：色光明出釋典。

圓沙書院本略去「出釋典」。

249. ○可：許可也又虜複姓三氏周太保王雄賜姓可頻氏梁有河南王可沓振又有可達氏又虜三字姓三氏後魏書可地延氏改為延氏又并州刺史男可朱渾買奴前燕慕容儁皇后可足渾氏枯我切四。

圓沙書院本略去「三氏周太保王雄賜姓可頻氏梁有河南王可沓振又有可達氏又虜三字姓三氏後魏書可地延氏改為延氏又并州刺史男可朱渾買奴前燕慕容儁皇后可足渾氏」。

250. 岢：岢嵐鎮在嵐州。

圓沙書院本略去「在嵐州」。

251. 妿：人姓莊子有妿荷甘又音痾。

圓沙書院本略去「莊子有妿荷甘」。

252. ○左：左右也亦姓齊之公族有左右公子後因氏焉又漢複姓二氏左傳宋公子目夷為左師其後為氏秦有左師觸龍晉先蔑為左行其後為氏漢有御史左行恢臧可切三。

圓沙書院本略去「齊之公族有左右公子後因氏焉又漢複姓二氏左傳宋公子目夷為左師其後為氏秦有左師觸龍晉先蔑為左行其後為氏漢有

御史左行恢」。

三十四果

253. 〇果：果敢又勝也定也克也亦木實爾雅曰果不熟為荒俗作菓古火切十一。

圓沙書院本略去「爾雅曰果不熟為荒」。

254. 裹：苞裹又纏也。

圓沙書院本無「也」字。

255. 髻：小兒翦髮為髻。

圓沙書院本略去「為髻」。

256. 緺：緺子綾出字林。

圓沙書院本略去「出字林」。

257. 瑣：青瑣漢書儀曰黃門令日暮入對青瑣丹墀拜名曰夕郎又瑣小兒。

圓沙書院本略去「漢書儀曰黃門令日暮入對青瑣丹墀拜名曰夕郎」。

258. 䴹：說文曰小麥屑之核。

圓沙書院本略去「說文曰」。

259. 郖：亭名在河南。

圓沙書院本略去「在河南」。

260. 錇：車轄又犂轄出玉篇。

圓沙書院本略去「出玉篇」。

261. 媠：美也說文曰南楚人謂好曰媠又吐臥切。

圓沙書院本略去「說文曰」、「人」。

262. 隋：裂肉也又徒果切。

圓沙書院本略去「也」。

263. 朶：木節也亦作𣔪。

圓沙書院本略去「也」。

264. 蠃：蜾蠃蒲盧郭璞云細腰蜂也負螟蛉之子於空木中七日而成其子法言云螟蛉之子殪而逢蜾蠃祝曰類我類我久則肖之。

圓沙書院本略去「也負螟蛉之子於空木中七日而成其子法言云螟蛉之子殪而逢蜾蠃祝曰類我類我久則肖之」。

265. ○叵：不可也普火切四。

　　圓沙書院本「可」後略去「也」字。

266. 媧：說文云逆惡之驚詞。

　　圓沙書院本略去「說文云」。

267. 邲：玉篇云地名。

　　圓沙書院本略去「玉篇云」。

268. 堁：堀堁塵起也。

　　圓沙書院本略去「也」。

269. ○脞：書傳云叢脞細碎無大略也倉果切二。

　　圓沙書院本略去「云」字。

三十五馬

270. ○馬：說文曰怒也武也象頭髦尾四足之形尚書中候曰稷為大司馬釋名曰大司馬馬武也大摠武事也亦姓扶風人本自伯益之裔趙奢封馬服君後遂氏焉秦滅趙徙奢孫興於咸陽為右內史遂為扶風人又漢複姓五氏漢馬宮本姓馬矢氏功臣表有馬適育溝洫志有諫議大夫乘馬延年何氏姓苑云今西陽人孔子弟子有巫馬期風俗通有白馬氏莫下切七。

　　圓沙書院本略去「尚書中候曰稷為大司馬」；略去「扶風人本自伯益之裔趙奢封馬服君後遂氏焉秦滅趙徙奢孫興於咸陽為右內史遂為扶風人又漢複姓五氏漢馬宮本姓馬矢氏功臣表有馬適育溝洫志有諫議大夫乘馬延年何氏姓苑云今西陽人孔子弟子有巫馬期風俗通有白馬氏」。

271. 鄢：郁鄢縣名在犍為。

　　圓沙書院本略去「在犍為」。

272. 堵：縣名又姓左傳鄭有堵女父堵狗又音覩。

　　圓沙書院本略去「左傳鄭有堵女父堵狗」。

273. 冶：銷也尸子曰蚩尤造九冶又妖冶亦姓左傳衛大夫冶廑。

　　圓沙書院本略去「左傳衛大夫冶廑」。

274. 虵：羌複姓有虵咥氏又食遮切咥都結切。

　　圓沙書院本略去「有虵咥氏」「咥都結切」。

275. 假：且也借也非真也說文又作徦至也又姓漢有假食。

圓沙書院本略去「說文」「漢有假食」。

276. 賈：姓也出河東本自周賈伯之後又音古。

圓沙書院本略去「也出河東本自周賈伯之後」。

277. 斝：玉爵禮記曰夏后氏以醆商以斝周以爵。

圓沙書院本略去「禮記曰夏后氏以醆商以斝周以爵」。

278. 椵：爾雅曰櫼椵郭璞云柚屬子大如盂皮厚二三寸中似枳食之少味。

圓沙書院本略去「子大如盂皮厚二三寸中似枳食之少味」。

279. 奲：奲慢污也出文字辨疑。

圓沙書院本略去「出文字辨疑」。

280. 夏：大也又諸夏亦州名秦屬上郡漢分置朔方部晉末赫連勃勃於州稱大夏為後魏所滅置鎮又改為夏州又胡駕古下二切。

圓沙書院本略去「秦屬上郡漢分置朔方部晉末赫連勃勃於州稱大夏為後魏所滅置鎮又改為夏州」。

281. ○社：社稷又漢複姓二氏風俗通云齊昌徙居社南因以為氏何氏姓苑云右扶風有焉又有社北氏常者切三。

圓沙書院本略去「風俗通云齊昌徙居社南因以為氏何氏姓苑云右扶風有焉又有社北氏」。

282. 檨：宜檨善夢神見仙經。

圓沙書院本略去「見仙經」。

283. 笆：竹名出蜀又音巴。

圓沙書院本略去「出蜀」。

284. 蘾：說文曰黃華又音壞。

圓沙書院本略去「說文曰」。

285. 𠱡：大口又聲說文曰擊踝也。

圓沙書院本略去「曰」。

286. 丫：羊角兒。

圓沙書院本略去「兒」。

287. ○若：乾草又般若出釋典又虜複姓二氏周書若於惠傳曰其先與魏俱起以國為姓後燕錄有步兵校尉若久和人者切又人勺切三。

圓沙書院本略去「二氏周書若於惠傳曰其先與魏俱起以國為姓後燕錄有步兵校尉若乆和」。

288. 吣：應聲也。

圓沙書院本略去「也」。

289. ○穛：穛穀南又人食之或云莪葵丑寡切一。

圓沙書院本略去「又」。

290. ○奼：嬌奼也醜下切又陟嫁切一。

圓沙書院本略去「也」字。

291. ○養：育也樂也飾也字從羊食又姓孝子傳有養奮餘兩切七。

圓沙書院本略去「字從羊食」、「孝子傳有養奮」。

292. 蛘：蟻名說文曰𧊜蛘也。

圓沙書院本略去「曰」。

293. 象：說文曰象長鼻牙南越大獸三季一乳象耳牙四足之形爾雅曰南方之美者有梁山之犀象。

圓沙書院本略去「三季一乳象耳牙四足之形爾雅曰南方之美者有梁山之犀象」。

294. 襐：未笄冠者之首飾也。

圓沙書院本略去「之」「也」。

295. 蔣：國名亦姓風俗通云周公之胤又漢複姓漢有曲陽令蔣匠熙又子羊切。

圓沙書院本略去「風俗通云周公之胤又漢複姓漢有曲陽令蔣匠熙」。

296. ○鞅：牛羈也說文頸靼也於兩切十一。

圓沙書院本略去「也」。

297. 強：說文云弓有力也或作強又姓前秦錄有將軍強求又其良切。

圓沙書院本略去「說文云」、「前秦錄有將軍強求」。

298. ○掌：手掌又姓晉有琅耶掌同前涼有燉煌掌據諸兩切三。

圓沙書院本略去「晉有琅耶掌同前涼有燉煌掌據」。

299. 仉：姓梁公子仉晵後也。

圓沙書院本略去「梁公子仉晵後也」。

300. 蠁：說文曰知聲蟲也。

圓沙書院本略去「說文曰」。

301. 向：爾雅兩階間謂之向本亦作鄉又音向。

圓沙書院本略去「間」。

302. 癏：屋也出方言又音唱。

圓沙書院本略去「出方言」。

303. 俶：俶寬也。

圓沙書院本略去「也」。

304. 繈：繈褓負兒衣博物志云繈織縷為之廣八寸長二尺以約小兒於背上。

圓沙書院本略去「博物志云繈織縷為之廣八寸長二尺以約小兒於背上」。

305. 〇丈：說文曰十尺為丈直兩切四。

圓沙書院本略去「曰」。

306. 杖：說文曰持也大戴禮曰武王踐祚為杖之銘曰惡乎失道於嗜欲惡乎相忘於富貴呂氏春秋曰孔子見弟子抱杖而問其父母柱杖而問其兄弟曳杖而問其妻子尊卑之差也禮曰苴杖竹也削杖桐也。

圓沙書院本略去「大戴禮曰武王踐祚為杖之銘曰惡乎失道於嗜欲惡乎相忘於富貴呂氏春秋曰孔子見弟子抱杖而問其父母柱杖而問其兄弟曳杖而問其妻子尊卑之差也禮曰苴杖竹也削杖桐也」。

307. 〇獷：獷平縣在漁陽居往切又居猛切一。

圓沙書院本略去「在漁陽」。

308. 〇壤：土也書傳曰無塊曰壤風土記曰擊壤者以木作之前廣後銳長尺三四寸其形如履臘節僮少以為戲也逸士傳曰堯時有壤父擊於康衢藝經曰擊壤古戲又漢複姓孔子弟子有壤駟赤如兩切八。

圓沙書院本略去「前廣後銳長尺三四寸其形如履臘節僮少以為戲也逸士傳曰堯時有壤父擊於康衢藝經曰擊壤古戲又漢複姓孔子弟子有壤駟赤」。

309. 蟓：蟲名似雞而小。

圓沙書院本略去「似雞而小」。

310. 仿：說文曰相似也。

圓沙書院本略去「說文曰」。

311. ○長：大也又漢複姓晉有長兒魯少事智伯智伯絕之三年其後死智伯之
難知文切又直張切一。

圓沙書院本略去「又漢複姓晉有長兒魯少事智伯智伯絕之三年其後死
智伯之難」。

312. ○佂：楚詞注云佂佂遑遽兒求往切一。

圓沙書院本略去「云」。

313. ○覮：說文曰驚走也一曰往來兒俱往切四。

圓沙書院本略去「曰」。

314. 儎：載器也出埤蒼。

圓沙書院本略去「出埤蒼」。

315. ○蕩：大也又水名出湯陰又姓宋之公族也徒朗切十二。

圓沙書院本略去「出湯陰」、「宋之公族也」。

316. 崵：山名漢高鳳隱處。

圓沙書院本略去「漢高鳳隱處」。

317. 潒：水大之兒又洗潒也。

圓沙書院本略去「之」「也」。

318. 鐋：玉名說文曰金之美與玉同色者也。

圓沙書院本略去「曰」。

319. 盪：滌蕩搖動兒說文曰滌器也又吐浪切。

圓沙書院本略去「曰」。

320. 酅姓出廬江。

圓沙書院本略去「出廬江」。

321. 懭：懭慌失意兒。

圓沙書院本略去「兒」。

322. 筹：說文曰大竹筒也。

圓沙書院本略去「說文曰」。

323. 臃：臃朧月不明也。

圓沙書院本略去「也」。

324. ○莽：草莽說文曰南昌謂犬善逐兔於艸中為莽又姓前漢反者馬何羅後漢明德馬后恥與同宗改為莽氏摸朗切又莫古切十。

圓沙書院本略去「前漢反者馬何羅後漢明德馬后恥與同宗改為莽氏」。

325. 蚆：吳王孫休子名見吳志。

圓沙書院本略去「見吳志」。

326. 矘：無一睛。

圓沙書院本略去「一」。

327. ○朗：明也亦姓出姓苑盧黨切七。

圓沙書院本略去「出姓苑」。

328. 哴：哴哴咽悲也。

圓沙書院本略去「也」。

329. 㡍：㟹㡍山空。

圓沙書院本略去「也」。

330. ○潢：大水烏晃切二。

圓沙書院本略去「也」。

331. 幌：帷幔也晉惠起居注云有雲母幌。

圓沙書院本略去「晉惠起居注云有雲母幌」。

332. 㿠：人名前燕慕容㿠也。

圓沙書院本略去「前燕慕容㿠也」。

333. 㝫：㝫㝩也。

圓沙書院本略去「也」。

334. 睆：矘睆目疾出新字林。

圓沙書院本略去「出新字林」。

335. 朚：朦朚月不明皃。

圓沙書院本略去「皃」。

336. 謊：夢言也。

圓沙書院本略去「也」。

337. ○汻：姓今涇州有之呼朗切三。

圓沙書院本略去「今涇州有之」。

338. 鯁：刺在喉又骨鯁謇諤之臣。

圓沙書院本略去「又」。

339. ○丙：辰名爾雅云太歲在丙曰柔兆又光也明也又姓風俗通云齊有大夫
丙歜兵永切九。

圓沙書院本略去「風俗通云齊有大夫丙歜」。

340. 邴：邑名在泰山又姓左傳晉有大夫邴預又音柄。

圓沙書院本略去「左傳晉有大夫邴預」。

341. 秉：執持又十六斗曰藪十藪曰秉又姓漢書有秉漢。

圓沙書院本略去「漢書有秉漢」。

342. 蛃：蛃蟲也。

圓沙書院本略去「也」。

343. 景：大也明也像也光也照也又姓齊景公之後後漢有景丹。

圓沙書院本略去「齊景公之後後漢有景丹」。

344. 璟：玉光彩出埤蒼。

圓沙書院本略去「出埤蒼」。

345. 刭：玉篇云刺也。

圓沙書院本略去「云」。

346. ○省：省署漢書曰舊名禁中避元後諱改為省中又姓左傳宋大夫省臧所
景切又息井切九。

圓沙書院本略去「漢書曰舊名禁中避元後諱改為省中」、「左傳宋大夫
省臧」。

347. ○永：長也引也遠也退也亦姓出何氏姓苑於憬切二。

圓沙書院本略去「出何氏姓苑」。

348. ○杏：果名廣志曰滎陽有白杏鄴有赤杏黃杏何梗切三。

圓沙書院本略去「廣志曰滎陽有白杏鄴有赤杏黃杏」。

349. ○猛：勇猛又嚴也害也惡也亦姓左傳晉大夫猛獲之後莫杏切六。

圓沙書院本略去「左傳晉大夫猛獲之後」。

350. 艋：舴艋小船舴陟格切。

圓沙書院本略去「舴陟格切」。

351. 䣜：縣名在江夏。

圓沙書院本略去「在江夏」。

352. ○礦：金璞也古猛切七。

圓沙書院本略去「也」。

353. 獷：犬也又居往切獷平縣名在漁陽。

圓沙書院本略去「在漁陽」。

354. 穬：穀芒又曰稻不熟。

圓沙書院本略去「曰」。

355. ○瑒：祀宗廟圭名長一尺二寸徒杏切又音暢一。

圓沙書院本略去「長一尺二寸」。

356. ○耿：耿介也又耿耿不安也又姓晉大夫趙夙滅耿因封焉遂以國為氏古幸切三。

圓沙書院本略去「晉大夫趙夙滅耿因封焉遂以國為氏」。

357. 䪽：芋莖也。

圓沙書院本略去「也」。

358. ○幸：說文作㚔吉而免凶也以屰從夭夭死之事故死謂之不㚔胡耿切四。

圓沙書院本「謂」後略去「之」。

359. 靖：立也思也理審也又姓齊靖郭君之後風俗通云單靖公之後。

圓沙書院本略去「齊靖郭君之後風俗通云單靖公之後」。

360. 妌：女人貞絜也。

圓沙書院本略去「也」。

361. 騁：馳騁又走也。

圓沙書院本略去「也」。

362. 涬：玉篇云寒也。

圓沙書院本略去「玉篇云」。

363. ○潁：水名在汝南亦州名禹貢豫州之境春秋時沈丘也秦為潁川郡漢為汝南郡之汝陰后魏置潁州餘頃切二。

圓沙書院本略去「在汝南」；略去「禹貢豫州之境春秋時沈丘也秦為潁川郡漢為汝南郡之汝陰后魏置潁州」。

364. 穎：禾末也穗也又姓左傳有穎考叔。

圓沙書院本略去「左傳有」。

365. 屛：蔽也爾雅曰屛謂之樹又廣雅曰罘罳謂之屛風俗通云卿大夫帷士以
廉以自鄣蔽。

圓沙書院本略去「風俗通云卿大夫帷士以廉以自鄣蔽」。

366. 䴸：索䴸出食苑。

圓沙書院本略去「出食苑」。

367. ○井：說文曰八家一井象構韓形䨲之象也古者伯益初作井今作井見經
典省文又姓姜子牙之後也左傳有井伯子郢切二。

圓沙書院本略去「姜子牙之後也左傳有井伯」、略去「文」。

368. ○麖：安也又麖陶縣名在趙州於郢切五。

圓沙書院本略去「在趙州」。

369. 癭：瘤也博物志云山居之人多癭疾。

圓沙書院本略去「博物志云山居之人多癭疾」。

370. 睛：眳睛不悅目皃出字林又音精。

圓沙書院本略去「出字林」。

371. 惺：惺悟出字林。

圓沙書院本略去「出字林」。

372. 炯：火明皃又音迥。

圓沙書院本略去「皃」。

373. 鼎：說文云鼎三足兩耳和五味之寶器禹收九牧之金鑄鼎荊山之下。

圓沙書院本略去「禹收九牧之金鑄鼎荊山之下」。

374. ○珽：玉名說文曰大圭長三尺抒上終葵首他鼎切十二。

圓沙書院本略去「抒上終葵首」。

375. ○汫：汫瀅小水皃徂醒切一。

圓沙書院本略去「皃」。

376. 濎：濴濎大水皃。

圓沙書院本略去「皃」。

377. ○醒：醉歇也蘇挺切二。

圓沙書院本略去「也」。

378. 瀴：瀴滓大水皃。

圓沙書院本略去「皃」字。

379. 冷：寒也又姓前趙錄有徐州刺史冷道字安義又盧打切。

圓沙書院本略去「前趙錄有徐州刺史冷道字安義」。

380. 軬：軺車後登也出字林。

圓沙書院本略去「也」。

381. ○廎：亭名在吳晉陵丑丞切又恥陵切一。

圓沙書院本略去「在吳晉陵」。

382. ○倗：不肯也普等切二。

圓沙書院本略去「也」。

383. 剆：穆天子傳云西征至剆郭璞云國名也前漢書有剆成侯。

圓沙書院本略去「穆天子傳云西征至剆郭璞云」「也前漢書有剆成侯」。

384. ○有：有無又果也取也質也又也又姓孔子弟子有若又漢複姓有男氏禹後分封以國為姓出史記云乆切九。

圓沙書院本略去「孔子弟子有若又漢複姓有男氏禹後分封以國為姓出史記」。

385. 右：左右也又漢複姓五氏左傳宋樂大心為右師其後因官為氏漢有中郎右師譚晉賈華為右行因官為氏漢有御史中丞右行綽何氏姓苑有右閭右扈右南等氏。

圓沙書院本略去「五氏左傳宋樂大心為右師其後因官為氏漢有中郎右師譚晉賈華為右行因官為氏漢有御史中丞右行綽何氏姓苑有右閭右扈右南等氏」。

386. ○柳：木名說文作桺小楊也從木丣聲丣古文酉餘仿此又姓出河東本自魯孝公子展之孫以王父字為展氏至展禽食采於柳因為氏魯為楚滅柳氏入楚楚為秦滅乃遷晉之解縣秦置河東郡故為河東解縣人力乆切十四。

圓沙書院本略去「出河東本自魯孝公子展之孫以王父字為展氏至展禽食采於柳因為氏魯為楚滅柳氏入楚楚為秦滅乃遷晉之解縣秦置河東郡故為河東解縣人」。

387. 鼬：似鼠而大又音留。

圓沙書院本略去「而」。

388. 茆：鳧葵水草詩云言採其茆即蓴菜也又莫飽切。

圓沙書院本略去「詩云言採其茆」。

389. 鈕：印鼻又姓何氏姓苑云今吳興人東晉有鈕滔也。

圓沙書院本略去「何氏姓苑云今吳興人東晉有鈕滔也」。

390. 莥：玉篇云鹿豆也。

圓沙書院本略去「云」「也」。

391. 九：數也又漢複姓二氏何氏姓苑云昔岱縣人姓九百名里為縣小吏而功曹姓萬縣中語曰九百小吏萬功曹列子秦穆公時九方皋一名甄善相馬也。

圓沙書院本略去「又漢複姓二氏何氏姓苑云昔岱縣人姓九百名里為縣小吏而功曹姓萬縣中語曰九百小吏萬功曹列子秦穆公時九方皋一名甄善相馬也」。

392. 韭：說文曰葉名也一種而久者故謂之韭象形在一之上一地也俗作韮。

圓沙書院本略去「說文」「也一種而久者故謂之韭象形在一之上一地也」。

393. 畚：姓出纂文。

圓沙書院本略去「出纂文」。

394. 守：主守亦姓出姓苑。

圓沙書院本略去「出姓苑」。

395. ○醜：類也讎也釋名曰醜臭也如物臭穢也又虜複姓西秦錄有下將軍醜門于弟昌九切三。

圓沙書院本略去「如物臭穢也又虜複姓西秦錄有下將軍醜門於弟」。

396. 阜：陵阜釋名曰土山曰阜阜厚也言高厚也廣雅曰無石曰阜。

圓沙書院本作「陵阜釋名土山曰阜厚也言高厚也廣雅無石阜」。

397. ○缶：瓦器盆也史記云秦王趙王會於澠池藺相如使王擊缶是也詩疏云缶者瓦器盆所以盛酒漿秦人鼓之以節歌方久切八。

圓沙書院本略去「史記云秦王趙王會於澠池藺相如使王擊缶是也詩疏云缶者瓦器盆所以盛酒漿秦人鼓之以節歌」。

398. 否：說文不也又房彼切。

圓沙書院本略去「說文」。

399. ○糗：乾飯屑也孟子曰舜糗飯茹菜又姓風俗通漢有糗宗為嬴長去久切一。

略去「孟子曰舜糗飯茹菜」「風俗通漢有糗宗為嬴長」。

400. ○舅：夫之父也亦母之兄弟又姓左傳秦大夫舅犯其九切十一。

圓沙書院本略去「左傳秦大夫舅犯」。

401. 朻：姓也襄州有之又音籌。

圓沙書院本略去「襄州有之」。

402. ○酉：飽也老也就也首也又辰名爾雅曰太歲在酉曰作噩又姓魏有酉牧與久切二十一。

圓沙書院本略去「魏有酉牧」。

403. 牖：道也向也說文曰牖穿壁以木為交窗也禮曰華門圭竇蓬戶甕牖。

圓沙書院本略去「禮曰華門圭竇蓬戶甕牖」。

404. 槱：積木燎以祭天地。

圓沙書院本略去「以」。

405. 羑：羑里文王所囚處人有羑水並在湯陰又姓也。

圓沙書院本略去「並在湯陰」。

406. 宩：字書云貧病也。

圓沙書院本略去「字書云」。

407. 壽：壽考又州名楚孝烈王自陳徙都壽春號曰郢秦為九江郡魏為淮南郡梁為南豫州周為揚州隋平陳為壽州亦靈壽木名生日南又姓王莽兗州牧壽良又漢複姓前漢燕王遣壽西長之長安蘇林云壽西姓也又承呪切。

圓沙書院本略去「楚孝烈王自陳徙都壽春號曰郢秦為九江郡魏為淮南郡梁為南豫州周為揚州隋平陳為壽州亦靈壽木名生日南」「王莽兗州牧壽良又漢複姓前漢燕王遣壽西長之長安蘇林云壽西姓也」。

408. 鄯：水名在蜀亦地名也。

圓沙書院本略去「在蜀」。

409. 綬：組綬禮云天子玄公侯朱大夫純世子綦士縕應劭漢官曰綬長一丈二尺法十二月廣三尺法天地人也。

圓沙書院本略去「禮云天子玄公侯朱大夫純丗子綦士緼應劭漢官曰綬長一丈二尺法十二月廣三尺法天地人也」。

410. ○酒：酒醴戰國策曰帝女儀狄作而進於禹亦云杜康作元命包曰酒乳也又酒泉縣在肅州匈奴傳雲水甘如酒因以名之亦姓也子酉切一。

圓沙書院本略去「元命包曰酒乳也又酒泉縣在肅州匈奴傳雲水甘如酒因以名之」。

411. ○秠：爾雅曰一秠二米此亦黑黍漢和帝時任城生黑黍或三四實實二米得黍三斛八斗是芳婦切又匹幾孚悲二切一。

圓沙書院本略去「漢和帝時任城生黑黍或三四實實二米得黍三斛八斗是」。

412. ○厚：厚薄又重也廣也說文作厚曰山陵之厚也又姓出姓苑胡口切七。

圓沙書院本略去「出姓苑」。

413. 后：君也又姓漢有少府后倉又音候。

圓沙書院本略去「漢有少府后倉」。

414. 邱：鄉名在東平又姓左傳魯大夫邱昭伯。

圓沙書院本略去「在東平」「左傳魯大夫邱昭伯」。

415. ○母：父母老子注云母道也蒼頡篇云其中有兩點象人乳形豎通者即音無莫厚切十四。

圓沙書院本略去「老子注云母道也蒼頡篇云其中有兩點象人乳形豎通者即音無」。

416. ○部：署也又姓出姓苑蒲口切十。

圓沙書院本略去「出姓苑」。

417. 牿：牿牨偏高又牛頭短。

圓沙書院本略去「又牛頭短」。

418. 姅：人名左傳有華姅說文女字也。

圓沙書院本本略去「左傳有華姅」。

419. 斢：斢斢兵奪人物出字書。

圓沙書院本略去「出字書」。

420. 鈄：姓出姓苑。

圓沙書院本略去「出姓苑」。

421. ○苟：苟且又姓出河內河南西河三望國語云本自黃帝之子漢有苟參古厚切十三。

圓沙書院本略去「出河內河南西河三望國語云本自黃帝之子漢有苟參」。

422. 笱：笱扊縣名在交址又魚笱取魚竹器。

圓沙書院本略去「在交址」。

423. 詬：詬恥也又呼候切。

圓沙書院本略去「也」。

424. 耦：耦耕也亦姓風俗通云宋卿華耦之後漢有侍中耦嘉。

圓沙書院本略去「耦」「風俗通云宋卿華耦之後漢有侍中耦嘉」。

425. 㖃：㖃食物出新字林。

簡本略去「出新字林」。

426. 藪：藪澤爾雅有十數魯大野晉大陸秦楊陓宋孟諸楚雲夢吳越具區齊海隅燕昭余祁鄭圃田周焦護又十六斗曰藪。

圓沙書院本略去「爾雅有十數魯大野晉大陸秦楊陓宋孟諸楚雲夢吳越具區齊海隅燕昭余祁鄭圃田周焦護」。

427. 庩：廣雅云隈也。

圓沙書院本略去「廣雅云」。

428. 瞘：字林云聰揔名也。

圓沙書院本略去「字林云」。

429. 岾：山名在溧陽縣。

圓沙書院本略去「在溧陽縣」。

430. 嶁：文字音義云山巔也。

圓沙書院本略去「文字音義云」。

431. 斢：斢斢兵奪人物出新字林。

圓沙書院本略去「出新字林」。

432. ○口：說文曰人所以言食也亦姓今同州有之苦后切九。

圓沙書院本略去「也」、「今同州有之」。

433. 㖧：水鹽兒也說文上同。

圓沙書院本略去《說文》。

434. ○鰤：魚名一曰姓漢有鰤生又淺鰤小人仕垢切又七溝切一。

圓沙書院本略去「漢有鰤生」。

435. 赳：武皃詩曰赳赳武夫。

圓沙書院本略去「詩曰赳赳武夫」。

436. 癭：說文曰病臥也。

圓沙書院本略去「說文曰」。

437. ○醓：小甜也子朕切四。

圓沙書院本略去「也」字。

438. 餤：亦同又玉篇云飽也。

圓沙書院本略去「玉篇云」。

439. 袵：文字音義云臥席也。

圓沙書院本略去「文字音義云」。

440. 筦：字書云單席。

圓沙書院本略去「字書云」。

441. ○枕：枕席又姓出下邳章荏切又之賃切三。

圓沙書院本略去「出下邳」。

442. ○沈：國名古作邥亦姓出吳興本自周文王第十子聃季食采於沈即汝南
平輿沈亭是也子孫以國為氏式任切又文林切十四。

圓沙書院本略去「出吳興本自周文王第十子聃季食采於沈即汝南平輿
沈亭是也子孫以國為氏」。

443. 審：詳審也說文同宷亦姓漢有辟陽侯審食其。

圓沙書院本略去「漢有辟陽侯審食其」。

444. 檁：木名山海經云煮其汁味甘可為酒。

圓沙書院本略去「山海經云煮其汁味甘可為酒」。

445. 瞫：竊視又姓後漢書云武落鍾離山有黑穴出四姓瞫氏相氏樊氏鄭氏
也。

圓沙書院本略去「後漢書云武落鍾離山有黑穴出四姓瞫氏相氏樊氏鄭
氏也」。

446. 淰：淰潤水動也禮運曰龍以為畜故魚鮪不淰淰之言閃也。

圓沙書院本略去「禮運曰龍以為畜故魚鮪不淰淰之言閃也」。

447. 凓：玉篇云寒極也。

　　圓沙書院本略去「玉篇云」。

448. 唫：說文云口急也。

　　圓沙書院本略去「說文云」。

449. ○品：官品又類也眾庶也式也法也二口則生訟三口乃能品量又姓出何氏姓苑丕飲切一。

　　圓沙書院本略去「出何氏姓苑」。

450. 贛：水名在南康又音紺。

　　圓沙書院本略去「在南康」。

451. 灨：水名在豫章。

　　圓沙書院本略去「在豫章」。

452. 堿：石箴見封禪議。

　　圓沙書院本略去「見封禪議」。

453. 湳：水名在西河又姓。

　　圓沙書院本略去「在西河」。

454. 嬸：說文婪也。

　　圓沙書院本略去「說文」。

455. ○糂：羹糂墨子曰孔子厄陳蔡羹不糂也或作糝桑感切八。

　　圓沙書院本略去「墨子曰孔子厄陳蔡羹不糂也」。

456. ○坎：險也陷也又小罍也形似壷苦感切十。

　　小罍也，圓沙書院本略去「也」字。

457. 錎：字書云瑣連鐶也。

　　圓沙書院本略去「字書云」。

458. ○頷：漢書曰班超虎頭燕頷說文曰面黃也胡感切十六。

　　圓沙書院本略去「曰」「也」。

459. 頜：說文曰頤也。

　　圓沙書院本略去「曰」。

460. 蜭：爾雅云蜭毛蠹。

　　圓沙書院本略去「爾雅云」。

461. 马：說文曰嘽也草木之華未發圅然象形。

圓沙書院本略去「曰」。

462. 后：后嘽乳汁狀出莊子。

圓沙書院本略去「出莊子」。

463. 㳷：藏梨汁也出字林。

圓沙書院本略去「出字林」。

464. 奼：玉篇云多也又丁含切。

圓沙書院本略去「玉篇云」。

465. 祔：埤蒼雲被緣也。

圓沙書院本略去「埤蒼雲」。

466. 橄：橄欖菓木名出交址。

圓沙書院本略去「出交址」。

467. ○覽：視也又姓何氏姓苑云彭城人盧敢切六。

圓沙書院本略去「何氏姓苑云彭城人」。

468. 緂：毳衣說文曰帛雉色也引詩曰毳衣如緂。

圓沙書院本「色」後略去「也」。

469. 紞：冕前垂也說文曰冕冠塞耳者。

圓沙書院本略去「也」「曰」。

470. 礷：石礷藥名出玉篇。

圓沙書院本略去「出玉篇」。

471. ○噉：噉食或作啖又姓前秦錄有將軍噉鐵徒敢切八。

圓沙書院本略去「前秦錄有將軍噉鐵」。

472. 澹：澹淡水皃淡音琰又恬靜又徒濫切。

圓沙書院本略去「淡音琰」。

473. ○㛐：鄉名在河東猗氏縣亦作媕謨敢切二。

圓沙書院本略去「猗氏縣」。

474. 嵌：開張山皃出蒼頡篇。

圓沙書院本略去「出蒼頡篇」。

475. 扊：扊扅戶牡所以止扉或作剡移。

圓沙書院本略去「移」。

476. ○斂：收也又姓姚秦錄有輔國將軍斂憲良冉切十三。

　　圓沙書院本略去「姚秦錄有輔國將軍斂憲」。

477. 愒：爾雅貪也說文息也。

　　略去「爾雅」「說文」。

478. 甊：爾雅康瓠謂之甊郭璞云瓠壺也賈誼曰寶康瓠是也。

　　簡本略去「爾雅康瓠謂之甊郭璞云」「賈誼曰」。

479. ○世：代也又姓風俗通云戰國時有秦大夫世鈞舒制切三。

　　略去「風俗通云戰國時有秦大夫世鈞」；簡本有「三十年為一世也」；

　　簡本「世」後有「丗」字例字。

480. 繐：氈類織毛為之說文曰西胡毾䶣布也。

　　略去「曰」「也」。

481. 彑：彙頭說文作彑云豕之頭象其銳而上見也。

　　略去「也」。

482. ○癑：赤白痢亦作㿃竹例切又音帶一。

　　略去「亦作㿃」。

483. 太：甚也大也通也周禮曰太史掌建邦之六典宋書曰太史掌歷數靈臺專候日月星氣焉經典本作大亦漢複姓六氏漢有尚書太叔雄古今人表有太師庇何氏姓苑云太征氏下邳人太士氏永嘉人又有太室氏太祝氏。

　　簡本略去「掌建邦之六典宋書曰太史掌歷數靈臺專候日月星氣焉經典本作大」「六氏漢有尚書太叔雄古今人表有太師庇何氏姓苑云太征氏下邳人太士氏永嘉人又有太室氏太祝氏」。

484. ○蓋：覆也掩也通俗文曰張帛也禮記曰敝蓋不棄為埋狗也又發語端也說文曰苫也俗作葢古太切三。

　　略去「通俗文曰」「禮記曰敝蓋不棄為埋狗也」。

485. ○艾：草名一名冰臺又老也長也養也亦姓風俗通云龐儉母艾氏五蓋切三。

　　略去「風俗通云龐儉母艾氏」。

486. 犾：犾猰豕。

　　簡本略去一「犾」字。

487. ○藹：晻藹樹繁茂又姓晉南海太守藹奐於蓋切十。

略去「晉南海太守藹奐」。

488. ○大：小大也說文曰天大地大人亦大故大象人形又漢複姓五氏晉獻公娶大狐氏楚襄王時有黃邑大夫大心子成史記秦將軍大羅洪周禮大羅氏掌鳥獸者其后氏焉又大庭氏古天子之號其后氏焉又有大叔氏又虜複姓後魏末有南州刺史大野拔又虜三字姓周書蔡祐賜姓大利稽氏周末有尉回將軍大莫於玄章後魏書南方大洛稽氏後改為稽氏徒蓋切八。

略去「晉獻公娶大狐氏楚襄王時有黃邑大夫大心子成史記秦將軍大羅洪周禮大羅氏掌鳥獸者其后氏焉又大庭氏古天子之號其后氏焉又有大叔氏又虜複姓後魏末有南州刺史大野拔又虜三字姓周書蔡祐賜姓大利稽氏周末有尉回將軍大莫於玄章後魏書南方大洛稽氏後改為稽氏」。

489. ○帶：衣帶說文曰紳也男子鞶革婦人鞶絲象繫佩之形帶有巾故從巾易曰或錫之鞶帶又蛇別名莊子云蝍蛆甘帶也當蓋切七。

簡本略去「象繫佩之形」「說文曰」「易曰或錫之鞶帶」。

490. ○貝：說文曰海介蟲也居陸名贆在水名蜬象形古者貨貝而寶龜亦州名春秋時屬晉七國屬趙秦為鉅鹿郡漢為清河郡周置貝州以貝丘為名博蓋切十四。

簡本略去「說文曰」「春秋時屬晉七國屬趙秦為鉅鹿郡漢為清河郡周置貝州以貝丘為名」。

491. 沛：郡名又姓出姓苑又匹蓋切。

簡本略去「出姓苑」。

492. 佈：顛佈之本亦作沛。

略去「之本」。

493. 沛：流兒亦滂沛又水名出遼東又音貝。

簡本略去「出遼東」。

494. ○會：合也古作㣎亦州名秦屬隴西郡漢分為金城郡周為防隋為鎮武德初平李軌置會州又姓漢有會栩黃外切又音儈五。

略去「古作㣎亦州名秦屬隴西郡漢分為金城郡周為防隋為鎮武德初平李軌置會州」「漢有會栩」。

495. 繪：繪五采也。

注文略去「繪」。

496. 靽：補靽。

注文略去「靽」字。

497. 襘：說文曰帶所結也。

簡本略去「說文曰」。

498. 澮：上同爾雅曰水注溝曰澮又水名在平陽。

略去「曰澮」；略去「在平陽」。

499. 鄶：國名在滎陽。

略去「在滎陽」。

500. 䯏：五彩束髮說文曰骨擿之可會髮者詩云䯏弁如星。

簡本略去「說文曰」；簡本略去「詩云䯏弁如星」。

501. 劊：說文曰斷也。

簡本略去「曰」。

502. ○祋：祋翊縣名在馮翊又祋殳也丁外切一。

略去「在馮翊」。

503. ○蔡：龜也亦國名又姓出濟陽周蔡叔之後也倉太切三。

略去「出濟陽周蔡叔之後也」。

504. 鶈：鶈鳩鳥。

略去注文「鶈」字。

505. ○賴：蒙也利也善也幸也恃也又姓風俗通云漢有交址太守賴先落蓋切十四。

略去「風俗通云漢有交址太守賴先」。

506. 癩：疾也說文作癘惡疾也今為疫癘字。

略去「惡疾也」。

507. 犡：牛名說文曰牛白脊。

略去「牛名說文曰」。

508. 猭：獸名出音譜。

略去「出音譜」。

509. 駾：奔突也詩云昆夷駾矣。

略去「也詩云昆夷駾矣」。

510. ○卦：說文曰筮也易疏云掛也懸掛萬象於其上八卦者八方之卦也乾坎
艮震巽離坤兌古賣切六。

略去「八卦者八方之卦也乾坎艮震巽離坤兌」。

511. 纚：纚浣衣出埤蒼。

圓沙書院本略去「出埤蒼」。

512. 馭：馭持短又疑心名也。

圓沙書院本略去「也」。

513. 漳：說文曰水在丹陽。

圓沙書院本略去「說文曰」。

514. 汛：水兒說文灑也本又音信。

圓沙書院本略去「說文灑也本」。

515. 偝：偝步立兒出聲譜。

圓沙書院本略去「出聲譜」。

516. ○怪：怪異也古壞切八。

圓沙書院本略去「也」。

517. 鄒：說文曰周邑也。

圓沙書院本略去「說文」「也」。

518. 介：大也助也祐也甲也閡也耿介也說文作分畫也俗作人／力又姓介之
推是。

圓沙書院本略去「祐也甲也閡也」「介之推是」。

519. 械：飾也司馬法曰有虞氏械於中國。

圓沙書院本略去「曰」。

520. 鳽：鳽雀也似鶂而青出羌中。

圓沙書院本注文略去「鳽」「出羌中」。

521. 駃：駃馬馬尾結也。

圓沙書院本略去「駃馬」。

522. 殸：說文曰瞋大聲也。

圓沙書院本略去「說文曰」。

523. 忞：說文曰忽也孟子曰孝子心不若是忞。

圓沙書院本略去「說文曰」。

524. 韰：菫菜也葉似韭。

圓沙書院本略去「也」「葉」。

525. ○蓟：茅類又姓出襄陽漢有蓟通或作荊苦怪切九。

圓沙書院本略去「出襄陽漢有蓟通」。

526. 䫡：說文曰頭蓟䫡。

圓沙書院本略去「說文曰」。

527. 箉：箉竹名。

圓沙書院本注文略去「箉」。

528. 勸：勉也強也。

圓沙書院本「強」後略去「也」。

529. ○嚌：一舉盡嚍曲禮曰無嚌炙楚夬切四。

圓沙書院本略去「曲禮曰無嚌炙」。

530. ○佩：玉之帶也說文曰大帶佩也從人從凡從巾佩必有巾巾謂之飾禮曰凡帶必有佩玉蒲昧切十二。

圓沙書院本略去「從人從凡從巾佩必有巾巾謂之飾禮曰凡帶必有佩玉」。

531. 鄁：紂之畿內國名東曰衛南曰墉北曰鄁。

圓沙書院本略去「東曰衛」。

532. 琲：埤蒼云珠百枚曰琲孫權貢珠百琲琲貫也又云珠五百枚也亦作琲又蒲罪切。

圓沙書院本略去「埤蒼云」「孫權貢珠百琲琲貫也」。

533. 茷：爾雅曰茷山韰案本亦作藣藣音勃。

圓沙書院本略去「爾雅曰茷」「案本亦作藣藣音勃」。

534. 秜：稻名出南海又火號切。

圓沙書院本略去「出南海」。

535. 焠：作刀鑒也天官書曰火與水合為焠。

圓沙書院本略去「天官書曰」。

536. 綷：說文曰會五綵繒也。

　　圓沙書院本略去「說文曰」。

537. ○慣：心亂也古對切十。

　　圓沙書院本略去「也」。

538. 蕑：草名呂氏春秋云菜之美者有雲夢之蕑。

　　圓沙書院本略去「有」。

539. 讀：覺悟說文曰中止也司馬法曰師多則民讀讀止也。

　　圓沙書院本略去「曰」。

540. 凷：上同說文曰墣也禮曰寢苫而枕凷。

　　說文曰墣也禮曰寢苫而枕凷，圓沙書院本略作又墣也。

541. ○磑：磨也卋本曰公輸般作之五對切一。

　　圓沙書院本略去「卋本曰」。

542. 瑇：瑇瑁亦作蟕蠵異物志云如龜生南海大者如籧篨背上有鱗鱗大如扇

　　有文章將作器則煮其鱗如柔皮俗又作玳又徒督切。

　　圓沙書院本略去「亦作蟕蠵」。

543. ○載：年也事也則也乘也始也盟辭也又姓風俗通云姬姓之後作代切又

　　材代切六。

　　圓沙書院本略去「風俗通云姬姓之後」。

544. 縡：事也出字林。

　　圓沙書院本略去「出字林」。

545. 餕：說文曰設餁也。

　　圓沙書院本略去「說文曰」。

546. ○溉：灌也又水名出東海桑瀆縣覆甑山古代切六。

　　圓沙書院本略去「出東海桑瀆縣覆甑山」。

547. 摡：滌也詩云摡之釜鬵。

　　圓沙書院本略去「詩云摡之釜鬵」。

548. 籑：隱也爾雅作薆。

　　爾雅，圓沙書院本省作又。

549. 璦：珠璦玉篇云美玉也。

　　玉篇云，圓沙書院本省作又。

550. 能：技能又姓何氏姓苑云長廣人。

圓沙書院本略去「何氏姓苑云長廣人」。

551. 俖：姓也山公集有俖湛。

圓沙書院本略去「山公集有俖湛」。

552. ○戴：荷戴又姓出濟北本自宋戴穆公之後風俗通云凡氏於謚戴武宣穆是也都代切一。

圓沙書院本略去「出濟北本自宋戴穆公之後風俗通云凡氏於謚戴武宣穆是也」。

553. 繳：說文云弋射收繳具也。

圓沙書院本略去「云」。

554. 瘃：困極也詩云昆夷瘃矣本亦作喙。

圓沙書院本略去「云」。

555. 捆：說文云給也一曰約也又爾雅曰捆拭刷清也。

圓沙書院本略去「說文云」；一曰，圓沙書院本作又；又，圓沙書院本無。

556. 頛：頛顙頭少髮說文曰顏色頛頛順事也頁皆在左。

圓沙書院本略去「曰」。

557. ○信：忠信又驗也極也用也重也誠也又姓魏信陵君無忌之後又漢複姓何氏姓苑有信都信平二氏息晉切十一。

圓沙書院本略去「又姓魏信陵君無忌之後」「何氏姓苑有信都信平二氏」。

558. 藺：草名莞屬亦縣名在西河又姓出西河本自有周晉穆公少子成師封韓韓獻子玄孫曰康食邑於藺因氏焉。

圓沙書院本略去「在西河」「出西河本自有周晉穆公少子成師封韓韓獻子玄孫曰康食邑於藺因氏焉」。

559. 剗：剗水在石間。

圓沙書院本注文略去「剗」。

560. ○慎：誠也謹也亦姓古有慎到著書又漢複姓家語魯有慎潰氏奢侈逾法時刃切三。

圓沙書院本略去「古有慎到著書又漢複姓家語魯有慎潰氏奢侈逾法」。

561. 藎：進也詩云王之藎臣一曰草名。

圓沙書院本略去「詩云王之藎臣」；一曰，圓沙書院本作又。

562. ○晉：進也又州名堯所都平陽禹貢冀州之域春秋時晉地秦屬河東郡後
魏為唐州又為晉州爾雅晉有大陸之藪今鉅鹿是也亦姓本自唐叔虞之
後以晉為氏魏有晉鄙即刃切十。

圓沙書院本略去「堯所都平陽禹貢冀州之域春秋時晉地秦屬河東郡後
魏為唐州又為晉州爾雅晉有大陸之藪今鉅鹿是也」「本自唐叔虞之後
以晉為氏魏有晉鄙」。

563. 進：前也善也升也登也又姓出何氏姓苑。

圓沙書院本略去「何氏姓苑」。

564. ○鎮：壓也周禮有四鎮揚州之會稽青州之沂山幽州之醫無閭冀州之霍
山又姓出姓苑陟刃切三。

揚州之會稽青州之沂山幽州之醫無閭冀州之霍山，圓沙書院本略作
「揚州青州幽州冀州各一山」。

565. 墐：塗也詩曰塞向墐戶。

詩曰塞向墐戶，圓沙書院本作「見詩」。

566. ○櫬：空棺也初覲切七。

圓沙書院本略去「也」。

567. ○印：符印也印信也亦因也封物相因付又漢官儀曰諸王侯黃金橐駝鈕
文曰璽列侯黃金龜鈕文曰章御史大夫金印紫綬文曰章中二千石銀印
龜鈕又曰章千石至四百石皆銅印文曰印又姓左傳鄭大夫印段出自穆
公子印以王父字為氏於刃切四。

印信，圓沙書院本作信；圓沙書院本有「執政所執信」；「又漢官儀曰
諸王侯黃金橐駝鈕文曰璽列侯黃金龜鈕文曰章御史大夫金印紫綬文
曰章中二千石銀印龜鈕又曰章千石至四百石皆銅印文曰印」，圓沙書
院本作「曰璽曰章皆印類」；圓沙書院本略去「左傳鄭大夫印段出自穆
公子印以王父字為氏」。

568. 鬫：至也又畏也。

圓沙書院本略去「又」。

569. ○稕：束稈也之閏切六。

圓沙書院本略去「也」。

570. ○儁：智過千人曰儁又羌複姓有儁蒙氏子峻切十二。

圓沙書院本略去「有儁蒙氏」。

571. 甏：獵之韋袴說文曰柔韋也又音奐。

圓沙書院本略去「曰」。

572. 瞚：瞬目目動也。

圓沙書院本略去「也」。

573. ○閏：閏餘也易曰五歲再閏史記曰黃帝起消息正閏餘漢書音義曰以歲之餘為閏如順切三。

圓沙書院本略去「也」。

574. ○問：訊也又姓今襄州有之亡運切十一。

圓沙書院本略去「今襄州有之」。

575. 聞：名達詩曰令聞令望。

圓沙書院本略去「詩曰令聞令望」。

576. 腇：上同詩曰微亦柔止鄭玄云柔謂脆腇之時。

圓沙書院本略去「詩曰微亦柔止鄭玄云柔謂脆腇之時」。

577. ○運：遠也動也轉輸也國語云廣運百里東西為廣南北為運又姓出姓苑又漢複姓二氏史記云秦後以國為姓有運奄氏後漢梁鴻改姓為運期氏王問切十六。

圓沙書院本略去「出姓苑」、「二氏史記云秦後以國為姓有運奄氏後漢梁鴻改姓為運期氏」。

578. 鄆：邑名又州名魯太昊之後風姓禹貢兗州之域即魯之附庸須句國也秦為薛郡地漢為東平國武帝為大河郡隋為鄆州亦姓魯大夫食采於鄆後因氏焉。

圓沙書院本略去「魯太昊之後風姓禹貢兗州之域即魯之附庸須句國也秦為薛郡地漢為東平國武帝為大河郡隋為鄆州」「魯大夫食采於鄆後因氏焉」。

579. 貟：姓也前涼錄有金城貟敞唐有棣州刺史貟半千。

圓沙書院本略去「前涼錄有金城貟敞唐有棣州刺史貟半千」。

580. 鶤：雞三尺曰鶤又音昆。

圓沙書院本略去「曰鶤」。

581. 奮：揚也鳥張毛羽奮奞也又姓左傳楚有司馬奮揚。

圓沙書院本略去「左傳楚有司馬奮揚」。

582. 濆：水名有三眼一在蒲州泉眼大如車輪濆沸湧出一在同州界夾黃河一在河中央皆潛通大小並相似俱深不測又音溳。

圓沙書院本略去「有三眼一在蒲州泉眼大如車輪濆沸湧出一在同州界夾黃河一在河中央皆潛通大小並相似俱深不測」。

583. ○攗：說文拾也居運切五。

圓沙書院本略去「說文」。

584. 胼：說文曰瘡肉反出也。

圓沙書院本略去「曰」。

585. ○靳：靳固又姓楚有大夫靳尚居焮切五。

圓沙書院本略去「楚有大夫靳尚」。

586. 攇：說文拭也。

圓沙書院本略去「說文」。

587. 劤：多力皃。

圓沙書院本略去「皃」。

588. 憖：說文謹也。

圓沙書院本略去「說文」。

589. ○垠：爾雅曰澵謂之垠吾靳切一。

圓沙書院本略去「曰」。

590. ○願：欲也念也思也說文云大頭也魚怨切四。

圓沙書院本略去「云」。

591. 顅：上同說文云顛頂也。

圓沙書院本略去「云」。

592. ○券：券約說文契也釋名曰券綣也相約束繾綣為限也去願切六。

圓沙書院本略去「曰」；「限」後略去「也」。

593. ○萬：十千又虜三字姓二氏西魏有柱國萬紐于謹周書唐瑾樊深並賜姓萬紐于氏無販切十八。

圓沙書院本略去「二氏西魏有柱國萬紐于謹周書唐瑾樊深並賜姓萬紐于氏」。

594. 萬：萬舞字林云萬蟲名也亦州名自漢及梁猶為胸朒縣地後魏分置萬川郡及魚泉縣武德初割信州南浦置浦州貞觀改為萬州又姓孟軻門人萬章。

圓沙書院本略去「自漢及梁猶為胸朒縣地後魏分置萬川郡及魚泉縣武德初割信州南浦置浦州貞觀改為萬州」「孟軻門人萬章」。

595. 蔓：瓜蔓又姓左傳楚有蔓成然。

圓沙書院本略去「左傳楚有蔓成然」。

596. 獌：獌狿獸長百尋說文曰狼屬也爾雅曰貙獌似狸。

圓沙書院本「屬」後略去「也」。

597. ○嬔：嬔息也一曰鳥伏乍出說文曰生子齊均也或作嬔芳萬切十。

圓沙書院本略去「曰」。

598. 娩：說文云兔子也娩疾也。

圓沙書院本略去「云」。

599. 姶：說文云其義闕。

圓沙書院本略去「云」。

600. ○建：立也樹也至也又木名在弱水直上百仞無枝又姓楚王子建之後漢元后傳有建公又州名居萬切二。

圓沙書院本略去「在弱水直上百仞無枝」「楚王子建之後漢元后傳有建公」。

601. ○堰：堰水也於建切十。

圓沙書院本略去「也」。

602. 褼：郭璞云衣領也。

圓沙書院本略去「郭璞云」。

603. 漹：水名在襄陽宜城入漢江也。

圓沙書院本略去「在襄陽宜城入漢江也」。

604. 奰：說文曰大皃也。

圓沙書院本略去「說文曰」。

605. ○獻：進也禮云大曰羹獻又姓風俗通有秦大夫獻則許建切四。

圓沙書院本略去「風俗通有秦大夫獻」。

606. 憲：法也又姓出姓苑。

圓沙書院本略去「出姓苑」。

607. ○健：伉也易曰天行健渠建切二。

圓沙書院本略去「易曰天行健」。

608. 腱：筋本也。

圓沙書院本略去「也」。

609. ○羉：阬物也說文曰抒滿也居願切二。

圓沙書院本略去「曰」。

610. ○頓：說文云下首也亦姓魏志華佗傳有督郵頓子獻都困切三。

圓沙書院本略去「魏志華佗傳有督郵頓子獻」。

611. ○悶：說文曰懣也易曰遯世無悶莫困切二。

圓沙書院本略去「曰」。

612. ○鐏：說文曰柲下銅也曲禮曰進戈者前其鐏徂悶切五。

圓沙書院本略去「曰」。

613. 錑：人名魏時張錑又至也。

圓沙書院本略去「魏時張錑」。

614. 諢：玉篇云弄言。

圓沙書院本略去「玉篇云」。

615. 淪：水中曳船曰淪。

圓沙書院本略去「曰淪」。

616. ○惛：迷忘也呼悶切又呼昆切一。

圓沙書院本略去「也」。

617. ○翰：鳥羽也高飛也亦詞翰說文曰天雞赤羽也又姓左傳曹大夫翰胡侯
旰切二十五。

圓沙書院本略去「左傳曹大夫翰胡」。

618. 閒：里也居也垣也說文曰閈也汝南平輿里門曰閈。

圓沙書院本「說文」後略去「曰」。

619. ○炭：火炭又姓西京雜記有長安炭虯他旦切六。

圓沙書院本略去「西京雜記有長安炭虯」。

620. 溎：溎漫水廣皃出字林。

圓沙書院本略去「出字林」。

621. 洝：說文曰澳水也。

圓沙書院本略去「曰」。

622. 幹：莖幹又強也又姓。

圓沙書院本略去「也」。

623. 翰：赤色也。

圓沙書院本略去「也」。

624. ○漢：水名又姓姓苑云東莞人呼旰切九。

圓沙書院本略去「姓苑云東莞人」。

625. ○粲：鮮好皃又優也察也明也亦作婇又姓出姓苑蒼案切六。

圓沙書院本略去「出姓苑」。

626. 簡：說文曰竹器也。

圓沙書院本略去「說文曰」。

627. 酇：縣名在南陽。

圓沙書院本略去「在南陽」。

628. ○貫：事也穿也累也行也又姓漢有趙相貫高古玩切二十八。

圓沙書院本略去「漢有趙相貫高」。

629. 祼：祭名說文曰灌祭也。

圓沙書院本略去「曰」。

630. 館：館舍也周禮五十里有市市有館館有積以待朝聘之客俗作舘。

圓沙書院本略去「俗作舘」。

631. 灌：水名在廬江又聚也澆也漬也又姓漢有灌嬰。

圓沙書院本略去「在廬江」「漢有灌嬰」。

632. 冠：冠束白虎通曰男子幼娶必冠女子幼嫁必筓又姓列仙傳有仙人冠先又音官。

圓沙書院本略去「列仙傳有仙人冠先」。

633. 觀：樓觀釋名曰觀者於上觀望也說文曰諦視也爾雅曰觀謂之闕亦姓左
傳楚有觀起又音官。

圓沙書院本略去「左傳楚有觀起」。

634. 爨：炊爨又姓華陽國志云昌寧大姓有爨習蜀志云建寧大姓蜀錄有交州
刺史爨深。

圓沙書院本略去「華陽國志云昌寧大姓有爨習蜀志云建寧大姓蜀錄有
交州刺史爨深」。

635. ○段：分段也又姓出武威本自鄭共叔段之後風俗通云段干木之後段氏
有出遼西者本鮮卑檀石槐之後晉將段匹磾徒玩切三。

圓沙書院本略去「出武威本自鄭共叔段之後風俗通云段干木之後段氏
有出遼西者本鮮卑檀石槐之後晉將段匹磾」。

636. ○鍛：打鐵丁貫切六。

圓沙書院本「鐵」後略去「也」。

637. 畔：田界也。

圓沙書院本略去「也」。

638. 麠：說文曰鹿麠也。

圓沙書院本略去「說文曰」。

639. ○諫：諫諍直言以悟人也又姓風俗通云漢有治書侍史諫忠古晏切三。

圓沙書院本略去「風俗通云漢有治書侍史諫忠」。

640. ○晏：柔也天清也又晚也又姓左傳齊有晏氏代為大夫烏澗切五。

圓沙書院本略去「左傳齊有晏氏代為大夫」。

641. ○患：病也亦禍也憂也惡也苦也又姓出何氏姓苑胡慣切九。

圓沙書院本略去「出何氏姓苑」。

642. 羠：獸名似羊無口出山海經。

圓沙書院本略去「出山海經」。

643. 辨：具也周禮曰以辨民器又步免切。

圓沙書院本略去「曰」。

644. 采：說文云辨別也象獸指爪分別也。

圓沙書院本略去「云」。

645. ○霰：雨雪雜又作霓靋釋名曰霰星也水雪相搏如星而散說文云霰稷雪
也蘇佃切九。

圓沙書院本略去「云」。

646. 夐：營求也又休娉切。

圓沙書院本略去「也」。

647. ○縣：郡縣也釋名曰縣懸也懸於郡也古作寰楚莊王滅陳為縣縣名自此
始也又姓孔子門人縣單父黃練切十五。

圓沙書院本略去「孔子門人縣單父」。

648. 眩：瞑眩書曰若藥弗瞑眩厥疾弗瘳。

圓沙書院本略去「曰」。

649. 酻：說文曰釃酒也釃音歷。

圓沙書院本略去「曰」。

650. 奠：設奠禮注云薦也陳也書傳云定也。

圓沙書院本略去「云」。

651. 䌖：藍䌖染者也。

圓沙書院本略去「也」。

652. ○練：白練又姓何氏姓苑云南康人郎甸切十五。

圓沙書院本略去「何氏姓苑云南康人」。

653. 楝：木名鵁鶒食其實。

圓沙書院本略去「鵁鶒食其實」。

654. ○見：視也又姓出姓苑古電切又胡電切二。

圓沙書院本略去「出姓苑」。

655. 沜：說文曰水也。

圓沙書院本略去「說文曰」。

656. 牽：牽挽也又苦堅切。

圓沙書院本略去「也」。

657. 蒄：爾雅曰蒿蒄又去刃切。

圓沙書院本略去「曰」。

658. 燕：說文云玄鳥也作巢避戊巳。

圓沙書院本略去「云」。

659. 讌：讌飲周禮云以饗燕之禮親四方之賓客詩云鹿鳴燕羣臣嘉賓也古無酉今通用亦作宴。

　　　圓沙書院本略去「客」。

660. 曹：星無雲出說文。

　　　圓沙書院本略去「出說文」。

661. ○薦：薦席又薦進也說文曰獸之所食艸古者神人以薦遺黃帝帝曰何食何處曰食薦夏處川澤冬處松柏又姓出姓苑作甸切廌丈買切二。

　　　圓沙書院本略去「出姓苑」。

662. ○片：半也判也析木也普面切三。

　　　圓沙書院本略去「也」。

663. 𡵲：重至又魏有高士張𡵲戴篤之鳥巢其門陰者又祖問切。

　　　圓沙書院本略去「又魏有高士張𡵲戴篤之鳥巢其門陰者」。

664. 㖒：㖒甘不猒也。

　　　圓沙書院本略去「也」。

665. 肙：小蟲也又空也。

　　　圓沙書院本略去「也又」。

666. ○線：線縷也周禮云縫人掌王宮縫線之事以役女御縫王及后衣服私箭切四。

　　　圓沙書院本略去「以役女御縫王及后衣服」。

667. 僐：廣雅云姿態。

　　　圓沙書院本略去「云」。

668. 嬗：說文緩一曰傳也漢書霍去病子名嬗。

　　　圓沙書院本略去「漢書霍去病子名嬗」。

669. 唁：弔失國說文曰弔生也詩曰歸唁衛侯。

　　　圓沙書院本略去「詩曰歸唁衛侯」。

670. 鄄：鄄城縣在濮州。

　　　圓沙書院本略去「在濮州」。

671. ○釧：鐶釧續漢書曰孫程十九人立順帝各賜金釧指鐶尺絹切四。

　　　圓沙書院本略去「續漢書曰孫程十九人立順帝各賜金釧指鐶」。

672. 卷：西卷縣名在日南。

圓沙書院本略去「在日南」。

673. 孌：何承天雲姓也漢有孌秘為南郡太守。

圓沙書院本略去「何承天雲」「漢有孌秘為南郡太守」。

674. ○變：化也通也易也又姓出姓苑彼眷切一。

圓沙書院本略去「出姓苑」。

675. ○卞：縣名在魯又姓出濟陰本自有周曹叔振鐸之後曹之支子封於卞遂以建族皮變切十五。

圓沙書院本略去「在魯」「出濟陰本自有周曹叔振鐸之後曹之支子封於卞遂以建族」。

676. 汴：水名在陳留亦州名秦屬三川郡漢為陳留郡留鄭邑為陳所併遂名之東魏置梁州周改為汴州。

圓沙書院本略去「在陳留」「秦屬三川郡漢為陳留郡留鄭邑為陳所併遂名之東魏置梁州周改為汴州」。

677. ○賤：輕賤又姓風俗通云漢有北平太守賤瓊才線切三。

圓沙書院本略去「又姓風俗通云漢有北平太守賤瓊」。

678. ○羨：貪慕又餘也又姓列仙傳有羨門似面切二。

圓沙書院本略去「列仙傳有羨門」。

679. 嫥：說文曰專小謹也。

圓沙書院本略去「說文曰」。

680. 㨩：按捷之皃也。

圓沙書院本「皃」後略去「也」。

681. 覜：周禮曰大夫眾來曰覜寡來曰聘。

圓沙書院本「周禮」後略去「曰」。

682. 釣：釣魚淮南子曰詹公釣千歲之鯉詹公古善釣者呂氏春秋曰太公釣於滋泉以遇文王。

圓沙書院本略去「淮南子曰詹公釣千歲之鯉詹公古善釣者呂氏春秋曰太公釣於滋泉以遇文王」。

683. 訆：說文曰大呼也。

圓沙書院本略去「曰」「也」。

684. 警：訏也又痛聲也。

　　圓沙書院本略去「也」。

685. 澆：韓浞子方又音梟。

　　圓沙書院本略去「韓浞子方」。

686. 〇歊：說文云悲意也火弔切三。

　　圓沙書院本略去「云」。

687. 鵻：鷐鳥也莊子曰鵻為鵲鵲為布穀此物變也。

　　圓沙書院本「鳥」後略去「也」。

688. 覞：普視說文曰並視也。

　　圓沙書院本略去「曰」「也」。

689. 〇邵：邑名又姓出魏郡周文王子邵公奭之後寔照切七。

　　圓沙書院本略去「出魏郡周文王子邵公奭之後」。

690. 漂：水中打絮韓信寄食於漂母又撫招切。

　　圓沙書院本略去「於」。

691. 瞟：聽纎聞出字林。

　　圓沙書院本略去「出字林」。

692. 筊：爾雅云小管也。

　　圓沙書院本略去「爾雅云」。

693. 〇寮：說文曰柴祭天也凡從尞者作寮同力照切八。

　　圓沙書院本「天」後略去「也」。

694. 〇少：幼少漢書曰少府秦官掌山海池澤之稅以給供養又漢複姓五氏說
　　　苑趙簡子御有少室周魯惠公子施叔之後有少施氏家語魯有少正卯孔
　　　子弟子有少叔乘何氏姓苑有少師氏失照切又失沼切二。

　　圓沙書院本略去「漢書曰」「掌山海池澤之稅以給供養」「五氏說苑趙
　　　簡子御有少室周魯惠公子施叔之後有少施氏家語魯有少正卯孔子弟
　　　子有少叔乘何氏姓苑有少師氏」。

695. 校：校尉官名亦姓周禮校人之後又音。

　　圓沙書院本略去「周禮校人之後」教。

696. 〇孝：孝順爾雅曰善父母為孝孝經左契曰元氣混沌孝在其中天子孝龍
　　　負圖庶人孝林澤茂又姓風俗通云齊孝公之後呼教切六。

圓沙書院本略去「風俗通云齊孝公之後」。

697. 溠：水名在南陽。

圓沙書院本略去「在南陽」。

698. 罿：說文曰覆鳥令不得飛走也。

圓沙書院本略去「曰」。

699. ○豹：獸名崔豹古今注曰豹尾車周制也象君子豹變尾言謙也古軍正建之令唯乘輿建焉廣志曰狐死首丘豹死首山又姓風俗通曰八元叔豹之後北教切五。

圓沙書院本略去「風俗通曰八元叔豹之後」。

700. 䶆：鼠屬能飛食虎豹出胡地又音酌。

圓沙書院本略去「出胡地」。

701. 巧：巧偽山海經曰義均姑為巧倕作百巧也又苦絞切。

百巧也，圓沙書院本略去「也」。

702. 豹：說文同上。

圓沙書院本略去「說文」。

703. 佝：很也房也出字林。

圓沙書院本略去「出字林」。

704. ○到：至也又姓出彭城本自高陽氏楚令尹屈到之後漢有東平太守到質都導切六。

圓沙書院本略去「出彭城本自高陽氏楚令尹屈到之後漢有東平太守到質」。

705. 受：姓也出河內。

圓沙書院本略去「出河內」。

706. 鄀：國名在濟陰又姓晉有高昌長鄀玖。

圓沙書院本略去「在濟陰」「晉有高昌長鄀玖」。

707. 媉：夫妬婦出說文。

圓沙書院本略去「出說文」。

708. 瘵：瘵痢惡人說文曰朝鮮謂飲藥毒曰瘵。

圓沙書院本「說文」後略去「曰」。

709. ○暴：侵暴猝也急也又晞也案說文作暴疾有所趣也又作暴晞也今通作
暴亦姓漢有繡衣使者暴勝之薄報切九。

圓沙書院本略去「漢有繡衣使者暴勝之」。

710. 僄：姓也出姓苑。

圓沙書院本略去「出姓苑」。

711. 隩：說文曰水隈崖也。

圓沙書院本略去「曰」。

712. 靠：相違也。

圓沙書院本略去「也」。

713. ○耗：減也亦稻屬呂氏春秋云飯之美者南海之耗又姓出何氏姓苑俗作
耗呼到切四。

圓沙書院本略去「出何氏姓苑」。

714. 好：愛好亦壁孔也見周禮又姓出纂文又呼老切。

周禮，圓沙書院本省作禮；圓沙書院本略去「出纂文」。

715. 欶：欶縮也。

圓沙書院本注文略去「欶」。

716. ○賀：慶也擔也勞也加也亦姓出會稽河南二望本齊之公族慶封之後漢
侍中慶純避安帝諱改為賀氏又虜複姓九氏北俗謂忠貞為賀若魏孝文
以其先祖有忠貞之稱遂以賀若為氏周書賀蘭祥傳曰其先與魏俱起有
紇伏者為賀蘭莫何弗因以為氏賀拔勝傳云其先與魏俱出陰山代為酋
長北方謂土為拔為其摠有地土時人相賀因為賀拔氏後自武川徙居河
南也南燕錄有輔國大將軍賀賴盧後魏書有賀葛賀婁賀兒賀遂賀悅等
氏胡箇切四。

圓沙書院本略去「出會稽河南二望本齊之公族慶封之後漢侍中慶純避
安帝諱改為賀氏」、「九氏北俗謂忠貞為賀若魏孝文以其先祖有忠貞之
稱遂以賀若為氏周書賀蘭祥傳曰其先與魏俱起有紇伏者為賀蘭莫何
弗因以為氏賀拔勝傳云其先與魏俱出陰山代為酋長北方謂土為拔為
其摠有地土時人相賀因為賀拔氏後自武川徙居河南也南燕錄有輔國
大將軍賀賴盧後魏書有賀葛賀婁賀兒賀遂賀悅等氏」。

717. 襭：被袖也。

圓沙書院本略去「也」。

718. 軻：轗軻不遇也孟子居貧轗軻故名軻字子居又苦哥切。

圓沙書院本略去「孟子居貧轗軻故名軻字子居」。

719. 饀：食也出玉篇。

圓沙書院本略去「出玉篇」。

720. ○播：揚也放也棄也說文種也一曰布也又姓播武殷賢人補過切五。

圓沙書院本略去「播武殷賢人」。

721. ○破：破壞又虜三字姓三氏北齊書有破六韓常後魏書有北境賊破六汗拔陵又西方破多羅氏後改為潘氏普過切二。

圓沙書院本略去「三氏北齊書有破六韓常後魏書有北境賊破六汗拔陵又西方破多羅氏後改為潘氏」。

722. ○臥：寢也釋名曰臥化也精氣變化不與覺時同也說文曰休也從人臣取其伏也吾貨切一。

圓沙書院本略去「曰」。

723. ○惰：惰懈也徒臥切四。

圓沙書院本注文略去「惰」字。

724. ○嬴：瘰病也魯過切七。

圓沙書院本略去「也」。

725. 鄜：縣名在犍為又音馬。

圓沙書院本略去「在犍為」。

726. 墫：地名在晉。

圓沙書院本略去「在晉」。

727. 膠：膠膠相黏也。

圓沙書院本略去「也」。

728. 褙：年終祭名或作蠟廣雅曰夏曰清祀殷曰嘉平周曰大褙秦曰臘也。

圓沙書院本略去「也」。

729. 詐：說文曰慙語也。

圓沙書院本略去《說文曰》「也」。

730. ○謝：辤謝又姓出陳郡會稽二望辤夜切三。

圓沙書院本略去「出陳郡會稽二望」。

731. 榭：臺榭爾雅曰有木者謂之榭。

圓沙書院本略去「曰」。

732. ○舍：屋也又姓古作舍始夜切五。

圓沙書院本略去「也」。

733. 厙：姓也出姓苑今臺括有之又昌舍切。

圓沙書院本略去「出姓苑今臺括有之」。

734. ○射：射弓也周禮有五射白矢參連剡注襄尺井儀射白勻參遠剡注讓尺
井儀又姓三輔決錄雲漢末大鴻臚射咸本姓謝名服天子以為將軍出征
姓謝名服不祥改之為射氏名咸神夜切又音石又音夜僕射也四。

圓沙書院本略去「射白勻參遠剡注讓尺井儀」「三輔決錄雲漢末大鴻臚
射咸本姓謝名服天子以為將軍出征姓謝名服不祥改之為射氏名咸」。

735. 麝：獸名爾雅曰麝父麕足又華山之陰多麝。

圓沙書院本略去「之」。

736. 貰：貰賒也貸也。

圓沙書院本注文略去「貰」。

737. ○霸：國語曰霸把也把持諸侯之權又姓益部耆舊傳有霸相必駕切七。

圓沙書院本略去「益部耆舊傳有霸相」。

738. ○帊：帊襆通俗文曰帛三幅曰帊帊衣襆也普駕切二。

圓沙書院本略去「也」。

739. 華：華山西嶽亦州名春秋時秦晉之分境後魏置東雍州改為華州又姓出
平原殷湯之後宋戴公考父食采於華后氏焉。

圓沙書院本略去「春秋時秦晉之分境後魏置東雍州改為華州」「出平原
殷湯之後宋戴公考父食采於華后氏焉」。

740. ○笡：斜逆也遷謝切二。

圓沙書院本略去「也」。

741. ○亮：朗也導也亦姓出姓苑力讓切十五。

圓沙書院本略「出姓苑」。

742. 諒：信也相也佐也又姓後漢有諒輔。

圓沙書院本略去「後漢有諒輔」。

743. 攘：文字指歸云揖攘又音穰。

圓沙書院本略去「文字指歸云」。

744. 向：人姓出河內本自有殷宋文公支子向文旴旴孫戌以王父字為氏又許亮切。

圓沙書院本略去「出河內本自有殷宋文公支子向文旴旴孫戌以王父字為氏」。

745. ○帳：帷帳釋名曰小帳曰斗帳形如覆斗也漢書曰東方朔雲陛下誠能用臣朔之計推甲乙之帳知亮切五。

圓沙書院本略去「漢書曰東方朔雲陛下誠能用臣朔之計推甲乙之帳」。

746. 暢：通暢又達也亦姓陳留風俗傳曰暢氏出齊。

圓沙書院本略去「陳留風俗傳曰暢氏出齊」。

747. ○向：對也窻也說文曰北出牖也從宀口詩云塞向墐戶許亮切八。

圓沙書院本略去「從宀口」。

748. 閌：門頭也說文曰門響也。

圓沙書院本略去「曰」「也」。

749. ○仗：器仗也又持也直亮切三。

圓沙書院本略去「也」。

750. ○匠：工匠漢書曰將作少府秦官掌理宮室又姓風俗通云凡氏於事巫卜陶匠是也疾亮切三。

圓沙書院本略去「風俗通云凡氏於事巫卜陶匠是也」。

751. ○障：界也隔也又步障也王君夫作絲巾步障三十里石崇作錦障五十里以敵之之亮切五。

圓沙書院本略去「王君夫作絲巾步障三十里石崇作錦障五十里以敵之」。

752. ○尚：庶幾亦高尚又飾也曾也加也佐也韻略云凡主天子之物皆曰尚尚醫尚食等是也又姓後漢高士尚子平又漢複姓有尚方氏時亮切四。

圓沙書院本略去「後漢高士尚子平又漢複姓有尚方氏」。

753. ○刱：初也說文曰造法刱業也初亮切四。

圓沙書院本略去「曰」。

754. ○醬：說文作醬醢也漢書武帝使唐蒙風曉南越南越食蒙蜀蒟醬子亮切四。

圓沙書院本略去「漢書武帝使唐蒙風曉南越南越食蒙蜀蒟醬」。

755. 望：看望說文曰出亡在外望其還也亦祭名又姓何氏姓苑云魏興人又音亡。

圓沙書院本略去「何氏姓苑云魏興人」。

756. ○況：匹擬也善也矧也說文曰寒水也亦脩況琴名又姓何氏姓苑云今廬江人許訪切四。

圓沙書院本略去「何氏姓苑云今廬江人」。

757. ○相：視也助也扶也仲虺為湯左相漢書曰相國丞相皆秦官金印紫綬掌丞天子助理萬物亦州名春秋時屬晉秦邯鄲郡地魏初以東部為陽平郡西部為廣平郡兼魏王都為三魏後魏置相州取河亶甲居相之義周自故鄴移於安陽城也又姓後秦錄有馮翊相雲作德獵賦又漢複姓三氏前趙錄有偏將軍相里覽又務相氏廩君之姓也晉惠時空相機殺平南將軍孟觀息亮切又息良切一。

圓沙書院本略去「金印紫綬掌丞天子助理萬物」「春秋時屬晉秦邯鄲郡地魏初以東部為陽平郡西部為廣平郡兼魏王都為三魏後魏置相州取河亶甲居相之義周自故鄴移於安陽城也」「後秦錄有馮翊相雲作德獵賦又漢複姓三氏前趙錄有偏將軍相里覽又務相氏廩君之姓也晉惠時空相機殺平南將軍孟觀」。

758. ○宕：洞室一曰過也亦州名禹貢梁州之域秦漢魏晉諸羌處之後魏內附置蕃鎮周為宕州也徒浪切七。

圓沙書院本略去「禹貢梁州之域秦漢魏晉諸羌處之後魏內附置蕃鎮周為宕州也」。

759. ○浪：波浪謔浪遊浪又姓晉永嘉末張平保青州為其下浪逢所殺來宕切又魯當切五。

圓沙書院本略去「晉永嘉末張平保青州為其下浪逢所殺」。

760. 潎：潎蕩渠名在譙。

圓沙書院本略去「在譙」。

761. ○盎：盆也又姓出姓苑烏浪切二。

圓沙書院本略去「出姓苑」。

762. 岇：山名在越剡縣界。

圓沙書院本略去「在越剡縣界」。

763. 甖：大甕一曰井甃說文云大盆也又姓姚弋仲將甖耐虎。

圓沙書院本略去「姚弋仲將甖耐虎」。

764. 伉：伉儷敵也又姓漢有伉喜為漢中大夫出風俗通。

圓沙書院本略去「漢有伉喜為漢中大夫出風俗通」。

765. 亢：高也旱也亦姓出姓苑。

圓沙書院本略去「出姓苑」。

766. 潢：釋名曰染書也又音黃。

圓沙書院本略去「釋名曰」。

767. 摙：捎摙昇也出字林。

圓沙書院本略去「出字林」。

768. ○汪：水臭也烏浪切二。

圓沙書院本略去「也」。

769. ○敬：恭也肅也慎也又姓陳敬什之後出風俗通後漢有揚州刺史敬歆居慶切四。

圓沙書院本略去「陳敬什之後出風俗通後漢有揚州刺史敬歆」。

770. 竟：窮也終也又姓出何氏姓苑。

圓沙書院本略去「出何氏姓苑」。

771. ○慶：賀也福也亦州名周之先不窋之所居春秋為義渠戎國城本漢郁郅縣魏文置朔州隋為慶州州立嘉名也亦姓左傳齊大夫慶封又漢複姓有慶師慶忌慶父三氏出姓苑丘敬切一。

圓沙書院本略去「周之先不窋之所居春秋為義渠戎國城本漢郁郅縣魏文置朔州隋為慶州州立嘉名也」「左傳齊大夫慶封又漢複姓有慶師慶忌慶父三氏出姓苑」。

772. ○病：憂也苦也說文曰疾加也皮命切四。

圓沙書院本略去「曰」。

773. ○孟：長也勉也始也又姓出平昌武威二望本自周公魯桓公之子仲孫之胤仲孫為三桓之孟故曰孟氏莫更切四。

圓沙書院本略去「出平昌武威二望本自周公魯桓公之子仲孫之胤仲孫為三桓之孟故曰孟氏」。

774. 瀕：說文曰小津也一曰以船渡也。

圓沙書院本「渡」後略去「也」。

775. 邴：邑名又姓左傳魯大夫邴泄。

圓沙書院本略去「左傳魯大夫邴泄」。

776. ○政：政化釋名曰政正也下所取正也亦姓出姓苑之盛切四。

圓沙書院本略去「出姓苑」。

777. 正：正當也長也定也平也是也君也亦姓左傳宋上卿正考父之後魏志有永昌太守正帛又漢複姓漢有郎中正令宮又之盈切。

圓沙書院本略去「左傳宋上卿正考父之後魏志有永昌太守正帛又漢複姓漢有郎中正令宮」。

778. ○鄭：鄭重慇懃亦州名秦屬三川郡史記管叔鮮之所封也宋武置司州於武牢後魏為北豫州周為滎州隋罷滎州於管城置鄭州又姓滎陽彭城安陸壽春東陽五望本自周宣王封母弟友於鄭及韓滅鄭子孫以國為氏今之望多滎陽直正切三。

圓沙書院本略去「秦屬三川郡史記管叔鮮之所封也宋武置司州於武牢後魏為北豫州周為滎州隋罷滎州於管城置鄭州」「滎陽彭城安陸壽春東陽五望本自周宣王封母弟友於鄭及韓滅鄭子孫以國為氏今之望多滎陽」。

779. 姓：姓氏說文云姓人所生也古之神聖母感天而生子故稱天子女女生聲又姓漢書貨殖傳臨菑姓偉貲五千萬。

圓沙書院本略去「漢書貨殖傳臨菑姓偉貲五千萬」。

780. ○偋：偋隱僻也無人處字統云廁也防正切又蒲徑切二。

圓沙書院本注文略去「偋」。

781. ○淨：無垢也疾政切八。

圓沙書院本略去「也」。

782. ○盛：多也長也又姓後漢西羌傳有北海太守盛苞其先姓奭避元帝諱改姓盛承正切又音成三。

圓沙書院本略去「後漢西羌傳有北海太守盛苞其先姓奭避元帝諱改姓盛」。

783. 侇：詔也一曰才也俗作佞。

圓沙書院本略去「俗作佞」。

784. ○定：安也亦州名帝堯始封唐國之城秦為趙郡鉅鹿二郡漢為中山郡後魏置安州又改為定州以安定天下為名徒徑切四。

圓沙書院本略去「帝堯始封唐國之城秦為趙郡鉅鹿二郡漢為中山郡後魏置安州又改為定州以安定天下為名」。

785. 訂：字林云逗遛也。

圓沙書院本略去「字林云」。

786. 窏：說文空也。

圓沙書院本略去「說文」。

787. 憕：志恨也。

圓沙書院本略去「也」。

788. ○乘：車乘也實證切又食陵切七。

圓沙書院本略去「也」。

789. 嶸：山名在剡縣也。

圓沙書院本略去「在剡縣也」。

790. ○勝：勝負又加也克也亦州名春秋時戎狄地戰國時晉趙地漢雲中五原也隋置榆林鎮屬雲州唐武德中改為勝州詩證切又詩陵切四。

圓沙書院本略去「春秋時戎狄地戰國時晉趙地漢雲中五原也隋置榆林鎮屬雲州唐武德中改為勝州」。

791. 霳：霳霳雷聲也。

圓沙書院本略去「霳霳」「也」。

792. ○丞：縣名在沂州匡衡所居常證切又音承一。

圓沙書院本略去「在沂州匡衡所居」。

793. 凳：牀凳出字林。

圓沙書院本略去「出字林」。

794. ○贈：玩也好也相送也昨互切二。

圓沙書院本「相送」後略去「也」。

795. ○鄧：國名周為申國平王母申后之家戰國時地楚昭襄王取韓置南陽郡
釋名曰在南中而居陽地故以為名始皇三十六郡即其一焉隋以南陽為
縣改為鄧州取鄧國名之又姓出南陽安定二望殷王武丁封叔父於河北
是為鄧侯後因氏焉徒互切六。

圓沙書院本略去「周為申國平王母申后之家戰國時地楚昭襄王取韓置
南陽郡釋名曰在南中而居陽地故以為名始皇三十六郡即其一焉隋以
南陽為縣改為鄧州取鄧國名之」「出南陽安定二望殷王武丁封叔父於
河北是為鄧侯後因氏焉」。

796. 囿：說文曰苑有垣一曰禽獸有囿又於目切。

圓沙書院本略去「說文曰」。

797. ○救：護也止也又姓風俗通漢有諫議大夫救仁居祐切十一。

圓沙書院本略去「風俗通漢有諫議大夫救仁」。

798. 廄：馬舍釋名曰廄聚也生馬之所聚也又灸廄並姓出姓苑俗作廏。

圓沙書院本略去「出姓苑」。

799. 疚：說文云貧病也。

圓沙書院本略去「云」。

800. 飫：說文飽也。

圓沙書院本略去「說文」。

801. 狖：爾雅云狖如麂善登木又音由音柚。

圓沙書院本略去「爾雅云」。

802. ○胄：胄子國子也說文曰裔也又姓出姓苑直祐切十三。

圓沙書院本略去「出姓苑」。

803. 冑：介冑說文曰兜鍪也。

圓沙書院本略去「曰」。

804. ○晝：日中又姓晝邑大夫之後因氏焉出風俗通陟救切三。

圓沙書院本略去「晝邑大夫之後因氏焉出風俗通」。

805. ○舊：故也亦姓出姓苑巨救切三。

圓沙書院本略去「出姓苑」。

806. 腒：字書云腒脯也。

圓沙書院本略去「字書云腒」。

807. ○副：貳也佐也又虜姓後魏書副呂氏後改為副氏敷救切七。

圓沙書院本略去「後魏書副呂氏後改為副氏」。

808. ○富：豐於財又姓左傳周大夫富辰方副切四。

圓沙書院本略去「左傳周大夫富辰」。

809. 廖：姓周文王子伯廖之後後漢有廖湛。

圓沙書院本略去「周文王子伯廖之後後漢有廖湛」。

810. 瘤：赤瘤腫病也出文字集略。

圓沙書院本略去「也出文字集略」。

811. 竆：地名左傳云與之石竆之田。

圓沙書院本略去「云」。

812. 飂：高風又古國在南陽湘陽。

圓沙書院本略去「在南陽湘陽」。

813. 繡：五色備也尚書大傳曰未命為士不得衣繡又姓漢書游俠傳有馬領繡君賓。

圓沙書院本略去「漢書游俠傳有馬領繡君賓」。

814. ○就：成也迎也即也說文曰就高也從京尤尤異於凡也又姓後漢書菟賴氏後改為就氏疾僦切四。

圓沙書院本略去「後漢書菟賴氏後改為就氏」。

815. ○授：付也又姓出何氏姓苑承呪切六。

圓沙書院本略去「出何氏姓苑」。

816. 煣：蒸木使曲也。

圓沙書院本略去「也」。

817. ○候：伺候又姓周禮有候人其后氏焉胡遘切十五。

圓沙書院本略去「周禮有候人其后氏焉」。

818. 後：方言云先後猶娣姒。

圓沙書院本略去「方言云」。

819. 鍭：爾雅曰金鏃翦羽。

圓沙書院本略去「爾雅曰」。

820. ○寇：鈔也暴也又姓出馮翊河南二望陳留風俗傳云濬儀有寇氏黃帝之後風俗通云蘇忿生為武王司寇後以官為氏苦候切十。

圓沙書院本略去「出馮翊河南二望陳留風俗傳云濬儀有寇氏黃帝之後風俗通云蘇忿生為武王司寇後以官為氏」。

821. 滱：水名在代郡。

圓沙書院本略去「在代郡」。

822. 𣪘：說文曰未燒瓦器也。

圓沙書院本略去「說文曰」。

823. 貿：交易也市賣也又姓出姓苑東莞人。

圓沙書院本略去「出姓苑東莞人」。

824. 鄮：縣名在會稽亦姓出姓苑。

圓沙書院本略去「在會稽」「出姓苑」。

825. 楙：爾雅曰楙木瓜實如小瓜味酢可食。

圓沙書院本略去「爾雅曰」。

826. ○豆：穀豆物理論雲菽者眾豆之名也又姓後魏有將軍豆代田候切十六。

圓沙書院本略去「後魏有將軍豆代」。

827. 竇：空也穴也水竇也又姓出扶風觀津河南三望風俗通云夏帝相遭有窮氏之難其妃方娠逃出自竇而生少康其后氏焉。

圓沙書院本略去「出扶風觀津河南三望風俗通云夏帝相遭有窮氏之難其妃方娠逃出自竇而生少康其后氏焉」。

828. 鬪：鬪競說文遇也又姓左傳楚有大夫鬪伯比。

圓沙書院本略去「說文遇也」「左傳楚有大夫鬪伯比」。

829. 鋳：上同亦出說文。

圓沙書院本略去「亦出說文」。

830. 走：釋名曰疾趨曰走又祖茍切。

圓沙書院本略去「釋名曰」。

831. 欨：說文同上俗又作呴。

圓沙書院本略去「說文」。

832. 句：句當又姓華陽國志云王平句扶張翼廖化並為大將軍時人曰前有王句後有張廖俗作勾。

圓沙書院本略去「華陽國志云王平句扶張翼廖化並為大將軍時人曰前有王句後有張廖」。

833. ○陋：踈惡也說文曰阨陜也盧候切十三。

也，說文曰，圓沙書院本略作又。

834. 鏤：彫鏤書傳云鏤剛鐵也又鏤漏並姓出何氏姓苑又力誅切。

圓沙書院本略去「出何氏姓苑」。

835. 頜：字統云勤作。

圓沙書院本略去「字統云」。

836. ○偶：不期也五遘切一。

圓沙書院本略去「也」。

837. 踤：醉倒皃出埤蒼。

圓沙書院本略去「出埤蒼」。

838. 繆：紕繆又姓漢書儒林傳有申公弟子繆生。

圓沙書院本略去「漢書儒林傳有申公弟子繆生」。

839. ○沁：水名在上黨亦州名本漢穀遠縣後魏置沁源縣武德初置州因沁水以名之七鴆切四。

圓沙書院本略去「在上黨」「本漢穀遠縣後魏置沁源縣武德初置州因沁水以名之」。

840. ○鴆：鳥名廣志云其鳥大如鶚紫綠色有毒頸長七八寸食蛇蝮雄名運日雌名陰諧以其毛歷飲食則殺人直禁切三。

圓沙書院本略去「廣志云其鳥大如鶚紫綠色有毒頸長七八寸食蛇蝮雄名運日雌名陰諧」。

841. 噤：說文曰口閉也。

圓沙書院本略去「曰」。

842. ○禁：制也謹也止也避王莽家諱改曰省又姓何氏姓苑云今吳興人居蔭切三。

圓沙書院本略去「何氏姓苑云今吳興人」。

843. 鼛：鼓聲見兵書。

圓沙書院本略去「見兵書」。

844. 淦：新淦縣在豫章。

圓沙書院本略去「在豫章」。

845. 灨：縣名記云章貢二水合流因其處立縣便以為名在南康郡亦作贛。

圓沙書院本略去「記云章貢二水合流因其處立縣便以為名在南康郡」。

846. 贛：贛榆縣在琅邪郡。

圓沙書院本略去「在琅邪郡」。

847. 闇：冥也說文曰閉門也。

說文曰，圓沙書院本略作又。

848. ○闞：魯邑亦覗也又姓左傳齊大夫闞止苦濫切五。

圓沙書院本略去「左傳齊大夫闞止」。

849. 暾：日出皃。

圓沙書院本略去「皃」。

850. 蘫：瓜菹也出說文。

圓沙書院本略去「出說文」。

851. 譀：誇誕東觀漢記曰雖誇譀猶令人熱又呼甲切。

圓沙書院本略去「東觀漢記曰雖誇譀猶令人熱」。

852. 䐶：亭名在京兆。

圓沙書院本略去「在京兆」。

853. 丙：無光說文曰舌皃。

圓沙書院本略去「曰」。

854. ○念：思也又姓西魏太傅念賢奴店切二。

圓沙書院本略去「西魏太傅念賢」。

855. 縿：字林云挽船篾也。

圓沙書院本略去「字林云」。

856. 沾：水名在上黨說文他兼切。

在上黨說文，圓沙書院本略作又。

857. 窾：窮也說文曰屋傾下也。

圓沙書院本略去「曰」。

858. 觭：支也出通俗文。

圓沙書院本略去「出通俗文」。

859. 浧：江岸上地名也出活州記。

圓沙書院本略去「出活州記」。

860. 濿：覆也清也微也說文蓋也。

圓沙書院本略去「說文」。

861. 辰：說文曰水之衺流別也。

圓沙書院本無「說文曰」。

862. 〇代：更代年代亦州名春秋時屬晉其後趙襄子以銅斗擊殺代王取其地至秦隸太原郡漢置雲中鴈門代郡魏為州又姓史記趙有代舉徒耐切十三。

圓沙書院本略去「春秋時屬晉其後趙襄子以銅斗擊殺代王取其地至秦隸太原郡漢置雲中鴈門代郡魏為州」、「史記趙有代舉」。

第三節　泰定圓沙書院所刻《廣韻》與俄藏黑水城本相比有訛誤

一先

1. 䶔：說文曰龍鬐脊上䶔䶔。

鬐，圓沙書院本作暑。

2. 舷：船舷。

船，圓沙書院本作舩。

3. 蚿：馬蚿蟲一名百足。

蟲，圓沙書院本作虫。

4. 佷：說文作佷很也。

很，圓沙書院本作佷。

5. 櫋：櫋支香草。

櫋，圓沙書院本作𣚊。

6. 嗹：嗹嘍言語繁挐兒。

嗹嘍言語繁挐兒

挐，圓沙書院本作絮。

7. 縺：縺縷寒具。

具，圓沙書院本作臭。

8. 零：漢書云先零西羌也本力丁切。

本，圓沙書院本作又。

9. 輇：呂氏春秋云天子輇輇啟啟莫不載悅啟音畛。

天，圓沙書院本作夫。

10. 掔：固也厚也持也又音慳。

慳，圓沙書院本作掔。

11. 鵳：鵳鶄也又古賢五革二切。

鵳，圓沙書院本作鵁。

12. 駢：並駕三馬。

三，圓沙書院本作二。

13. 楄：木名食不噎又杜預云楄部棺中露床也。

噎，圓沙書院本作噎。

14. 趨：說文走意。

意，圓沙書院本作兒。

15. 懸：俗作通用。

作，圓沙書院本作今。

16. 玆：說文曰黑也春秋傳曰何故使吾水玆本亦音滋按本經只作玆。

吾，圓沙書院本作君；作玆，圓沙書院本作作滋。

二仙

17. 仙：神仙釋名曰老而不死曰仙仙遷也遷入山也故字從人旁山相然切十二。

旁，圓沙書院本作傍。

18. 韆：韆鞦繩戲。

韆鞦，圓沙書院本作鞦韆。

19. 埏：際也池也又墓道亦地有八極八埏又音羶字。

池，圓沙書院本作地。

20. 旃：之也爾雅曰因章為旃郭璞云以帛練為旒因其文章不復畫之也世本曰黃帝作旃亦曲柄旗以招士眾也或作旜又姓出姓苑。

　　章，圓沙書院本作草；帛，圓沙書院本作白；柄，圓沙書院本作旃。

21. 邅：迍邅也又移也張連切又直連雉戰二切五。

　　直，圓沙書院本作有。

22. 驙：馬載重行難又白馬黑脊曰驙又徒安切。

　　白，圓沙書院本作自。

23. 潺：潺湲水流皃上連切五。

　　上，圓沙書院本作士。

24. 侹：柔也繫也和也取也長也或作煽。

　　柔，圓沙書院本作揉；煽，圓沙書院本作蝻。

25. 梃：火長。

　　火，圓沙書院本作木。

26. 鏈：鉛礦也又力延切。

　　鉛，圓沙書院本作船。

27. 闤：市門。

　　市，圓沙書院本作巾。

28. 嗎：笑貌許延切四。

　　延，圓沙書院本作焉。

29. 令：漢書云金城郡有令皇縣顏師古又音零。

　　皇，圓沙書院本作居。

30. 灤：灤水名出王屋山。

　　圓沙書院本衍「灤」。

31. 篇：篇什也又姓周周大夫史篇之後芳連切七。

　　芳，圓沙書院本作方。

32. 蚘：上同說文曰蚍蜉蟬。

　　蚍，圓沙書院本作蚼。

33. 瞑：密緻皃。

　　皃，圓沙書院本作也。

34. 芇：說文曰相當也今人睹物相折謂之芇。

今，圓沙書院本作令。

35. 仝：上同見說文。

見，圓沙書院本作出。

36. 泉：水源也錢別名。

水，圓沙書院本作泉。

37. 顴：顴額。

額，作顴。

38. 嬛：便嬛輕麗皃又音娟音瓊。

娟，圓沙書院本作始。

39. 瓗：瓗瑞也士佩也。

士，圓沙書院本作玉。

40. 緣：緣由又羊絹切。

由又，圓沙書院本作叟。

41. 旋：還也疾也似宣切十七。

圓沙書院本衍「周旋也」。

42. 嬛：身輕便皃。

皃，圓沙書院本作也。

43. 編：次也又布干方典二切。

干，圓沙書院本作千。

44. 悛：改也止也。

止，圓沙書院本作正。

45. 弮：曲卷也莊緣切四。

曲卷也，圓沙書院本作謹也。

46. 虔：恭也固也殺也說文曰虎行皃又姓陳留風俗傳云虔氏祖於黃帝。

曰，圓沙書院本作又。

47. 踡：踡跼不行。

跼，圓沙書院本作踾。

48. 䧻：吳主次子名。

圓沙書院本「名」後有「也」字。

49. 嬽：美皃。

嬽，圓沙書院本作孏。

50. 孏：上同。

孏，圓沙書院本作嬽。

51. 卷：曲也又九免九院二切。

院，圓沙書院本作阮。

52. 趯：曲走皃。

皃，圓沙書院本作也。

53. 傳：轉也又持戀切又丁戀切。

圓沙書院本作又持戀丁戀二切。

三蕭

54. 斛：斗旁耳又爾雅云斛謂之䆩古田器也郭音鍬。

耳，圓沙書院本作且。

55. 玿：短尾犬也。

犬，圓沙書院本作矢。

56. 雕：鶚屬又姓漢武帝功臣表有雕延年。

鶚，圓沙書院本作鴞。

57. 弴：天子弓也說文曰畫弓也詩又作敦又丁昆切。

又作，圓沙書院本作亦作。

58. 髫：小兒髮俗行齠。

俗行，圓沙書院本作或作。

59. 螇：儵蟵狀如黃蛇魚翼出入有光見則大旱出山海經。

山，圓沙書院本作大。

60. 趒：說文曰雀行也。

曰，圓沙書院本作云。

61. 蠑：水蟲似蛇四足能害人也。

似，圓沙書院本作又。

62. 飂：高飛皃。

圓沙書院本作「飛高皃」。

63. 蔖：草器又力戈切。

　　戈，圓沙書院本作弋。

64. 僥：僬僥國名人長一尺五寸一云三尺。

　　一云，圓沙書院本作又云。

65. 顤：頭高長皃。

　　長，圓沙書院本作大。

66. 翢：翢翢毛皃。

　　第二個翢，圓沙書院本作翔。

67. 霄：近天氣也。

　　天，圓沙書院本作大。

68. 捎：搖捎動也又使交切。

　　搖捎，圓沙書院本作捎搖。

69. 綃：生絲繒也。

　　絲，圓沙書院本作絹。

70. 樵：柴也說文木也昨焦切十五。

　　圓沙書院本多「云」字。

71. 鷚：鷚似雉而小走鳴長尾。

　　走鳴，圓沙書院本作亦名。

72. 燋：傷火說文曰所以然持火也。

　　持，圓沙書院本作特。

73. 撓：楫也又女教也。

　　也，圓沙書院本作切。

74. 鷸：六雉名爾雅云青質五彩皆備成章曰鷸又音曜。

　　六，圓沙書院本作大。

75. 嗂：樂也說文喜也。

　　說文，圓沙書院本作又。

76. 猺：獸名又獏猺狗種也。

　　圓沙書院本「名」後有「也」字。

77. 柖：說文曰樹皃又射的也。

　　圓沙書院本無「又射的也」；圓沙書院本有「又音遙」。

78. 招：招呼也來也又姓漢有大鴻臚招猛。

來，圓沙書院本作求。

79. 皯：皮上魄膜。

魄，圓沙書院本作腌。

80. 杓：北斗柄星天文志云一至四為魁五志七為杓又音漂。

志，圓沙書院本作至。

81. 蘤：爾雅曰黃華蘤郭璞云苕華色異名也。

蘤，圓沙書院本作蘤蘤。

82. 旇：旌旗飛揚皃。

旗，圓沙書院本作旇。

83. 蟂：蟂蛸蟲名又撫招切。

撫，圓沙書院本作甫。

84. 嶠：亦作嶠山銳而高又其廟七。

七，圓沙書院本作切。

九麻

85. 余：姓也見姓苑出南昌郡。

余，圓沙書院本作佘。

86. 窊：凹也說文曰污衺下也烏瓜切六。

凹，圓沙書院本作四。

87. 窪：深也說文曰清水也一曰窊也又水名。

一曰，圓沙書院本作又。

88. 哇：淫聲。

淫，圓沙書院本作滛。

89. 楂：水中浮木又姓出何氏姓苑鉏加切六。

圓沙書院本「木」後有「也」字。

90. 苴：詩傳云水中浮草也。

云，圓沙書院本作曰。

91. 秅：開張屋也又縣名。

屋，圓沙書院本作屠。

92. 昜：飛也又曲昜縣在交址。

　　曲，圓沙書院本作油。

93. 様：廣雅云様槌也方言曰懸蠶柱齊謂之様。

　　柱，圓沙書院本作樸。

94. 烊：焬烊出陸善經字林。

　　圓沙書院本「焬烊」後有「曰塵」二字。

95. 諹：譁也又音恙。

　　譁，圓沙書院本作誰。

96. 瑒：玉名。

　　玉，圓沙書院本作下。

97. 趯：趨走。

　　走，圓沙書院本作行。

98. 鄉：鄉黨釋名曰萬二千五百家為鄉鄉向也眾所向也又姓出姓苑。

　　「鄉向也」，圓沙書院本作「人向也」。

99. 秒：梢也木末也。

　　末，圓沙書院本作夫。

100. 秒：大芒。

　　大，圓沙書院本作禾。

101. ○褾：袖端方小切四。

　　端，圓沙書院本作褾。

102. 覹：字林云目有所蔡。

　　蔡，圓沙書院本作察。

103. ○薰：草名可為席平表切八。

　　平，圓沙書院本作呼。

104. 歗：歐吐。

　　吐，圓沙書院本作血。

105. ○悄：悄悄憂皃親小切三。

　　圓沙書院本「憂皃」後有「也」字。

106. 鈔：好也又淨。

　　圓沙書院本「淨」後有「也」字。

107. 皫：皫皫面白。

面白，圓沙書院本白皃。

108. ○麃：蒼頡篇云鳥毛變色本作皫滂表切又經典釋文云徐房表切劉普保切一。

「滂表切」圓沙書院本作「滂表云」。

109. ○巧：好也能也善也苦絞切又巧偽苦教切二。

絞，圓沙書院本作狡。

110. 鴗：鴗婦鳥案爾雅注云鶝鸎桃雀也俗呼為巧婦字俗從鳥。

桃，圓沙書院本作挑。

111. 茆：鳧葵說文作茆音柳。

鳧，圓沙書院本作鳥。

112. 狡：狂也猾也疾也健也說文曰少狗也匈奴地有狡犬巨口黑身。

犬，圓沙書院本作大。

113. 筊：竹索也又音爻。

爻，簡本作交。

114. ○爪：說文曰丮也覆手曰爪象形丮音戟側絞切八。

絞，圓沙書院本作巧。

115. 鮑：雹地。

地，圓沙書院本作也。

116. ○敲：擊也一云攬也亦作毃山巧切一。

一云，圓沙書院本作又。

117. 䰞：上釜亦作鬵。

上，圓沙書院本作土。

118. 滈：木名在京兆。

木，圓沙書院本作水。

119. ○抱：持也說文曰引取也薄浩切一。

曰，圓沙書院本作云。

120. 橑：屋橑蒼前木一曰蓋骨一曰欄也說文曰椽也。

圓沙書院本「一曰」「曰」作「又」。

121. 搗：搗築。

搗築，圓沙書院本作築也。

122. 澡：洗澡。

圓沙書院本作澡洗。

123. ○皂：皂隸入槽屬亦黑繒俗作皀昨早切四。

入，圓沙書院本作又；俗，圓沙書院本作通。

124. 稾：禾稈入稾本草刜之本。

入，圓沙書院本作又。

125. 藁：藁本藥。

圓沙書院本「藥」後有「名」字。

126. 塢：塢障小城。

障，圓沙書院本作章。

127. 槁：木枯也說文作稾。

木枯也，圓沙書院本作禾槁。

128. ○爹：北方人呼父徒可切九。

北，圓沙書院本作比。

129. 柁：正舟木也俗從它餘同。

它，圓沙書院本作也。

130. 陊：下阪兒又落也。

阪，圓沙書院本作陊。

131. 沱：瀢沱沙水往來兒又徒河切。

河，圓沙書院本作何。

132. 攋：側弁也。

弁，圓沙書院本作棄。

133. ○橴：橴椏樹斜來可切九。

圓沙書院本「斜」後有「也」字。

134. 斫：柯擊也亦斫也。

柯，圓沙書院本作相。

135. 夥：成也。

成，圓沙書院本作崴。

136. 頋：傾頭皃又音訶。

　　頭，圓沙書院本作頔。

137. 軻：轗軻又音珂。

　　圓沙書院本「珂」後有「一」字。

138. 菓：見上注。

　　見上注，圓沙書院本作上同。

139. 劃：劃刈。

　　劃，圓沙書院本作刉。

140. 蜾：蜾蠃蟲也。

　　也，圓沙書院本作名。

141. ○堁：土堁丁果切十五。

　　「堁」後圓沙書院本有「也」字。

142. 銼：鈌也。

　　鈌，圓沙書院本作缺。

143. 蕊：心疑也又醉隨才棰二切。

　　棰，圓沙書院本作捶。

144. 貝：貝聲。

　　貝，圓沙書院本作具。

145. 種：小積。

　　圓沙書院本「小積」後有「之皃」。

146. 鞾：履跟緣也或作鞾。

　　鞾，圓沙書院本作鞾。

147. 錆：車轄又犁轄出玉篇。

　　轄，圓沙書院本作舘。

148. 惰：懶惰也說文曰不敬也。

　　「也說文曰」，圓沙書院本作「又」。

149. 鱊：魚子已生又他果弋水二切。

　　已，圓沙書院本作巳。

150. 嶞：山高。

　　高，圓沙書院本作皃。

151. 鰦：魚子巳生。

　　巳，圓沙書院本作巳。

152. ○麼：麼麼細小亡果切三。

　　亡，圓沙書院本作土。

153. ○娸：好果切二。

　　好，圓沙書院本作奴。

154. 扼：扼擿。

　　擿，圓沙書院本作摘。

155. 騧：騧騧馬惡行又音巨。

　　圓沙書院本「行」後有「也」字。

156. ○禍：害也胡果切七。

　　果，圓沙書院本作火。

157. ○爸：父也捕可切一。

　　捕，圓沙書院本作補。

158. 窳：窳穴在燕野。

　　窳穴，圓沙書院本作穴窳。

159. ○雅：正也嫺雅也說文曰楚烏也一名鸒一名卑居秦謂之雅五下切五。

　　卑居，圓沙書院本作鵯鶋。

160. ○檟：山楸古疋切十。

　　疋，圓沙書院本作馬。

161. 叚：說文借也。

　　借，圓沙書院本作錯。

162. 椵：爾雅曰櫠椵郭璞云柚屬子大如盂皮厚二三寸中似枳食之少味。

　　櫠，圓沙書院本作撥。

163. ○灑：灑水也砂下切一。

　　砂，圓沙書院本作沙。

164. 襾：說文曰覆也覆核賈類皆從此。

　　曰，圓沙書院本作云。

165. 冎：剔人肉置其骨。

　　置，圓沙書院本作致。

166. 〇瓦：古史考曰夏時昆吾氏作瓦也五寡切二。

　　氏，圓沙書院本作民。

167. 〇槎：逆斫本士下切又仕加切二。

　　仕，圓沙書院本作士。

168. 〇硰：好雌黃又瓦切又七火切一。

　　又，圓沙書院本作叉。

169. 蚈：蟻名說文曰搔蚈也。

　　搔，圓沙書院本作蝨。

170. 蠔：桑上繭。

　　上，圓沙書院本作蠔。

171. 逴：行也。

　　也，圓沙書院本作兒。

172. 勴：勴劷力相。

　　相，圓沙書院本作拒。

173. 〇想：思想也息兩切二。

　　思想也，圓沙書院本作思也。

174. 曏：不久也又音向。

　　向，圓沙書院本作句。

175. 〇枉：邪曲也亦姓今虢州有紆往切四。

　　往，圓沙書院本作枉；虢，圓沙書院本作號。

176. 尩：曲侵。

　　侵，圓沙書院本作浸。

177. 〇往：之也去也行也至也於兩切二。

　　之，圓沙書院本作昔。

178. 〇長：大也又漢複姓晉有長兒魯少事智伯智伯絕之三年其後死智伯之難知文切又直張切一。

　　文，圓沙書院本作丈。

179. 〇駥：姓也毗養切一。

　　養，圓沙書院本作往。

180. ○頬：醜也初丈切二。

丈，圓沙書院本作大。

181. ○駔：會馬也人又壯馬也子朗切三。

也，圓沙書院本作市。

182. 跣：伸脛也。

脛，圓沙書院本作頸。

183. 瀁：瀁沆水大。

水大，圓沙書院本作大水。

184. 橫：兵欄。

兵，圓沙書院本作丘。

185. ○髈：髀吳人云髈匹朗切二。

圓沙書院本作「髈，吳人云髀」。

186. 晄：日早熱也。

早，圓沙書院本作旱。

187. 旰：鹵睁。

睁，圓沙書院本作旰。

188. 昞：亮也亦作昺。

亮，圓沙書院本作光。

189. 毪：毛車。

毛，圓沙書院本作毪。

190. 蜢：蚱蜢蟲。

蚱，圓沙書院本作吒。

191. 獷：犬也又居往切獷平縣名在漁陽。

切，圓沙書院本作地。

192. 楷：俎幾名。

俎，圓沙書院本作列。

193. 憒：楷悟兒俗。

楷，圓沙書院本作憒。

194. 泂：滄寒。

滄，圓沙書院本作倉。

195. 侹：長也直也代也敬也。

代，圓沙書院本作大。

196. 悈：悈恨。

圓沙書院本作恨悈。

197. ○嶸：嶸溟山水煙涬切三。

圓沙書院本「水」後有「也」字。

198. 絅：衣。

圓沙書院本「衣」後有「也」。

199. 冷：寒也又姓前趙錄有徐州刺史冷道字安義又盧打切。

打，圓沙書院本作丁。

200. ○瞪：直視皃也五到切二。

到，圓沙書院本作刳。

201. ○有：有無又果也取也質也又也又姓孔子弟子有若又漢複姓有男氏禹
後分封以國為姓出史記云久切九。

久，圓沙書院本作九。

202. 盨：器也又余救切。

余，圓沙書院本作於。

203. ○柳：木名說文作桺小楊也從木丣聲丣古文酉餘仿此又姓出河東本自
魯孝公子展之孫以王父字為展氏至展禽食采於柳因為氏魯為楚滅柳
氏入楚楚為秦滅乃遷晉之解縣秦置河東郡故為河東解縣人力久切十
四。

從，圓沙書院本作雙。

204. 颱：颱颱風皃。

颱，圓沙書院本作揚。

205. 絡：卝絲為絡。

卝，圓沙書院本作十。

206. ○肘：臂肘陟柳切四。

圓沙書院本有「也」。

207. 守：主守亦姓出姓苑。

主，圓沙書院本作土。

208. 讎：棄也惡也又市籌切。

　　籌，圓沙書院本作由。

209. 不：弗也說文作丕鳥飛上翔不下來也從一一天也象形又甫鳩甫救二
　　切。

　　天，圓沙書院本作大。

210. 鵃：鵃鳩。

　　鵃，圓沙書院本作鶻。

211. 姝：好皃也。

　　皃，圓沙書院本作色。

212. 沑：說文曰水吏也又溫也。

　　吏，圓沙書院本作利。

213. 輮：車軔。

　　軔，圓沙書院本作軌。

214. 臼：杵臼丗本曰雍父作臼又姓左傳宋華貙家臣臼任。

　　杵臼，圓沙書院本作許曰；圓沙書院本「左傳宋華貙家臣臼任」。

215. 誘：導也引也教也進也說文曰相訹呼也。

　　訹，圓沙書院本作誘。

216. 羑：羑里文王所囚處人有羑水並在湯陰又姓也。

　　有，圓沙書院本作又；又，作亦。

217. 庮：久屋木也周禮曰牛夜鳴則庮鄭司農曰庮朽木臭也。

　　周禮，圓沙書院本作禮；鄭司農，圓沙書院本作鄭。

218. 輶：輕車又音由。

　　車，圓沙書院本作重。

219. 畝：司馬法六尺為步步百為畝秦孝公之制二百四十步為畝也。

　　秦孝公之制，圓沙書院本作秦制。

220. 瓿：瓿甊小罌。

　　小，圓沙書院本作瓦。

221. 蚪：蝌蚪蟲也。

　　也，圓沙書院本作名。

222. 𪇶：水鳥異色又大口切。

異，圓沙書院本作黑。

223. 皷：皷扣打也。

打，圓沙書院本作日。

224. 髃：肩前髃也。

圓沙書院本有「又音禺」。

225. 藪：藪澤爾雅有十數魯大野晉大陸秦楊陓宋孟諸楚雲夢吳越具區齊海隅燕昭余祁鄭圃田周焦護又十六斗田藪。

「田藪」，圓沙書院本作「曰藪」。

226. ○走：趨也子苟切又音奏一。

趨，圓沙書院本作趍。

227. 訽：先相訽可。

訽，圓沙書院本作扣。

228. 煦：健也又驅甫切。

驅，圓沙書院本作區。

229. 揄：揄弓。

弓，圓沙書院本作引。

230. ○䱙：魚名一曰姓漢有䱙生又淺䱙小人仕垢切又七溝切一。

七，圓沙書院本作士。

231. ○黝：黑也於糾切又於夷切七。

夷，圓沙書院本作庚。

232. 杻：爾雅曰杻者聊又居幽切。

者，圓沙書院本作音。

233. ○罧：積柴取魚斯甚切二。

圓沙書院本「魚」後有「也」字。

234. 稔：年也亦歲孰廣雅曰稔秋穀熟也。

圓沙書院本「廣雅」後無「稔」。

235. ○沈：國名古作邥亦姓出吳興本自周文王第十子聃季食采於沈即汝南平輿沈亭是也子孫以國為氏式任切又文林切十四。

文，圓沙書院本作丈。

236. 諗：告也謀也深諫也又知甚切。

　　知，圓沙書院本作如。

237. ○噤：寒而口閉也渠飲切四。

　　圓沙書院本無「也」。

238. ○品：官品又類也眾庶也式也法也二口則生訟三口乃能品量又姓出何

　　氏姓苑丕飲切一。

　　二，圓沙書院本作三。

239. 醽：酒味淫也。

　　淫，圓沙書院本作滛。

240. 覾：徐視。

　　徐，圓沙書院本作內。

241. 賮：買物先入直也。

　　直，圓沙書院本作錢。

242. ○歆：昌蒲葅徂感切四。

　　四，圓沙書院本作也。

243. 彁：弓弦彁又作弿。

　　圓沙書院本「彁」後有「也」。

244. 黲：暗色說文曰淺青黑也又倉敢切。

　　暗，圓沙書院本作愔。

245. 戇：舞曲名。

　　名，圓沙書院本作兒。

246. 肣：牛腹又音含。

　　牛，圓沙書院本作生。

247. 衻：埤蒼雲被緣也。

　　被，圓沙書院本作袥。

248. ○澸：果決勇也賞感切一。

　　圓沙書院本「果決」後有「也」。

249. ○菼：說文曰萑之初生一名薍一名鵻吐敢切八。

　　圓沙書院本「初生」後有「也」。

250. ○鱤：澉鱤子敢切一。

圓沙書院本「澉鱤」後有「無味」二字。

251. 焰：焰焰大初著也。

大，圓沙書院本作火。

252. 贎：贎貨。

贎貨，圓沙書院本作貨也。

253. 糲：麤也又力達切。

圓沙書院本「麤也」後有「米不精也」。

254. 洌：清水又音列。

列，圓沙書院本作烈。

255. 揭：褰衣渡水由膝已下曰揭。

「渡水由膝已下曰揭」圓沙書院本作「由膝已下渡水」。

256. 勢：形勢。

圓沙書院本「勢」後有「埶」字例字。

257. ○猘：狂犬宋書云張收嘗為猘犬所傷食蝦蟆膾而愈居例切八。

圓沙書院本無「宋書云」；收，圓沙書院本作牧；圓沙書院本「猘」後有「狾」字，「上同，春秋狾犬入乘民門」；又有「澗」字，「井一有水一無水」。

258. 罽：上同說文曰魚網也。

曰，圓沙書院本作云。

259. ○偈：偈句其憩切一。

圓沙書院本「句」後有「武皃」。

260. ○啜：嘗也嘗芮切又臣劣切一。

劣，圓沙書院本作列。

261. ○潎：魚游水也匹蔽切一。

游，圓沙書院本作屛。

262. ○毮：短皃呼吷切一。

圓沙書院本「毮」字後有「淠」字小韻，注云：「匹世切，舟行皃，詩淠彼涇舟」；又有「矋」字小韻，注云：「音例，曰甚也」。

263. ○泰：大也通也古作太他蓋切四。

四，圓沙書院本作五。

264. 忕：奢也又逝大二音。

「忕」字後有「愫」字，注云：「上同」。

265. 汰：過也。

過也，圓沙書院本作沙汰。

266. ○蓋：覆也掩也通俗文曰張帛也禮記曰敝蓋不棄為埋狗也又發語端也說文曰苫也俗作蓋古太切三。

圓沙書院本；圓沙書院本「發語端」後有「及疑辭」；三，圓沙書院本作四；「俗作蓋」，另作一例。

267. 丏：上同本又音緬。

本，圓沙書院本作「或作丏」；又，圓沙書院本作亦。

268. ○艾：草名一名冰臺又老也長也養也亦姓風俗通云龐儉母艾氏五蓋切三。

圓沙書院本「養也」後有「又少艾」；三，圓沙書院本作四；「艾」後圓沙書院本有「㣻」字，注：「創㣻，懲也，亦作乂，又音刈」。

269. 鴱：巧婦別名。

別名，圓沙書院本作「鳥」。

270. ○藹：晻藹樹繁茂又姓晉南海太守藹奐於蓋切十。

樹，圓沙書院本作梅；圓沙書院本又。

271. ○柰：果木名廣志曰柰有青赤白三種俗作奈奴帶切五。

圓沙書院本無「廣志曰柰」；五，圓沙書院本作六；「俗作奈」，圓沙書院本另立「㮈」字，注云「上同，俗」；帶，圓沙書院本作大。

272. 奈：如也遇也那也本亦作柰又致個切。

那也，圓沙書院本作船也；致，圓沙書院本作奴。

273. 㳯：說文曰沛之也。

說，圓沙書院本作說；沛之也，圓沙書院本作㳯沛。

274. 軑：車轄。

圓沙書院本注文作「中軑也又輪也又音禘」。

275. 釱：鉗也又大計切。

圓沙書院本「鉗也」後有「在項曰鉗在足曰釱以鑷加足也」；「大計切」，圓沙書院本作「又音禘」。

276. 忕：奢忕。

圓沙書院本有「也」字。

277. 妎：字林云疾妎妬也。

圓沙書院本作「疾妬也」。

278. ○帶：衣帶說文曰紳也男子鞶革婦人鞶絲象繫佩之形帶有巾故從巾易曰或錫之鞶帶又蛇別名莊子云蝍蛆甘帶也當蓋切七。

婦，圓沙書院本作衣。

279. 蹛：匈奴傳有蹛林又音滯。

圓沙書院本作「踶也匈奴有蹛林師古曰匈奴繞林而祭也又音滯」。

280. ○貝：說文曰海介蟲也居陸名猋在水名蜬象形古者貨貝而寶龜亦州名春秋時屬晉七國屬趙秦為鉅鹿郡漢為清河郡周置貝州以貝丘為名博蓋切十四。

圓沙書院本「龜」後有「周有泉至嬴秦始廢貝行錢」；博，圓沙書院本作布。

281. 沛：郡名又姓出姓苑又匹蓋切。

「姓」後有「又顛沛」。

282. 茀：小兒又方味切。

方，圓沙書院本作芳。

283. 伂：顛伂之本亦作沛。

圓沙書院本亦，作又。

284. ○霈：霶霈普蓋切五。

圓沙書院本「霶霈」後有「雨多皃」；五，圓沙書院本作六；圓沙書院本「霈」字後有「肺」字例，注云：「茂皃詩其叶肺肺又音刈」。

285. ○會：合也古作㑹亦州名秦屬隴西郡漢分為金城郡周為防隋為鎮武德初平李軌置會州又姓漢有會栩黃外切又音儈五。

黃，圓沙書院本作呼；五，圓沙書院本作七。

286. 朣：說文曰日月合宿為朣。

為，圓沙書院本作於；圓沙書院本此字後有「璿」字，注云：玉飾冠縫。

287. 繪：繪五采也。

圓沙書院本「繪」後有襘字，注云：上同。

288. ○兌：突也又卦名說文本作兊說也又姓杜外切五。

五，圓沙書院本作六。

289. 峹：山名。

圓沙書院本此字後有「剗」字，注云：削也。

290. 礌：木置石投敵也。

圓沙書院本作「木置石其上發機以磓敵也」。

291. 巜：說文曰水流澮澮也方百里有巜廣二尋深二仞。

巜，圓沙書院本作從；仞，圓沙書院本作尺。

292. 澮：上同爾雅曰水注溝曰澮又水名在平陽。

圓沙書院本有「一音夬」。

293. 廥：芻稾藏也。

圓沙書院本「也」後有「一云庫廄之名」。

294. 獪：狡獪小兒戲。

圓沙書院本「戲」後有「也」。

295. ○最：極也俗作㝡祖外切三。

圓沙書院本「也」字後有「犯而取也」。

296. ○譮：眾聲呼會切六。

圓沙書院本「聲」字後有「也」。

297. 噦：鳥聲。

圓沙書院本「聲」後有「車聲」。

298. 澮：水名在譙又音喚。

圓沙書院本「喚」後有「又卦名」。

299. 癘：疫病又刀臥切。

刀，圓沙書院本作力。

300. ○祋：祋栩縣名在馮翊又祋殳也丁外切一。

丁，圓沙書院本作東。

301. ○懀：惡也烏外切七。

圓沙書院本「惡」前有「心」字。

302. 濊：汪濊深廣又呼會切。

圓沙書院本「廣」後有「又水多皃」。

303. 薈：草盛。

盛，圓沙書院本作「多皃」。

304. 瞺：眉目之間。

圓沙書院本「間」後有「也」。

305. ○蕞：小皃才外切二。

圓沙書院本「小皃」前有「蕞兒」。

306. ○磕：硠磕石聲苦蓋切九。

圓沙書院本「聲」後有「又音榼」；九，圓沙書院本作十。

307. 鶷：鶷鳭鳥又音渴。

圓沙書院本「鳥」後有「名」字；此字後有「嘅」字例，注云歎也，
又音慨。

308. 鄙：地名或作鄁。

或，圓沙書院本作鄁。

309. ○蔡：龜也亦國名又姓出濟陽周蔡叔之後也倉太切三。

亦，圓沙書院本作又；又，圓沙書院本作亦；圓沙書院本；三，圓沙
書院本作四。

310. 蠿：古文。

圓沙書院本此字後有纞字，注云：綷纞紞素聲。

311. ○賴：蒙也利也善也幸也恃也又姓風俗通云漢有交址太守賴先落蓋切
十四。

落，圓沙書院本作盧；四，圓沙書院本作六。

312. 籟：鑰三孔也。

圓沙書院本「也」後有「大曰笙小曰箹中曰籟」；圓沙書院本此字後有
「賚」字，注云：賜，又音徠。

313. 糲：糲米又力達切。

圓沙書院本此字後有「蠣」字，注：蛙屬又音屬。

314. 蘱：蘱蒿。

圓沙書院本作「蒿也」。

315. ○娧：他外切五。

圓沙書院本有「好皃」注文。

316. 蛻：蛇易皮又音稅。

蛇易皮，圓沙書院本作蟬蛇解也易皮也。

317. ○隘：陝也陋也烏懈切六。

圓沙書院本「陝也」後有「又」；六，圓沙書院本作七。

318. 阸：阻塞又阸辟山形或與隘同。

圓沙書院本此字後有「峞」字，注：困也。

319. ○賣：說文作𧷓出物也莫懈切一。

圓沙書院本「說文」後有「云」字。

320. ○畫：釋名曰畫掛也以五色掛物象也俗作畫胡卦切又胡麥切九。

卦，圓沙書院本作掛。

321. ○庌：到別方卦切一。

圓沙書院本「別」後有「也」。

322. 杷：田具又音琶。

圓沙書院本「又」前有「本」字。

323. ○𦧲：難也苦賣切又音契二。

賣，圓沙書院本作買。

324. ○譮：疾言呼卦切一。

圓沙書院本「言」後有「也」。

325. ○膪：亦作腤臄肉也竹賣切又竹惡切脛膪肥皃二。

惡，圓沙書院本作亞。

326. 祭：周大夫邑名又姓周公第五子祭伯其後以為氏。

周大夫邑名，圓沙書院本作周邑；圓沙書院本無「周公第五子祭伯其後以為氏」。

327. 屆：至也舍也說文曰行不便也一曰極也。

一曰，圓沙書院本作又。

328. 魪：比目魚也。

也，圓沙書院本作名。

329. 芥：辛菜名又草芥。

辛，圓沙書院本作苦。

330. 袷：補膝裙也說文袥也。

袥，圓沙書院本作祐。

331. 叡：大息。

大，圓沙書院本作太。

332. 墤：俗云土塊本音隤。

云，圓沙書院本作作。

333. ○拜：周禮曰大祝辯九拜一曰稽首二曰頓首三曰空首四曰振動五曰吉拜六曰凶拜七曰奇拜八曰襃拜九曰肅拜博怪切三。

博怪切，圓沙書院本作布戒切。

334. 殺：殺害又疾也猛也亦降殺周禮注云殺衰小之也又所八切。

圓沙書院本「殺害」「降殺」後有「也」字；周禮注，圓沙書院本作禮注。

335. 縼：上同亦見周禮。

亦，圓沙書院本作又。

336. ○額：顏惡也迆怪切說文五怪切癡頭不聰明也一。

圓沙書院本無「說文」，首音為五怪切，又音為迆怪切。

337. 講：誇誕又火犗切。

犗，圓沙書院本作話。

338. ○話：語話說文作譮合會善言也下快切一。

說文，圓沙書院本作又。

339. ○犗：犍牛古喝切二。

二，圓沙書院本作三。

340. 褙：衣上也亦作褼。

褼，圓沙書院本另立一字。

341. ○蠆：毒蟲丑犗切二。

蠆，圓沙書院本作蠤。

342. ○猲：歍聲於犗切五。

歍，圓沙書院本作嘶。

343. 餲：飯臭又於罽切。

罽，圓沙書院本作計。

344. ○講：譀講火犗切譀火懴切二。

圓沙書院本注文作「呼喝切譀講又火懴切」。

345. ○敗：破他曰敗補邁切又音唄一。

唄，圓沙書院本作唄。

346. ○啐：啖也倉夬切一。

啖，圓沙書院本作啗。

347. 砦：山居以木柵。

以，圓沙書院本作又。

348. ○叡：巀然何犗切一。

犗，圓沙書院本作喝。

349. 懲：怨也惡也周書曰元惡大懲。

周書，圓沙書院本作書。

350. 鐓：矛下銅也曲禮曰進木戟者前其鐏。

木，圓沙書院本作矛。

351. 骸：骪骸愚人。

圓沙書院本「人」後有「也」。

352. 蹔：蹧也。

蹧，圓沙書院本作鼇。

353. 背：棄背又姓也又補妹切。

妹，圓沙書院本作昧。

354. 頯：面肥也。

圓沙書院本「肥」後有「也」。

355. ○對：荅也當也配也楊也應也古作對漢文責對而面言多謂非誠對故去
其口以從土也都隊切六。

都對切，圓沙書院本作知內切；「去其口以從土也」圓沙書院本作「去口從士」。

356. 碓：杵臼廣雅曰磓碓也通俗文雲水碓曰轓車杜預作連機碓孔融論曰水碓之巧勝於聖人之斷木掘地。

諭，圓沙書院本作論。

357. 儰：儰市。

市，圓沙書院本作市。

358. 淬：染也犯也寒也。

寒，圓沙書院本作塞。

359. ○退：卻也說文作復他內切五。

內，圓沙書院本作外。

360. 媜：女字。

字，圓沙書院本作子。

361. 詯：胡市。

圓沙書院本注文作聲膽在人上。

362. ○塊：土塊苦對切三。

苦，圓沙書院本作君。

363. 繀：織繀說文曰音絲於筟車。

音，圓沙書院本作著。

364. 耒：耒耜世本曰倕作耒古史考曰神農作來說文云耕曲木也。

來，圓沙書院本作耒。

365. 耛：耛陽縣漢書作耒。

圓沙書院本「縣」後有「名」字。

366. 銇：銇鑽。

銇鑽，圓沙書院本作鑽也。

367. ○磑：磨也世本曰公輸般作之五對切一。

般，圓沙書院本作班。

368. ○蚚：爾雅曰強蚚胡輩切又音祈一。

祈，圓沙書院本作析。

369. ○載：年也事也則也乘也始也盟辭也又姓風俗通云姬姓之後作代切又材代切六。

年也，圓沙書院本作年有；材，圓沙書院本作丁。

370. 愾：大息。

大，圓沙書院本作太。

371. 朩：木曲頭不出又音稽。

稽，圓沙書院本作凝。

372. ○愛：憐也說文作行悉皃烏代切九。

行悉，圓沙書院本作慶行。

373. 薆：薆薱草盛。

圓沙書院本「盛」後有「也」字。

374. 欬：椎欬。

椎，圓沙書院本作推。

375. 耏：頦也又如之切。

如之切，圓沙書院本作而。

376. ○賚：與也賜也洛代切九。

與，圓沙書院本作荷。

377. 在：所在。

圓沙書院本作「所在也」。

378. 截：醋醬。

醋，圓沙書院本作酢。

379. ○肺：金藏方廢切四。

圓沙書院本「藏」後有「血」。

380. 薉：荒薉說文蕪也。

說文，圓沙書院本作「又曰」。

381. 濊：濊貊夫餘國名或作穢貊又汪濊又烏外切。

汪，圓沙書院本作注；穢貊，圓沙書院本作穢。

382. 燮：才名。

圓沙書院本「才」後有「人」字。

383. ○刃：刀刃而振切十一。

圓沙書院本「刃」後有「也」。

384. 濴：說文云水脈行池中濴濴然。

池，圓沙書院本作地。

385. 穨：頿穨一曰頭少髮。

一曰，圓沙書院本作又。

386. ○儐：儐相也說文導也必刃切七。

圓沙書院本「說文」後有「云」字。

387. 紾：候脈又之忍切。

切，圓沙書院本作也。

388. 晉：古文亦姓。

古文，圓沙書院本作說文。

389. 狋：犬張齗怒皃。

犬，圓沙書院本作大。

390. 埑：滓也。

也，圓沙書院本作埑。

391. ○晉：進也又州名堯所都平陽禹貢冀州之城春秋時晉地秦屬河東郡後魏為唐州又為晉州爾雅晉有大陸之藪今鉅鹿是也亦姓本自唐叔虞之後以晉為氏魏有晉鄙即刃切十。

圓沙書院本又有「又易卦名」。

392. 嘳：親施。

親，圓沙書院本作嘳。

393. ○疋：麻片匹刃切三。

片，圓沙書院本作斤。

394. 窺：屋空皃說文至也。

圓沙書院本「說文」後有「云」。

395. 彂：弓彇。

彇，圓沙書院本作蕭。

396. 晙：早也又音俊。

早，圓沙書院本作旱。

397. ○殉：以人送死辭閏切四。

圓沙書院本「死」後有「也」字。

398. 徇：以身從物。

圓沙書院本「物」後有「也」。

399. 晙：早也。

早，圓沙書院本作旱。

400. 寯：人中最才。

才，圓沙書院本後有「者」。

401. ○運：遠也動也轉輸也國語云廣運百里東西為廣南北為運又姓出姓苑又漢複姓二氏史記云秦後以國為姓有運奄氏後漢梁鴻改姓為運期氏王問切十六。

王問切，圓沙書院本作禹慍切。

402. 豩：豕求食也又衢物切。

物，圓沙書院本作勿。

403. 檼：屋脊又棟也。

圓沙書院本「棟」後有「說文棼也」。

404. 貓：貑獌似狸或作此貓。

或，圓沙書院本作「本」。

405. 虪：姓梁公子虪傑之後。

姓梁公子虪傑之後，圓沙書院本作「姓也」。

406. 灓：泉水。

水，圓沙書院本作名。

407. ○㽔：小春也亦作穤又萬切一。

又，圓沙書院本作叉。

408. ○圈：邑名曰萬切一。

曰，圓沙書院本作口。

409. 俒：全一。

一，圓沙書院本作也。

410. ○鐏：說文曰柲下銅也曲禮曰進戈者前其鐏徂悶切五。

徂，圓沙書院本作祖。

411. ○論：議也盧困切又虜昆切三。

盧困切，圓沙書院本作盧困也。

412. 碖：大小勻皃又盧本切。

圓沙書院本「皃」後有「也」。

413. 釬：釬金銀今相著亦作銲。

今，圓沙書院本作令。

414. 鳱：鳱鵲鷽別名。

名，圓沙書院本作也。

415. 騸：馬毛長也。

毛，圓沙書院本作尾。

416. 鮟：魚名。

名，圓沙書院本作也。

417. 嬹：嬹婐無宜適也。

宜，圓沙書院本作宣。

418. 案：幾屬也史記曰高祖過趙趙王張敖自持案進食又曹公作欹案臥覩書又察行也考也驗也。

覩，圓沙書院本作視。

419. 撣：撣觸也又徒於切。

於，圓沙書院本作干。

420. 盰：說文曰多白也一曰張目也。

圓沙書院本「多」前有「目」字。

421. ○岸：水涯高者五旰切九。

圓沙書院本「者」後有「又水際」。

422. 犴：獄也又五干切。

獄，圓沙書院本作犬。

423. 帴：巾攔又塗著也。

攔，圓沙書院本作捫。

424. ○喚：呼也火貫切八。

火，圓沙書院本作乎。

425. ○筭：計也數也說文曰筭長六寸計歷數者也又有九章術漢許商杜忠吳陳熾魏王粲並善之卋本曰黃帝時隷首作數蘇貫切四。

杜，圓沙書院本作社。

426. 稝：不合時之田也。

合時，圓沙書院本作蒔。

427. 鏝：上同又鏝刀工人器。

工，圓沙書院本作王。

428. ○半：物中分也博慢切七。

慢，圓沙書院本作幔。

429. ○叛：奔他國薄半切四。

圓沙書院本「國」後有「也」。

430. 麠：說文曰鹿麞也。

麞，圓沙書院本作廘。

431. 鶪：爾雅曰鴳鶪璞云今鶪雀。

圓沙書院本作郭璞；今，圓沙書院本作名。

432. 柵：籬柵又叉革切。

叉，圓沙書院本作楚。

433. 麨：餅麴。

麴，圓沙書院本作曲。

434. ○骭：脛骨下晏切又音旰二。

旰，圓沙書院本作肝。

435. 轘：車裂人又音還。

人，圓沙書院本作也。

436. 瞱：瞱睴轉日。

日，圓沙書院本作目。

437. ○孿：雙生子亦作孿生患切又所眷切二。

生，圓沙書院本作主。

438. 涮：涮洗也。

洗，圓沙書院本作沒。

439. 薋：草餘也。

　　草，圓沙書院本作菫。

440. ○盼：美目匹莧切二。

　　圓沙書院本「目」後有「也」。

441. ○幻：幻化胡莧切一。

　　莧，圓沙書院本作瓣。

442. ○蔄：人姓亡莧切一。

　　圓沙書院本「姓」後有「也」。

443. ○袒：衣縫解又作裓丈莧切三。

　　圓沙書院本「解」後有「也」。

444. 輾：轉輾車跡。

　　圓沙書院本「跡」後有「也」。

445. 炫：明也火光也。

　　圓沙書院本「明也」後有「又」。

446. 佃：營田。

　　田，圓沙書院本作佃。

447. 睍：迎視又音嘀。

　　嘀，圓沙書院本作蹄。

448. 健：雞未成也。

　　雞末，圓沙書院本作釋采。

449. ○見：視也又姓出姓苑古電切又胡電切二。

　　古，圓沙書院本作經。

450. 汧：泉出不流。

　　不，圓沙書院本作下。

451. ○見：露也胡甸切四。

　　胡甸，圓沙書院本作形電。

452. ○餇：饜飽烏縣切四。

　　圓沙書院本「飽」後有「也」字。

453. 唸：唸吚呻也亦作㘝戻經典又作殿屎。

　　戻，圓沙書院本作戾。

454. ○線：線縷也周禮云縫人掌王宮縫線之事以役女御縫王及后衣服私箭切四。

周禮，圓沙書院本作禮。

455. 綫：細絲出文字指歸說文同上。

細，圓沙書院本作純。

456. 鮮：姓也本音平聲。

本，圓沙書院本作又。

457. 顫：四支寒動。

圓沙書院本「動」後有「也」。

458. ○瑗：玉名王眷切又於願切五。

王，圓沙書院本作於。

459. ○面：向也前也說文作圓顏前也俗作面彌箭切二。

前，圓沙書院本作箭。

460. 価：說文曰鄉也禮少儀云尊壺者価其鼻。

圓沙書院本「說文曰」改為「引」。

461. 竁：穿也又初稅也。

初稅也，圓沙書院本作初稅切。

462. 煎：甲煎又將仙切。

仙，圓沙書院本作先。

463. ○躽：怒瞋於扇切三。

圓沙書院本「瞋」後有「也」。

464. 桊：牛拘。

牛拘，圓沙書院本作牛鼻桊也。

465. 羷：爾雅云羊屬角三羷羷郭璞云羷角三迊。

迊，圓沙書院本作匝。

466. ○倦：疲也獸也懈也說文又作券勞也或作勌渠卷切五。

懈，圓沙書院本作解。

467. ○篅：篅車軸所眷切二。

軸，圓沙書院本作轉。

468. 頯：頯冠。

圓沙書院本作傾。

469. 縱：長繩繫牛馬放。

放，圓沙書院本作枚。

470. ○莊：謹也莊眷切一。

謹，圓沙書院本作嘩。

471. 餞：酒食送人。

圓沙書院本「酒」前有「以」字。

472. 轉：流轉又張兗切。

圓沙書院本「轉」後有「也」。

473. ○衍：水也溢也豐也千線切又以淺切八。

千，圓沙書院本作於。

474. 延：曼延不斷其莚也。

莚，圓沙書院本作筵。

475. 涎：涆涎水方。

方，圓沙書院本作皃。

476. 謍：訐也又痛聲也。

訐，圓沙書院本作訐。

477. 諟：大壎說文曰高聲也一曰大呼。

大壎，圓沙書院本作犬嘿。

478. 搒：旁擊亦作撒。

旁，圓沙書院本作房。

479. 嫽：嫽恢又音僚。

恢，圓沙書院本作嫉。

480. 鐐：美金又音僚。

僚，圓沙書院本作寮。

481. ○燿：熠燿說文照也弋照切十七。

圓沙書院本「說文」後有「云」。

482. 歟：遺玉又音由。

由，圓沙書院本作田。

483. 暵：置風田中令乾。

　　田，圓沙書院本作日。

484. 僄：僄狡輕迅。

　　狡，圓沙書院本作俠。

485. 燎：照也一曰宵田又放火也又九小切。

　　九，圓沙書院本作力。

486. ○趬：行輕皃丘召切五。

　　圓沙書院本「行」後有「也」。

487. 爝：火。

　　圓沙書院本「火」後有「也」。

488. ○驃：驃騎官名又馬黃白色毗召切又卑笑切又匹召切一。

　　又卑笑切又匹召切，圓沙書院本作又卑笑匹召二切。

489. ○裱：領巾也方廟切二。

　　方，圓沙書院本作萬。

490. ○翹：尾起也巨要切又巨堯切一。

　　尾起，圓沙書院本作起尾。

491. 覺：睡覺又音角。

　　睡覺，圓沙書院本作省也。

492. 嗃：犬嗥又呼各切。

　　犬，圓沙書院本作大。

493. 傁：傁直史官。

　　史，圓沙書院本作吏。

494. 覒：綵雜交也。

　　交，圓沙書院本作文。

495. ○奅：起釀亦大也匹皃切六。

　　釀，圓沙書院本作獲。

496. 炮：灼皃又步交切。

　　灼，圓沙書院本作炮。

497. 拋：車又普交切。

　　圓沙書院本「車」前有「拋」。

498. ○趠：行皃丑教切二。

丑，圓沙書院本作知。

499. 淖：泥淖。

泥，圓沙書院本作泥。

500. ○靤：面瘡防教切五。

圓沙書院本「瘡」後有「也」。

501. ○靿：靴靿於教切五。

圓沙書院本「靿」後有「也」。

502. 縞：白縑又音暠。

暠，圓沙書院本作蒿。

503. 槁：苦木。

苦，圓沙書院本作枯。

504. ○傲：慢也倨也說文作傲餘倣此五到切八。

說文作傲，圓沙書院本作說文作敖。

505. 奡：陸地行舟人也。

地，圓沙書院本作也。

506. 驁：驁耴魚鳥狀。

圓沙書院本「狀」後有「也」。

507. 毣：鳥輕毛。

圓沙書院本「毛」後有「也」。

508. 絍：刺也絹帛絍起如刺也。

絹，圓沙書院本作繒。

509. ○嫪：悋物又姓郎到切八。

圓沙書院本「物」後有「也」。

510. 菢：鳥伏卵。

圓沙書院本「卵」後有「也」。

511. 袌：衣前襟又云今朝服垂衣又簿高切。

簿，圓沙書院本作薄。

512. 鶝：鳥名又博木切。

博，圓沙書院本作愽。

513. ○報：報告下婬曰報博耗切一。

　　婬，圓沙書院本作媱。

514. ○奥：深也內也生也藏也爾雅曰西南隅謂之奥烏到切十一。

　　生，圓沙書院本作主。

515. ○箇：箇數又枚也凡也古賀切三。

　　枚，圓沙書院本作救。

516. 奘：拜失客又詐也經典作奞。

　　客，圓沙書院本作容。

517. ○播：揚也放也棄也說文種也一曰布也又姓播武殷賢人補過切五。

　　種，圓沙書院本作橦。

518. 繵：不訓也又不均也。

　　訓，圓沙書院本作細。

519. ○侉：安賀切痛呼也一。

　　此條黑水城本無。

520. 瘕：牛馬病又音慢說文曰目病一曰惡氣著身也一曰蝕創。

　　圓沙書院本「一曰」皆作「又」。

521. 婭：爾雅曰兩壻相謂為亞或作婭。

　　婭，圓沙書院本作亞。

522. 迓：次第行。

　　圓沙書院本「行」後有「也」。

523. 襾：覆也覆覈要賈從此又許下切。

　　又，圓沙書院本作文。

524. ○詐：偽也側駕切六。

　　駕，圓沙書院本作架。

525. ○骼：齊骨枯駕切六。

　　駕，圓沙書院本作架。

526. 鄐：亭名在貝丘。

　　圓沙書院本「丘」後有「也」。

527. 借：假借又將昔切。

　　昔，圓沙書院本作吉。

528. ○射：射弓也周禮有五射白矢參連剡注襄尺井儀射白勻參遠剡注讓尺
井儀又姓三輔決錄雲漢末大鴻臚射咸本姓謝名服天子以為將軍出征
姓謝名服不祥改之為射氏名咸神夜切又音石又音夜僕射也四。

尺，圓沙書院本作盡。

529. 欚：俗。

圓沙書院本注文作「刀柄名」。

530. ○化：德化變化禮記曰田鼠化為駕紀年曰周宣王時馬化為狐又姓呼霸
切六。

禮記，圓沙書院本作記。

531. ○諙：枉也所化切二。

枉，圓沙書院本作俊言。

532. 跁：跁踦短人。

圓沙書院本「人」後有「也」。

533. ○朘：膩也乃亞切二。

乃，圓沙書院本作尸。

534. ○嗄：老子曰終日號而不嗄注云聲不變也所嫁切又於介切三。

注，圓沙書院本作住。

535. 沙：周禮云鳥矔色而沙鳴注云沙嘶也又所加切。

圓沙書院本「鳴」後有「貍」。

536. ○圿：土圿古罵切二。

土，圓沙書院本作士，圓沙書院本「圿」後有「也」。

537. ○蚱：水母也一名蟦形如羊胃無目以蝦為目除駕切二。

駕，圓沙書院本作架。

538. 羕：長火也。

火，圓沙書院本作大。

539. ○讓：退讓責讓又交讓木名兩樹相對一枯則一生岷山有之人樣切三。

三，圓沙書院本作四。

540. ○餉：餉饋式亮切十。

圓沙書院本「饋」後有「也」。

541. 張：張施又陟良切。

圓沙書院本「施」後有「也」。

542. ○釀：醖酒女亮切三。

圓沙書院本「酒」後有「也」。

543. 鷗：自關以東謂桑飛為女鷗郭璞云工雀今謂之巧婦也。

圓沙書院本「婦」後文藝「也」。

544. ○尚：庶幾亦高尚又飾也曾也加也佐也韻略云凡主天子之物皆曰尚尚醫尚食等是也又姓後漢高士尚子平又漢複姓有尚方氏時亮切四。

又，圓沙書院本作文。

545. 粕：粕米。

米，圓沙書院本作水。

546. ○弡：張取獸也其亮切又魚兩切一。

張，圓沙書院本作弡。

547. ○放：逐也去也甫妄切四。

逐，圓沙書院本作遂。

548. 眻：晾眻目病。

圓沙書院本「病」後有「也」。

549. ○葬：葬藏也則浪切一。

圓沙書院本「藏也」後有「埋也」二字。

550. 當：主當又底也亦音當。

音當，圓沙書院本作音噹。

551. ○抗：以手抗舉也縣也振也苦浪切十二。

振，圓沙書院本作拒。

552. 曠：目無眄也。

圓沙書院本少此一條。

553. 肓：老人不知。

圓沙書院本「知」後有「也」。

554. 訣：早知也又音快。

圓沙書院本「早知」前有「說文」二字。

555. 萌：萌偗失道皃又音忙偗豬孟切。

　　偗豬孟切，圓沙書院本作又狗孟切。

556. 罃：酗酒。

　　酗，圓沙書院本作酌。

557. ○行：景迹又事也言也下更切又胡郎胡浪胡庚三切三。

　　浪，圓沙書院本作朗。

558. ○榜：榜人船人也北孟切三。

　　北，圓沙書院本作比。

559. ○鋥：磨鋥出劍光或作碪除更切三。

　　碪，圓沙書院本作張。

560. ○諻：瞑語許更切一。

　　瞑語，圓沙書院本作語也。

561. ○諍：靜也止也亦作爭側迸切一。

　　靜也，圓沙書院本作諫靜也。

562. ○迸：散也北諍切一。

　　北，簡本作比。

563. 靐：雷靐靐聲。

　　簡本略去注文「靐靐」二字。

564. 姓：姓氏說文云姓人所生也古之神聖母感天而生子故稱天子女女生聲又姓漢書貨殖傳臨菑姓偉貲五千萬。

　　天子女，圓沙書院本作天子從。

565. 併：兼也並也皆也。

　　並，圓沙書院本作正。

566. 樫：樫木似杉而硬。

　　似，圓沙書院本作以。

567. 釘：又得庭切。

　　庭，圓沙書院本作亭。

568. 扔：強牽引又音仍。

　　仍，圓沙書院本作孕。

569. 嬿：悅也喜也。

悅也，圓沙書院本作說文。

570. ○瞪：直視兒陸本作眙丈證切三。

眙，圓沙書院本作胎。

571. ○䁯：直視丑證切一。

圓沙書院本「直視」後有「也」。

572. ○亙：通也遍也竟也出方言古鄧切六。

古，圓沙書院本作居。

573. ○蹭：蹭蹬千鄧切二。

千，圓沙書院本作七。

574. ○倰：僜行兒魯鄧切二。

圓沙書院本「僜」前有「佞」字。

575. ○救：護也止也又姓風俗通漢有諫議大夫救仁居祐切十一。

祐，圓沙書院本作右。

576. 試：文字音義云止也禁也助也。

音，圓沙書院本作旨。

577. 鏉：鐵姓鏉。

姓，圓沙書院本作銈。

578. ○皺：面皺俗作皱側救切五。

面，圓沙書院本作目。

579. ○畜：六畜丑救切又許宥許六丑六三切二。

宥，圓沙書院本作有。

580. 俞：姓漢有司徒椽俞連又羊朱切。

姓漢有司徒椽俞連，圓沙書院本作漢人姓。

581. 廇：屋樑㝯也。

㝯，圓沙書院本作木。

582. 廖：高飛切又力廖切。

高飛切，圓沙書院本作高飛兒。

583. 餾：雜飯亦作粗。

粗，圓沙書院本作粗。

584. 柚：似橘而大廣志曰城都柚大如斗爾雅注柚似橙而醋出江南。

醋，圓沙書院本作酸。

585. 猶：獸似麂善登。

圓沙書院本「登」後有「木」。

586. 踐：踐賤。

賤，圓沙書院本作踐。

587. 鞣：柔皮又音絮。

絮，圓沙書院本作柔。

588. 雺：天氣下地不應。

圓沙書院本作地氣發天不應。

589. ○仆：倒也匹候切又匐覆二音五。

匹，圓沙書院本作四。

590. 醱：醱酉。

酉，圓沙書院本作酒。

591. 桓：籩豆盛作桓古食肉器也。

盛，圓沙書院本作亦。

592. 潚：木名。

木，圓沙書院本作水。

593. 噣：鳥口或作咮又丁救切。

或，圓沙書院本作亦。

594. 斟：斟也角力走也又相易物俱等。

角，圓沙書院本作用。

595. 趀：自投下或作殳。

或，圓沙書院本作亦。

596. 怐：怐愗愚皃又苦候切。

愚，圓沙書院本作愧。

597. 歍：歍歈小兒兇惡。

圓沙書院本「惡」後有「也」。

598. 謕：詬忽怒。

圓沙書院本注文「詬」前有「謕」。

599. 听：听辱。

　　听，圓沙書院本作恥。

600. ○枕：枕頭也論語曰飲水曲肱枕之之任切又之稔切二。

　　圓沙書院本「曲肱」後有「而」字。

601. 庥：蔭庥大屋。

　　圓沙書院本「屋」後有「也」。

602. 戆：擊也。

　　擊，圓沙書院本作繫。

603. 淦：新淦縣在豫章。

　　圓沙書院本「縣」後有「名」。

604. 贛：贛榆縣在琅邪郡。

　　圓沙書院本「縣」後有「名」字。

605. ○䫡：冠幘近前丁紺切三。

　　此條圓沙書院本作䫡，頑劣皃。

606. 馼：頑劣皃。

　　此條圓沙書院本作「丁紺切馬步近前三」。

607. 嚂：呵也又工覽切。

　　呵，圓沙書院本作可；工，圓沙書院本作五。

608. 籃：籃㜺不平。

　　圓沙書院本「平」後有「也」。

609. 㜺：籃㜺不平。

　　圓沙書院本「平」後有「也」。

610. 腤：炙令熟或作䐥。

　　圓沙書院本「熟」後有「也」。

611. 甔：甔石大罌又都甘切。

　　石，圓沙書院本作食。

612. 襜：披衣或作襜袶。

　　衣，圓沙書院本作也。

613. ○覘：候也說文云闚視也春秋傳曰公使覘之丑豔切二。

　　春秋傳曰，圓沙書院本作左傳。

614. ○憸：快也於驗切亦作㦖二。

　　㦖，圓沙書院本作㦖。

615. ○㮇：火杖他念切六。

　　火，圓沙書院本作木。

616. 墊：下也又墊江在巴陵又徒協切。

　　協，圓沙書院本作葉。

617. 眈：目垂兒又丁炎切。

　　目垂，圓沙書院本作垂目。

618. ○齭：咸多陟陷切三。

　　圓沙書院本「多」後有「也」。

619. 站：俗言獨立又作竧。

　　俗，圓沙書院本作亦。

620. ○歉：歉喉口陷切又口咸切二。

　　咸，圓沙書院本作感。

小　結

下面把黑水城本《廣韻》與圓沙書院本進行比較，分析二者異同。

同	異	
	略去	俗體訛誤字
712	195	620

上表可見，黑水城本《廣韻》與圓沙書院本相比，相同的地方大於相異的地方。在相異的地方中，圓沙書院本經常略去黑水城本《廣韻》中的相關內容。具體來看，經常略去注文中的引文以及有關姓氏的詳細解釋。另外，圓沙書院本經常出現俗體或者訛誤。

但圓沙書院本的價值也不容忽視。有的注釋不可補充黑水城本的不足，如「韶」小韻「招」字條，黑水城本作：說文曰樹兒又射的也。簡本有「又音遙」三字，這是很重要的內容。又如「饒」小韻「橈」字，黑水城本作：楫也，又女教也。圓沙書院本作楫也，又女教切。這也是很重要的信息。

第二章　重修《廣韻》、原本《廣韻》與泰定圓沙書院本比較研究

限於篇幅，本章主要進行平聲部分字的比較。

第一節　重修《廣韻》、原本《廣韻》與泰定本《廣韻》相同

　　1. 菄東風菜義見上注俗加艸

　　2. 倲儱倲儜劣皃出字諟

　　3. 倲上同

　　4. 䢔地理志云東郡館名

　　5. 蝀螮蝀虹也又音董

　　6. 涷涷凌又都貢切

　　7. 鯟魚名似鯉

　　8. 徚行皃

　　9. 崬崬如山名

　10. 埬上埬地名

　11. 魟醜皃

　12. 仝古文出道書

13. 童童獨也言童子未有家室也又姓出東莞漢有琅邪內史童仲玉

14. 銅金之一品

15. 峒崆峒山名

16. 硐磨也

17. 舿舿舩

18. 筒竹筒又竹名射筒吳都賦曰其竹則桂箭射筒

19. 瞳目瞳

20. 瓨瓨瓦

21. 圓瓬上

22. 罿車上網又音衝

23. 犝犝牛無角

24. 箈竹箈

25. 潼水名出廣漢郡亦關名又通衝二音

26. 曈曈曨日欲明也又他孔切

27. 洞洪洞縣名在晉州北又徒弄切

28. 橦木名花可為布出字書又鍾幢二音

29. 挏引也漢官名有挏馬又音動

30. 酮馬酪又音動

31. 甀井甓一云甃也

32. 羫無角羊

33. 烔上同

34. 眮目眶又徒揔切

35. 菄草名又多動切

36. 衕通街也

37. 鞀鞍具飾也

38. 哃地下應聲

39. 窬通窬也

40. 恫恫㦂大言

41. 弲弓飾

42. 絧布名

43. 郒鄉名

44. 鄷地名又姓

45. 鼞鼓聲

46. 驜黑虎

47. 驨黑兒

48. 沖和也深也

49. 眾又之仲切

50. 潨小水入大水又徂紅在冬二切

51. 歿歿也

52. 螽螽斯蟲也

53. 蝬上同

54. 貚豹文鼠也

55. 蕠蕠葵蘩露也

56. 柊木名又齊人謂椎為柊楑也

57. 霿小雨

58. 鬃鳥名

59. 緵篊緵戎人呼之

60. 玂獸如豹

61. ○忡憂也敕中切三

62. 沖沖瀜水平遠之兒又音蟲

63. 盅器虛也又音蟲

64. 宓上同

65. 劅鍤屬

66. 崈上同

67. 蓯菜名

68. 碈地名在遼

69. 蚣蟲名

70. 毨細毛

71. 戜上同

72. 棟木名

73. 駥馬八尺也

74. 筬小竹可為矢

75. 狨猛也

76. 絨細布

77. 躬上同

78. 融上同

79. 肜祭名又敕林切

80. 懞懟也國語云君使臣懞

81. 嬇嬇嬇醜皃

82. ○穹高也去宮切

83. 焪憂也

84. 焪乾也

85. 营上同

86. 簅簅籠也又去龍切

87. 藭芎窮

88. 竆羿所封國

89. 堸蟲室

90. 鄸姬姓之國

91. 渢弘大聲也

92. 梵木得風皃又防泛切

93. 飌古文

94. 猦猦母狀如猿逢人則叩頭小打便死得風還活出異物志

95. 偑地名

96. 薑薑梵聲也

97. 麷煮麥

98. 嶰山名

99. ○充美也塞也行也滿也昌終切七

100. 茺茺蔚草也

101. 忡心動

102. 袩袩襌衣也

103. 黈黃色又音統
104. 㳘水聲
105. 〇隆盛也豐也大也力中切六
106. 癃病也亦作㾯
107. 奎多奎禮天
108. 崆崆峒
109. 硿硿青色也
110. 椌稻稈
111. 悾悾悾信也愨也
112. 埪土埪龕也
113. 倥倥侗
114. 莖莖心草也
115. 蛵蟬脫蛵皮
116. 工官也又工巧也
117. 蚣蜈蚣蟲
118. 玒玉名又音江
119. 攻攻擊
120. 慣憒也
121. 磌擊聲
122. 簀簀笠方言
123. 蒙涳蒙細雨
124. 驝驢子曰驝
125. 艨艨艟戰船又武用切
126. 朦大皃
127. 濛濛瞽
128. 饛盛食滿皃
129. 檬似槐葉黃
130. 醭麴生衣皃
131. 麳上同
132. 醯亦上同

133. 鷚鷚鷚鳥也

134. 幪說文云蓋衣也又莫弄切

135. 髳爾雅釋詁曰覭髳茀離也

136. 蕶草可為帚

137. 霿霚並上同

138. 朦朦朧月下

139. 瓾器滿

140. 懜心悶闇也

141. 巄大谷

142. 朧朦朧

143. 䪁大聲

144. 鬃鬃頭

145. 鞚上同

146. 轋軸頭

147. 礱磨也

148. 穠禾病

149. 癃上同

150. 嚨喉嚨

151. 欚檻也養獸所也

152. 襱襱裙

153. 裞上同

154. 瓏玲瓏玉聲

155. 曨日欲出也

156. 鸗鳥名

157. 籠籠餅

158. 蠪蠪蛭如狐九尾虎爪音如小兒食人一名蚑蠪又爾雅曰蠪虰蝪郭璞云赤駁蚍蜉

159. 嵱嵷嵱山皃

160. 𡽱山形

161. 䢅弩牙

162. 訌潰也詩曰蟊賊內訌

163. 紅色也又姓

164. 仜身肥大也

165. 葒上同

166. 粠陳赤米也

167. 澒潰澒水沸湧也

168. 谼坑也

169. 谾大聲

170. 翃飛聲

171. 颭大風

172. 硿石聲

173. 鴻鳥肥大鴻鴻然

174. ○叢聚也徂紅切五

175. 欉俗

176. 籦籠籦取魚器俗

177. 鯼魚名

178. 蓊蓊鬱草木盛皃又烏桶切

179. 篛竹盛皃

180. 翰吳人靴勒曰翰

181. ○忽速也倉紅切十五

182. 怱俗

183. 蔥葷菜

184. 楤尖頭擔也

185. 瑽石似玉也

186. 囪竈突

187. 醠醠酨濁酒

188. 鏓大鑿平木器

189. 熜熅也又子孔切

190. 窻屋中會又子孔切

191. 偬大也

192. 恫痛也

193. 痌上同

194. 俑俑偶人又音勇

195. 狪獸名似豕出泰山又音同

196. 詷走兒

197. ○蕫木細枝也子紅切二十一

198. 嵏九嵏山名

199. 豵豕生三子

200. 鯼石首魚名

201. 椶椶櫚一名蒲葵

202. 騣馬鬣

203. 鬉上同

204. 緵籠緵又作孔切

205. 艐書傳云三艐國名說文云舩著沙不行也

206. 堫種也

207. 磫石也

208. 翪聳翅上兒

209. 緵縷也又作弄切

210. 㩨飛而歛足又子貢切

211. 㢏數也

212. 稯禾束

213. 鬷毛亂

214. 篬車篢

215. 芃芃芃草盛貌又音馮

216. 鼟鼓聲

217. 驡充塞兒又音龍

218. 颹風兒又步留切

219. ○烘火兒呼東切又音紅六

220. 吽吽吽市人聲

221. 舼河魚似鱉

222. 颶大風

223. ○峨峣峣山皃五東切又魚江切一

224. ○檧小籠蘇公切又先孔切三

225. 臾古文

226. 荃草名

227. 鴛鴦鳥好入水食似鳧形小

228. 筅竹名

229. 零雨皃

230. 疼痛也

231. 鼕鼓聲

232. 敆擊空聲

233. 爞旱熱

234. 忡惶也

235. 痋動病

236. 蜙刺矛

237. 鈆大鉏

238. 紑赤色

239. 騰黑虎

240. 浵水名亦水皃

241. 蟕龜名又音終

242. 銵釣銵

243. 郮古國名

244. 恫戎云幡也

245. 蚛赤蟲

246. 惊慮也一曰樂也

247. 漴小水入大水也又徂紅職戎二切

248. 淙水聲又士江切

249. 慒謀也又似由切

250. 鬖高髻又士江切

251. 瓺甕屬又士江切

252. 諒謀諒樂也

253. 幋帛幋又布名

254. 辳上同

255. 辳古文

256. 颽大風

257. 鼕鼓聲

258. 鼕聲也

259. 倧上古神人

260. 鬉上同

261. 蚣蟲螽蟲

262. 躨躘躨小兒行皃

263. 彸征彸行皃

264. 佡志及眾也

265. 橦字樣云本音同今借為木橦字

266. 妐夫之兄也

267. 舡舉角也

268. 茷草名

269. 閎門外開閎

270. 鈆鐵鈆

271. 瓏圭為龍文

272. 躘躘躨

273. 鸗鳥名

274. 驡野馬

275. 嚨巫也

276. 䑳小舩上安蓋者

277. 蘢蘢古草

278. ○舂丗本曰雍父作舂呂氏春秋曰赤㒋作舂書容切六

279. 蠢蚳蝑俗呼蠢蝑

280. 樁撞也

281. 踳蹋也

282. 鷛鸀鷛鳥名
283. 惷愚也
284. 窯古文
285. 訟爭獄又徐用切
286. 衝上同
287. 罿罬也又音童
288. 憧憧憧往來皃
289. 幢陷陣車
290. 潼河潼又音同
291. 褈褈褣衣也
292. 劏刺也
293. 劃上同
294. 穜短矛也
295. 溶水皃又音勇
296. 𩫖古文
297. 㺎犝上同
298. 墉城也垣也
299. 鎔鎔鑄
300. 鏞大鐘
301. 鄘國名
302. 傭傭賃又丑凶切
303. 鷛鷛鶏鳥名似鴨雞足也
304. 甋甖也
305. 甗上同
306. 蓉芙蓉
307. 蠵偹蠵色如黃蛇有羽
308. 褣襩褣
309. 搈不安
310. 瑢瑽瑢佩玉行也
311. 簭簭箕又矢

312. 容容盛也說文云古文容

313. 軬車行皃

314. 豁餡豁

315. 鶐鶐鸐

316. 橗槄橗木中箭笴

317. 彤重影一曰形彤

318. 戲戲戳兵器

319. 坔古文

320. 犎野牛

321. ○胷膺也亦作匈臅許容切十

322. 凶凶禍

323. 殈古文

324. 銎懼也又斤斧柄孔又曲恭切

325. 恟懼也

326. 詾訟也

327. 兇惡也

328. 訩眾語

329. 匈匈奴

330. 騘同顒見廣蒼

331. 鰫魚名說文曰皮有文出樂浪又音隅

332. 喁喅喁

333. 嗈鳥聲

334. 噰上同

335. 雝雝孃多皃

336. 灉水名在宋

337. 癰癰癤

338. 罋汲器

339. 廱辟廱天子教官

340. 饔熟食

341. 壅塞又音擁

342. 鵬上同

343. 甕玉器

344. 貙獸似貚也

345. 濃厚也

346. 襛襛華又衣厚兒又而容切

347. 穠花木厚又而容切

348. 檂木名

349. 醲鋪醲

350. 𧗿多也

351. ○重複也疊也直容切又直勇直用二切六

352. 蝩蠶晚生者

353. ○蹱躘踵丑凶切七

354. 傭均也直也又音容

355. 牅上同

356. 𤣥土精如狖在地下也

357. 湩地名又直容切

358. 黷深穴中黷黑也

359. ○逢值也迎也符容切八

360. 漨水名

361. 韸鼓聲

362. 槰槰狺矛也

363. 夆掣也又敷恭切

364. ○峯山峯也敷容切十六

365. 鋒劍刃鋒也

366. 峯上同

367. 俸使也

368. 妦好兒

369. 蜂上同

370. 螽古文

371. 豐菜名又音豐

372. 桻木上
373. 烽上同
374. 仹仙人
375. 犎犎牛
376. 毶𣯾毹也
377. 蹤蹤跡
378. 樅木名又七恭切
379. 磫磫礭礪石
380. 豵豕生三子
381. 熧火行穴中
382. 趣急行也又此從切
383. ○茸草生皃而容切十
384. 鞲毳飾
385. 髶髮多亂皃
386. 箕竹頭有文
387. 襛華皃又厚衣皃又女容切
388. 穠花木厚也又女容切
389. 搑擣也
390. 矠矠矠矛也
391. 榵木名似檀
392. 穁禾梢
393. 舼舼船
394. 邛上同
395. 輁輁軸所以支棺也又音拱
396. 珙莫荚實也
397. 篕籠篕
398. 蛩水邊石也又居勇切
399. 蛬蟋蟀又音拱
400. 傑傑倯可憎之皃
401. 梆梆柳

402. 塾塾佩

403. 駥獸如馬而青一走千里也

404. 〇鱅魚名似牛音如豕蜀庸切又音庸三

405. 慵嬾也

406. 鞲通俗文云革乾也

407. 供奉也具也設也給也進也又居用切

408. 珙璧也又音拱

409. 共共城縣在衛州又渠用切

410. 眱瞁也

411. 廾竦手也說文本居竦切

412. 髻髻鬆

413. 鵶鳥似雉鳴自呼

414. 凇凍落之皃

415. 鬆髮亂皃亦作鬆

416. 怂怂恭怯皃

417. 〇樅木名松葉栢身七恭切又音蹤十二

418. 鏦短矛又音窗

419. 從從容又疾容秦用二切

420. 蜙蝑蜙小蜂生牛馬皮中也

421. 璁璁瑽佩玉行皃

422. 摐打也又音窗

423. 朡肥病

424. 稯治禾稯移

425. 鬆髮亂又息恭切

426. 𨔟𨔟遷

427. 〇銎斤斧受柄處也曲恭切又許容切二

428. 籦籦籠

429. 茳茳蘺香草

430. 釭燈又音工

431. 豇豇豆蔓生白色

432. 玒玉名又音工

433. 舡舉角

434. 谼谼谷在南郡

435. ○尨厚也大也莫江切十四

436. 駹黑馬白面

437. 狵犬多毛亦作尨

438. 哤上同

439. 浝水名

440. 哤語雜亂曰哤

441. 牻牛白黑雜

442. 娂女神名

443. 𥅓陰私事也

444. 眬目不明

445. 痝病困

446. 佲不媚

447. ○𦗁耳中聲也女江切八

448. 髬髮多

449. 饢強食

450. 𩭿亂髮

451. 矓目不明

452. 鸘鴻鸘

453. 𢜼上同

454. 窓俗

455. 稯種也

456. 墔上同

457. 摐打鍾鼓也

458. 𢜼上同

459. 峀古文

460. 梇木名

461. 挊土精如手在地中食之無病

462. ○桻桻雙帆未張下江切八

463. ○胮胮張匹江切又音龐五

464. 痝上同

465. 駹上同

466. 黪黑皃

467. 艭艂艭船名

468. 䑸雙帆也

469. 㿝豆也

470. 踛踔踛立也

471. 韚鼓聲

472. ○肛許江切四

473. 箜空谷皃

474. 舡舽舡船皃

475. ○胦胦肛不伏人握江切一

476. ○腔羊腔也苦江切十二

477. 倥上同

478. 羥古文

479. 控打也又苦貢切

480. 椌椌楬

481. 悾信也愨也又音空

482. 涳直流

483. 崆崆峒山皃又音空

484. 骫骳骫尻骨

485. 瓶瓶甄瓠也

486. 嘡喫皃

487. 羫羫骫尻骨

488. ○憃愚也丑江切又丑龍切又抽用切五

489. 襑祠不敬也

490. 襑短敝衣也

491. ○橦樅也都江切二

492. 滰深水立滰

493. 〇峾五江切一

494. 饗饞饗愛食

495. 絞纖絞挽船繩也

496. 只專辭又之爾切

497. 毣耗毣者輕毛皃

498. 卮酒器

499. 衹適也又巨支切

500. 疧疾也

501. 肢肢體

502. 胑胑並上同

503. 駈馬強

504. 氏月氏國名又閼氏匈奴皇后也又精是二音

505. 痣毀傷

506. 夈多也又音實

507. 雉上同

508. 鴲土精如鴟一足黃色毀之殺人

509. 蚔蟲名似蜥蜴能吞人

510. 眵目汁凝又尺支切

511. 軝軝軧長轂

512. 䩉皮鞁

513. 秖上同

514. 迻說文遷也

515. 欼說文歠也

516. 柂木名

517. 鉹方言云涼州呼甑又音侈

518. 袲宋地名又音侈

519. 箷衣架

520. 憼怟憼不憂事

521. 誃誃誃自得皃又淺意也

522. 簃樓閣邊小屋又音池
523. 葹萎葹草
524. 熪熑熪火不絕皃
525. 扅扅扅戶扃
526. 袉衣袖
527. 㶿東㶿縣在樂浪
528. 迆逶迆又移爾切
529. 狏獸名似犬尾白目喙赤出則大兵
530. 栘扶栘木名又成兮切
531. 歋歋歋手相弄人亦作擨又以遮切
532. 酏酒也又羊氏切
533. 拸加也
534. 沵上同
535. 虵俗
536. 㒆㒆歋
537. 㰻笑㰻
538. 颾小旋風咸陽有之小颾於地也
539. 為俗
540. 鄬地名
541. 鰞大魚又許為切
542. 溈水名又音為
543. 麾上同
544. 鰞大魚又音為
545. 隝鄭地
546. ○逶逶迆於為切十一
547. 𣨙枯死
548. 萎蔫也
549. 楼田器
550. 覣好視
551. 蝼蝼蛇

552. 痿痺濕病也
553. 倭慎皃
554. 委委委佗佗美也
555. 餧鹿肉
556. 蟡涸水精一身兩頭似蛇以名呼之可取魚鱉
557. ○糜糜粥靡為切九
558. 縻繫也又縻爵亦作靡
559. 爢爢爛
560. 礳散也
561. 糠糠碎
562. 穈穈穄別名
563. 靡乘輿金耳
564. 醾酴醾酒也
565. ○隓毀也說文曰敗城𨸏曰隓許規切九
566. 墮上同
567. 隳俗
568. 眭眭盱健皃又息為切盱音籲
569. 觿角錐童子佩之說文曰觿角銳耑可以解結也文戶圭切
570. 睢仰目也
571. 譼相毀之言
572. 鑴大鐘又戶圭切
573. 蘳華黃也又果實也
574. ○鬌髮落直垂切又大果切三
575. 錘八銖又馳僞切
576. 甀罌也
577. ○埀幾也疆也說文曰遠邊也是為切十
578. 垂上同
579. 陲邊也說文危也
580. 諈小口罌也
581. 鵻雅鳥

582. 簹盛穀圓筐

583. 簥上同

584. 罞草木葉縣

585. ○羸瘦也力為切二

586. 爐膝病

587. ○吹吹嘘昌垂切又尺偽切三

588. 炊炊爨

589. 簫習管古文作歈又尺偽切

590. 陂又芳髮切

591. 皺魚皺

592. 披又作狓開也分也散也

593. 畖耕也

594. 耚上同

595. 狓狓張之兒

596. 旇旗靡

597. 秗禾租

598. 破器破而未離又皮美切

599. 狓開肉又匹靡切

600. ○陂書傳云澤障曰陂彼為切十一

601. 詖辯辭又音祕

602. 碑釋名曰本葬時所設臣子追述君父之功以書其上

603. 羆古文

604. 犤牛名又音皮

605. 籠竹名

606. 襬關東人呼裙也

607. 藣草名又彼義切

608. 饠饠籠

609. ○虧缺也俗作𧇾去為切一

610. ○闚小視去隨切二

611. 窺上同

612. 琦玉名
613. 彊強也又其丈切
614. 鬾小兒鬼
615. 碕曲岸又巨支切
616. 菽木別生也
617. 䩭上同又橫首皃
618. 錡釜屬又魚綺切
619. ○祇地祇神也巨支切二十五
620. 示上同見周禮本又時至切
621. 衹衹衼尼法衣
622. 歧歧路
623. 翍翍翍飛皃
624. 㩻弓硬皃
625. 軝上同
626. 跂行皃又音企
627. 鴟雞又云鴈
628. 蚔蝱也
629. 秖赤米
630. 芰繰絲鉤緒
631. 鼓長鼓國名髮長於身
632. ○犧犧牲書傳曰色純曰犧許羈切十八
633. 桸杓也
634. 巇巇險
635. 曦日光
636. 㩗擊也
637. 蠘蠡名
638. 觛角匕又火元切
639. 虗古陶器也
640. 獻獸名又曰豕也
641. 戲吹巇口聲

642. 戲相笑之皃

643. 壞毀也

644. 隤上同

645. ○攲不正也去竒切十一

646. 觭角一俯一仰也

647. 踦腳跛又居綺切

648. 殢死也說文棄也俗語謂死曰大殢

649. 崎崎嶇

650. 碕石橋

651. 犄虎牙

652. 惙惙惙憸急

653. 蜦長腳蟁蟁

654. 攲宗廟宥座之器說文又居宜切持去也

655. 皮上同

656. 夛多並古文

657. 嶬上同

658. 鸃鵐鸃神鳥

659. 轙車上環轡所貫也又音蟻

660. 崖崖岸又五佳切

661. 疲勞也乏也

662. 椑木下交皃又符支切

663. 犤下小牛也

664. 羷上同

665. 嗁鳥鳴

666. 匙匕也

667. 禔福也亦安也喜也又音支

668. 忯愛也

669. 眂眂眂眷目

670. 柢碓衡

671. 兇上同

672. 呪曲從兒楚詞云喔咿嚅呪

673. 媷前漢西域傳有媷羌

674. 醨酒薄

675. 罹心憂

676. 璃琉璃

677. 酈魯地名又音歷

678. 剺陳也又力米切

679. 鼺鼺鼺小鼠相銜行也

680. 樆山梨

681. 鸝鸝黃

682. 鴷上同

683. 鸝上同又鷄鸝自為牝牡

684. 縭婦人香纓

685. 蘺江蘺蘪蕪別名

686. 麗草木附地生也

687. 麗東夷國名又盧計切

688. 離明也又卦名案易本作離又醜知切

689. 羅接羅白帽

690. 欐柴欐也

691. 稿長沙人謂禾二把為稿

692. 漓水滲入地

693. 蠡蜓蚰別名

694. 熮帷中火也又丑知切

695. 蠡蜥蠡蟲名

696. 黐黏也又丑知切

697. 曬曬瞜也

698. 戀上同

699. 譸弄語

700. 劙分破也

701. ○疕黑病疾移切八

702. 骴殘骨又音自

703. 玼玉病又七禮切

704. 茈虎茈草

705. 柴無柴木一名榆

706. 觜人子腸名

707. 餈嫌食皃

708. 鷀鷀鷀水鳥似魚虎蒼黑色又即知切

709. 鷀鷀鷀又疾移切

710. 螆鼠名似雞

711. 鮆魚名又才禮切

712. 帿布名

713. 郪谷名

714. 欪歐也又子賜切

715. 錾鉴錍斧也又千支切

716. 斐婦人皃又疾支此移二切

717. 蓻菜名

718. ○羈馬絆也又馬絡頭也居宜切九

719. 覉寄也

720. 掎掎角又居綺切

721. 殈棄也又丘奇切

722. 妓妓斐態皃又渠綺切

723. 躺躺身單皃

724. 頠鬢髮半白

725. 痺下也又音婢

726. 淠水名

727. 錍鉴錍斧也

728. 帠冕也

729. 篧取魚竹器

730. 裨裨補也增也與也附也助也又音陴

731. 犦牛犦縣在蜀又薄迷脯鼎二切

732. 豐蕪菁苗也

第二節　圓沙書院本與原本《廣韻》同

1. 重修廣韻：○東春方也說文曰動也從日在木中亦東風菜廣州記云陸地生莖赤和肉作羹味如酪香似蘭吳都賦云草則東風扶留又姓舜七友有東不訾又漢複姓十三氏左傳魯卿東門襄仲後因氏焉齊有大夫東郭偃又有東宮得臣晉有東關嬖五神仙譜有廣陵人聖母適杜齊景公時有隱居東陵者乃以為氏世本宋大夫東卿為賈執英賢傳云今高密有東卿姓宋有員外郎東陽無疑撰齊諧記七卷昔有東閭子嘗富貴乞後於道云吾為相六年未為一士夏禹之後東樓公封於杞後以為氏莊子東野稷漢有平原東方朔曹瞞傳有南陽太守東里昆何氏姓苑有東萊氏德紅切十七

原本廣韻：東德紅切東方也說文動也亦東風菜吳都賦云草則東風扶留又姓舜七友有東不訾又漢複姓東方朔何氏姓苑有東萊氏十七

2. 重修廣韻：鶇鶇鴗鳥名美形出廣雅亦作梟

原本廣韻「美形」前有「又」後有「也」；無「出」字；梟，作彙

3. 重修廣韻：辣獸名山海經曰秦戲山有獸狀如羊一角一目目在耳後其名曰辣又音陳音棟

原本廣韻：辣獸名狀如羊一角一目目在耳後其名曰辣又音陳音棟

4. 重修廣韻：㤁古文見道經

見，原本廣韻作出

5. 重修廣韻：凍瀧涷沾漬說文曰水出發鳩山入於河又都貢切

原本廣韻無此字

6. 重修廣韻：蝌蚪蝌科斗蟲也案爾雅曰科斗活東郭璞云蝦蟆子也字俗從虫

原本廣韻：蝌蚪蝌科斗蟲也郭璞云蝦蟆子

7. 重修廣韻：同齊也共也輩也合也律歷有六同亦州春秋時晉夷吾獻其河西地於秦七國時屬魏秦併天下為內史之地漢武更名馮翊又有九龍泉泉有九源同為一流因以名之又羌複姓有同蹄氏望在勃海徒紅切四十五

原本廣韻：同徒紅切齊也共也合也律歷有六同亦州名又羌複姓有同蹄
氏四十五

8. 重修廣韻：僮僮僕又頑也癡也又姓漢有交阯刺史僮尹出風俗通
原本廣韻略去「交阯刺史」「出風俗通」

9. 重修廣韻：桐木名月令曰清明之日桐始華又桐廬縣在嚴州亦姓有桐君
藥錄兩卷
原本廣韻：桐木名又桐廬縣亦姓有桐君藥錄兩卷

10. 重修廣韻：㓊獸似象出泰山
象，原本廣韻作豕

11. 重修廣韻：侗楊子法言云倥侗顓蒙
原本廣韻：侗倥侗顓蒙

12. 重修廣韻：烔熱氣烔烔出字林
原本廣韻略去「出字林」

13. 重修廣韻：鵚鵚鵚水鳥黃喙喙長尺餘南人以為酒器出劉欣期交州記
原本廣韻略去「以」「出劉欣期交州記」

14. 重修廣韻：穜穜稑先種後熟謂之穜後種先熟謂之稑又音種
又音種，原本廣韻作又音重

15. 重修廣韻：〇中平也成也宜也堪也任也半也又姓漢少府卿中京出風俗
通又漢複姓有七氏漢有諫議大夫中行彪晉中行偃之後虞有五英之樂
掌中英者因以為氏古有隱者中梁子漢書藝文志有室中周著書十篇賈
執英賢傳雲路中大夫之後以路中為氏張晏云姓路為中大夫何氏姓苑
有中壘氏中野氏陟弓切又陟仲切四
原本廣韻：中陟仲切平也成也宜也堪也任也和也半也又姓又陟仲切四

16. 重修廣韻：衷善也正也適也中也又衷衣褻衣也
原本廣韻無「適也」

17. 重修廣韻：忠無私也敬也直也厚也亦州名本漢臨江縣屬巴郡後魏置臨
州貞觀為忠州
原本廣韻略去「本漢臨江縣屬巴郡後魏置臨州貞觀為忠州」

18. 重修廣韻：苹草名又音沖
沖，原本廣韻作中

19. 重修廣韻：○蟲爾雅曰有足曰蟲無足曰豸又姓漢功臣表有曲成侯蟲達
直弓切七

原本廣韻：蟲直弓切爾雅有足曰蟲又姓七

20. 重修廣韻：种稚也或作沖亦姓後漢司徒河南種暠

原本廣韻略去「司徒河南」

21. 重修廣韻：盅器虛也又救中切

原本廣韻略去「也」

22. 重修廣韻：爞爾雅云爞爞炎炎薰也

原本廣韻略去「云」

23. 重修廣韻：苮草名又音中

中，原本廣韻作沖

24. 重修廣韻：翀直上飛也

原本廣韻略去「也」

25. 重修廣韻：○終極也窮也竟也又姓漢有濟南終軍又漢複姓二氏東觀漢
記有終利恭何氏姓苑云今下邳人也左傳殷人七族有終葵氏職戎切十
五

原本廣韻：○終職戎切極也窮也竟也又姓漢終軍十五

26. 重修廣韻：螽字書云龜名也

原本廣韻略去「字書云」

27. 重修廣韻：汷水名在襄陽

原本廣韻略去「在襄陽」

28. 重修廣韻：○崇高也敬也就也聚也又姓鋤弓切四

弓，原本廣韻作功

29. 重修廣韻：䑋饞䑋貪食也出古今字音

原本廣韻略去「也出古今字音」

30. 重修廣韻：○嵩山高也又山名又姓史記有嵩極玄子或作崧息弓切九

原本廣韻略去「史記有嵩極玄子」

31. 重修廣韻：鵗似鷹而小能捕雀也

原本廣韻略去「能捕雀也」

32. 重修廣韻：娀有娀氏女簡狄帝嚳次妃吞乙卵生契

　　原本廣韻略去「吞乙卵」

33. 重修廣韻：莪莪葵蜀葵也又蠻姓後魏書官氏志云南方有莪眷氏改為莪
　　氏也

　　原本廣韻：略去「也又蠻姓後魏書官氏志云南方有莪眷氏改為莪氏
　　也」

34. 重修廣韻：佹佹人身有三角也

　　原本廣韻略去「也」

35. 重修廣韻：〇弓弓矢釋名曰弓穹也張之穹穹然也其末曰簫又謂之弭以
　　骨為之滑弭弭也中央曰弣弣撫也人所撫持也簫弣之間曰淵淵宛也言
　　曲宛然也世本曰黃帝臣揮作弓墨子曰羿作弓孫子曰倕作弓又姓魯大
　　夫叔弓之後居戎切六

　　原本廣韻略去「魯大夫叔弓之後」，倕，圓沙書院本作傛

36. 重修廣韻：躬身也親也又姓出姓苑

　　原本廣韻略去「出姓苑」

37. 重修廣韻：湆縣名在酒泉

　　原本廣韻略去「在酒泉」

38. 重修廣韻：宮白虎通曰黃帝作宮室以避寒暑宮之言中也世本曰禹作宮
　　亦官名漢書曰少府官有守宮令主御筆墨紙封書泥也又姓左傳虞有宮
　　之奇

　　原本廣韻略去「漢書曰少府官有守宮令主御筆墨紙封書泥也」「左傳
　　虞有宮之奇」

39. 重修廣韻：〇融和也朗也說文曰炊氣上出也又姓世本云古天子祝融之
　　後以戎切四

　　原本廣韻略去「世本云古天子祝融之後」

40. 重修廣韻：瀜沖瀜大水皃

　　原本廣韻無「皃」字

41. 重修廣韻：〇雄雄雌也亦姓舜友有雄陶羽弓切二

　　原本廣韻略去「舜友有雄陶」

42. 重修廣韻：熊獸名似豕魏略曰大秦之國出玄熊亦姓左傳市南熊宜僚又
漢複姓左傳楚大夫熊率且比

原本廣韻略去「魏略曰大秦之國出玄熊」「左傳市南熊宜僚又漢複姓
左傳楚大夫熊率且比」

43. 重修廣韻：〇瞢目不明莫中切六

原本廣韻「明」後有「也」

44. 重修廣韻：夢說文曰不明也又武仲切

原本廣韻略去「說文曰」「也」

45. 重修廣韻：甍邑名在魯郡

原本廣韻略去「在魯郡」

46. 重修廣韻：獴獸似豕目在耳出崑崙

似，原本廣韻作如

47. 重修廣韻：芎芎藭香草根曰芎藭苗曰蘪蕪似蛇牀

原本廣韻略去「似蛇牀」

48. 重修廣韻：〇窮窮極也又窮奇獸名聞人鬭為助不直者渠弓切三

為，原本廣韻作乃

49. 重修廣韻：〇馮馮翊郡名又姓畢公高之後食采於馮城因而命氏出杜陵
及長樂房戎切七

原本廣韻略去「畢公高之後食采於馮城因而命氏出杜陵及長樂」

50. 重修廣韻：汎浮也又孚梵切

梵，原本廣韻作劔

51. 重修廣韻：芃草盛也又音蓬

原本廣韻略去「也」

52. 重修廣韻：〇風教也佚也告也聲也河圖曰風者天地之使元命包曰陰陽
怒而為風方戎切七

原本廣韻略去「河圖曰」；曰，作云

53. 重修廣韻：楓木名子可為式爾雅云楓有脂而香孫炎云攝攝生江上有奇
生枝高三四尺生毛一名楓子天旱以泥泥之即雨山海經云黃帝殺蚩尤
棄其桎梏變為楓木脂入地千年化為虎魄

原本廣韻略去「子可為式」「孫炎云攝攝生江上有奇生枝高三四尺生

毛一名楓子天旱以泥泥之即雨」；原本廣韻略去「云」。與，原本廣韻
略去；變為，圓沙書院本作亦多

54. 重修廣韻：篊竹名出南海

原本廣韻略去「出南海」

55. 重修廣韻：〇豐大也多也茂也盛也又酒罍豆屬又姓鄭公子豐之後敷空
切八

原本廣韻略去「鄭公子豐之後」

56. 重修廣韻：酆邑名亦姓左傳有狄相酆舒

亦姓左傳有狄相酆舒，原本廣韻為又姓

57. 重修廣韻：灃水名在咸陽

原本廣韻略去「在咸陽」

58. 重修廣韻：寷大屋

屋，原本廣韻作室

59. 重修廣韻：㔻偓㔻仙人

偓，原本廣韻作渥

60. 重修廣韻：琗琗耳玉名詩傳云充耳謂之瑱字俗從玉

字，原本廣韻作也

61. 重修廣韻：鼟鼓聲俗作鼟

原本廣韻略去「俗作鼟」

62. 重修廣韻：窿穹隆天勢俗加穴

原本廣韻略去「俗加穴」

63. 重修廣韻：霳豐隆雷師俗加雨

原本廣韻略去「俗加雨」

64. 重修廣韻：〇空空虛書曰伯禹作司空又漢複姓有空桐空相二氏苦紅切
十四

原本廣韻略去「又漢複姓有空桐空相二氏」

65. 重修廣韻：箜箜篌樂器釋名云師延所作靡靡之音出桑間濮上續漢書云
靈帝胡服作箜篌也

釋名云，原本廣韻作釋名曰；原本廣韻略去「也」；續漢書云，原本廣
韻略去「云」

66. 重修廣韻：鵁怪鳥出字統

原本廣韻略去「出字統」

67. 重修廣韻：○公通也父也正也共也官也三公論道又公者無私也從八從
ム厶音私八背意也背厶為公也亦姓漢有主爵都尉公儉又漢複姓八十
五氏左傳魯有公冉務人公斂陽公何猿公父歜公賔庚公思展公鉏極公
申叔子費宰公山弗擾公甲叔公巫召伯衞有公文要戰國策齊威王時有
左執法公旗蕃左傳齊悼子公旗之後左傳季武子庶子公鉏後以為氏孟
子有公行子著書左傳晉成公以卿之庶子為公行大夫其后氏焉孔子家
語魯有公冶長又公索氏將祭而亡其牲者魯有公慎氏出婬妻又有公罔
之裘揚觶者孔子弟子齊人公晳哀陳人公良儒公西赤公祖句茲公肩定
漢書藝文志有公檮子著書又有公勝子著書濟南公玉帶上明堂圖功臣
表有公師壹晉穆公子仇之後又弘農令北海公沙穆山陽公堵恭魏志有
公夏浩晉書有征虜長史太山公正犟成都王帳下督公師番本姓公師避
晉景帝諱為公帥氏前趙錄有大中大夫公帥式子夏門人齊人公羊高作
春秋傳烈女傳有公乘之姒墨子魯有公輸班衞大夫公叔文子史記有魯
相公儀休孔子門人公休哀又有公祈哀禮記魯大夫公明儀何氏姓苑云
今高平人衞大夫公南文子魯有公荊皎衞大夫公子荊之後魯大夫公襄
昭魯襄公太子野之後魯大夫公伯僚何氏姓苑云彭城人趙平陵太守公
休勝魯士官公為珍魯昭公子公為之後楚大夫公朱高宋公子子朱之後
公車氏秦公子伯車之後淮南子有公牛哀病七日化為虎齊公子牛之後
呂氏春秋有邴大夫公息忘孟子稱公都子有學業楚公子田食采於都邑
后氏焉公劉氏后稷公劉之後古今人表有公房皮楚公子房之後郭泰別
傳有渤海公族進階衞大夫有公上王世本有魯大夫公之文晉蒲邑大夫
公佗世卿秦公子金之後有公金氏齊公子成之後有公牽氏何氏姓苑云
公右氏今琅邪人公左氏今高平人又有公言公孟公獻公留公石公旅公
仲等氏又左傳衞有庾公差以善射聞祭公謀父出自姜姓申公子福楚申
公巫臣之後衞有尹公佗楚大夫逄公子仲楚白公勝之後有白公氏文字
志云魏文侯時有古樂人竇公氏獻古文樂書一篇秦有博士黃公庇古今
人表神農之後有公幹仕齊為大夫其后氏焉世本有大公叔穎又有公紀

氏衛有大夫左公子泄右公子職漢四晧有園公先生尚書僕射東郡成公
敞古紅切十三

原本廣韻作〇公古紅切通也父也正也共也官也三公論道又公者無私
亦姓十三

68. 重修廣韻：功功績也說文曰以勞定國曰功又漢複姓何氏姓苑云漢營陵
令成功恢禹治水告成功後為氏俗作㓛

原本廣韻作功功績說文以勞定國曰功

69. 重修廣韻：疘文字集略云脫疘下部病也

原本廣韻略去「文字集略云」

70. 重修廣韻：釭車釭說文曰車轂中鐵也又古雙切

原本廣韻略去「曰」

71. 重修廣韻：〇蒙覆也奄也爾雅釋草曰蒙王女也莫紅切二十六

二十六，原本廣韻作二十七

72. 重修廣韻：冡說文覆也

原本廣韻「說文」後有「曰」。圓沙書院本曰作云

73. 重修廣韻：罞爾雅曰麋罟謂之罞

原本廣韻無「曰」

74. 重修廣韻：蠓蠛蠓似蚊又莫孔切

蠛蠓，原本廣韻作蠛蠓

75. 重修廣韻：〇籠西京雜記曰漢制天子以象牙為火籠盧紅切又力董切二
十七

原本廣韻略去「西京雜記曰漢制天子以象牙為火籠」

76. 重修廣韻：瀧瀧涷沾漬說文曰雨瀧瀧也

原本廣韻無「曰」

77. 重修廣韻：聾耳聾左傳云不聽五聲之和曰聾釋名曰聾籠也如在蒙籠之
內不可察也

原本廣韻略去「云」、略去「釋名」後之「曰」

78. 重修廣韻：蘢蘢古草名又音龍

原本廣韻略去「名」

79. 重修廣韻：甕字書云築土甕穀

原本廣韻略去「字書云」

80. 重修廣韻：龓龓嵸山皃嵸祖紅切又音竉摠

原本廣韻「摠」後有「二音」

81. 重修廣韻：虹蠬蝀也又古巷切

原本廣韻無「也」

82. 重修廣韻：鴻詩傳云大曰鴻小曰鴈又姓左傳衛大夫鴻聊魋

原本廣韻略去「左傳衛大夫鴻聊魋」

83. 重修廣韻：葓水草一曰蘢古詩云隰有游龍傳曰龍即紅草也字或從艸

原本廣韻略去「詩云隰有游龍傳曰龍即紅草也字或從艸」

84. 重修廣韻：谼大壑又谼谷寺在相州

原本廣韻略去「又谼谷寺在相州」

85. 重修廣韻：烘字林云燎也又呼紅切

原本廣韻略去「字林云」

86. 重修廣韻：洚說文曰水不遵道一曰下也又戶冬下江二切

原本廣韻略去「說文曰」「一曰」

87. 重修廣韻：陃從陃山名在雲南

原本廣韻略去「在雲南」

88. 重修廣韻：蕻草蕻生皃也

原本廣韻略去「也」

89. 重修廣韻：澒水會也

原本廣韻無「也」

90. 重修廣韻：○翁老稱也亦鳥頸毛又姓漢書貨殖傳有翁伯販脂而傾縣邑烏紅切八

原本廣韻略去「漢書貨殖傳有翁伯販脂而傾縣邑」

91. 重修廣韻：螉蠸蝓蟲名細腰蠹也

原本廣韻略去「蟲名」

92. 重修廣韻：榳水榳子果名出南州

原本廣韻略去「出南州」

93. 重修廣韻：顲頸毛也

　　原本廣韻略去「也」

94. 重修廣韻：輆轞車載囚者

　　原本廣韻無「者」

95. 重修廣韻：聰聞也明也察也聽也殷仲堪父患耳聰聞牀下蟻動謂之牛鬬
　　出晉書

　　原本廣韻略去「殷仲堪父患耳聰聞牀下蟻動謂之牛鬬出晉書」。圓沙
　　書院本與原本廣韻同，聞，圓沙書院本作開

96. 重修廣韻：緫色青黃文細絹

　　文，原本廣韻作又

97. 重修廣韻：蔥蜻蜓淮南子曰蝦蟆為鶉水蠆為蔥

　　原本廣韻略去「曰」

98. 重修廣韻：○通達也三禮圖曰通天冠一名高山冠上之所服也亦州名本
　　漢宕渠縣內有地萬餘頃因名為萬州後魏以萬州居四達之路改為通州
　　又姓出姓苑他紅切九

　　原本廣韻略去「三禮圖曰通天冠一名高山冠上之所服也亦」「本漢宕
　　渠縣內有地萬餘頃因名為萬州後魏以萬州居四達之路改為通州」「出
　　姓苑」。圓沙書院本與原本廣韻同，他，圓沙書院作地

99. 重修廣韻：薘薘草藥名也中有小孔通氣。

　　原本廣韻無「也」

100. 重修廣韻：瞳朧瞳欲明之皃

　　原本廣韻作瞳瞳朧日欲明

101. 重修廣韻：鍮金屬又姓左傳鄭大夫鍮明

　　原本廣韻略去「左傳鄭大夫鍮明」

102. 重修廣韻：蜙螉蜙蟲名

　　原本廣韻略去「名」

103. 重修廣韻：蜓三蜓蛤屬出臨海異物志

　　原本廣韻略去「出臨海異物志」

104. 重修廣韻：○蓬草名亦州名周割巴州之伏虞郡於此置蓬州因蓬山而名
　　之薄紅切十

原本廣韻略去「周割巴州之伏虞郡於此置蓬州因蓬山而名之」

105. 重修廣韻：篷織竹夾箸覆舟也

原本廣韻無「也」

106. 重修廣韻：髼髼鬆髮亂兒

原本廣韻無「兒」

107. 重修廣韻：蜂蟲名出蒼頡篇又音峯

原本廣韻無「出蒼頡篇」

108. 重修廣韻：裶爾雅曰困祾裶亦作裶又音降

原本廣韻無「曰」

109. 重修廣韻：硿谷空兒出字林

原本廣韻無「出字林」

110. 重修廣韻：𪏙白兒出聲譜

原本廣韻無「出聲譜」

111. 重修廣韻：二〇冬四時之末尸子曰冬為信北方為冬冬終也古又姓前燕慕容皝左司馬冬壽都宗切七

原本廣韻無「曰」「前燕慕容皝左司馬冬壽」

112. 重修廣韻：㺓獸如豹有角

原本廣韻無「有角」

113. 重修廣韻：〇彤赤也丹飾也亦姓彤伯為成王宗枝徒冬切二十二

彤伯為成王宗枝，原本廣韻作成王時彤伯

114. 重修廣韻：佟姓也北燕錄有遼東佟萬以文章知名

北燕錄有遼東佟萬以文章知名，原本廣韻作北燕有佟氏

115. 重修廣韻：烔火威兒又他冬切

原本廣韻無「兒」

116. 重修廣韻：懧懧憂也出楚詞

原本廣韻無「出楚詞」

117. 重修廣韻：㝫楚云深屋也

原本廣韻作：楚云屋深

118. 重修廣韻：〇賨戎稅說文曰南蠻賦也藏宗切十一

原本廣韻無「曰」。圓沙書院無「曰」；藏，圓沙書院作賊

119. 重修廣韻：琮說文云宗琮瑞大八寸似車釭周禮曰以黃琮禮也

原本廣韻無「說文云宗」；「琮瑞」後有「玉」；無「似車釭」「曰」；也，作地

120. 重修廣韻：㨛族盛㨛鄉也

原本廣韻無「也」

121. 重修廣韻：〇農田農也說文作農耕也亦官名漢書曰治粟內史秦官也景帝更名大司農又姓風俗通云神農之後又羌複姓有蘇農氏奴冬切十二也說文，原本廣韻作略作又；原本廣韻略去「亦官名漢書曰治粟內史秦官也景帝更名大司農」「風俗通云神農之後又羌複姓有蘇農氏」

122. 重修廣韻：〇碙碙礜石落戶冬切四

原本廣韻「落」後有「也」

123. 重修廣韻：泍說文曰水不遵道一曰下也孟子曰泍水警予

原本廣韻「說文」後無「曰」；原本廣韻略去「孟子曰泍水警予」

124. 重修廣韻：咚歌也又胡宋徒宋二切

徒宋，原本廣韻作送

125. 重修廣韻：〇宗眾也本也尊也亦官名漢書宗正秦官也掌親屬亦姓周卿宗伯之後出南陽又漢複姓二氏前漢有宗伯鳳南燕錄有宗正謙善卜相作冬切二

原本廣韻略去「亦官名漢書宗正秦官也掌親屬」「周卿宗伯之後出南陽又漢複姓二氏前漢有宗伯鳳南燕錄有宗正謙善卜相」

126. 重修廣韻：〇烆呼冬他冬二切

原本廣韻作他冬切，火色一

127. 重修廣韻：三〇鍾當也酒器也又量名左傳曰金十則鍾亦姓出穎川又漢複姓有鍾離氏丗本云與秦同祖其後因封為姓職容切十八

原本廣韻「酒器」後無「也」；原本廣韻「左傳」後無「曰」；出穎川又漢複姓有鍾離氏丗本云與秦同祖其後因封為姓，原本廣韻略作漢鍾離氏

128. 重修廣韻：鐘樂器也呂氏春秋云黃帝命伶倫鑄十二器丗本曰垂作鐘

原本廣韻「樂器」後無「也」；略去「呂氏春秋云黃帝命伶倫鑄十二器」

129. 重修廣韻：忪心動也

也，原本廣韻作兒

130. 重修廣韻：笩長節竹

原本廣韻「竹」後有「也」

131. 重修廣韻：祄小褌也

原本廣韻無「也」

132. 重修廣韻：吮眾口也

原本廣韻無「也」

133. 重修廣韻：○龍通也和也寵也鱗蟲之長也易曰雲從龍又姓舜納言龍之

後力鍾切九

原本廣韻略去「易曰雲從龍」「舜納言龍之後」

134. 重修廣韻：○松木名玄中記曰松脂淪入地千歲為茯苓亦州舜竄三苗於

三危河關之西南羌是也後魏末始統其城改置州焉祥容切四

原本廣韻略去「玄中記曰松脂淪入地千歲為茯苓」「舜竄三苗於三危

河關之西南羌是也後魏末始統其城改置州焉」

135. 重修廣韻：淞凍落兒又先恭切

兒，原本廣韻作也

136. 重修廣韻：○衝當也向也突也說文曰通道也尺容切十一

說文曰，原本廣韻略作又

137. 重修廣韻：○容盛也儀也受也爾雅曰容謂之防郭璞云形如今牀頭小曲

屏風唱躬者所以自防隱司馬法云軍容不入國國容不入軍是也又州名

又姓八凱仲容之後禮記有徐大夫容居餘封切三十五

原本廣韻略去「司馬法云軍容不入國國容不入軍是也」「八凱仲容之後

禮記有徐大夫容居」

138. 重修廣韻：溶水名出宜蘇山

原本廣韻略去「出宜蘇山」

139. 重修廣韻：庸常也用也功也和也次也易也又姓漢有庸光

原本廣韻略去「漢有庸光」

140. 重修廣韻：獟獸似牛領有肉也

原本廣韻無「也」

141. 重修廣韻：銿同鏞說文與鐘同

原本廣韻無「說文」

142. 重修廣韻：鱅魚名又音慵

原本廣韻無「名」

143. 重修廣韻：俗俗華縣又漢書婦官有俗華

原本廣韻「縣」後有「也」；原本廣韻無「又」「書」

144. 重修廣韻：嵱山名在容州山下有鬼市

在，原本廣韻作出

145. 重修廣韻：頌形頌也又似用切

原本廣韻無「也」

146. 重修廣韻：〇封大也國也厚也爵也亦姓望出渤海本姜姓炎帝之後封巨
為黃帝師又望出河南後魏官氏志云是賁氏後改為封氏府容切五

原本廣韻略去「望出渤海本姜姓炎帝之後封巨為黃帝師又望出河南後
魏官氏志云是賁氏後改為封氏」

147. 重修廣韻：葑菜名詩云采葑采菲

原本廣韻略去「詩云采葑采菲」

148. 重修廣韻：嶲山名一名龍門山在封州大魚上化為龍上不得點額流血水
為丹色也

原本廣韻略去「在封州」「上不得點額流血水為丹色也」

149. 重修廣韻：洶水勢也

原本廣韻無「也」

150. 重修廣韻：〇顒仰也爾雅云顒顒卬卬君之德也說文云大頭也魚容切四

原本廣韻「爾雅」後無「云」；「說文云」，原本廣韻作「說文曰」

151. 重修廣韻：〇邕說文曰四方有水自邕成池者是也於容切十六

原本廣韻無「曰」

152. 重修廣韻：雝和也與邕略同又雝奴縣名在幽州水經云四方有水曰雝不
流曰奴亦姓左傳有雝糾又於用切

原本廣韻略去「又雝奴縣名在幽州」「不流曰奴」「左傳有雝糾」；原本
廣韻「水經」後無「云」

153. 重修廣韻：灉同澭爾雅曰水自河出為灉

原本廣韻無「曰」

154. 重修廣韻：雝爾雅曰鶅鴒雝渠

原本廣韻無「曰」

155. 重修廣韻：穜先種晚熟曰穜

晚，原本廣韻作後

156. 重修廣韻：緟說文云增益也

原本廣韻無「云」

157. 重修廣韻：褈複也

原本廣韻作重複

158. 重修廣韻：鶇鶇鵗鳥名也

原本廣韻無「也」

159. 重修廣韻：○從就也又姓漢有將軍從公何氏姓苑云今東莞人疾容切又即容七恭秦用三切三

原本廣韻略去「漢有將軍從公何氏姓苑云今東莞人」

160. 重修廣韻：従古文說文曰相從也

原本廣韻無「也」「曰」

161. 重修廣韻：鏦方言云南楚人謂雞

原本廣韻無「方言云」

162. 重修廣韻：瀧馬不行也

原本廣韻「也」作「皃」

163. 重修廣韻：縫紩也又音俸

原本廣韻無「也」

164. 重修廣韻：捀說文曰奉也又符用切

原本廣韻無「曰」

165. 重修廣韻：豐豐茸美好說文本作丯草盛丯也從生上下達也

原本廣韻略去「從生上下達也」

166. 重修廣韻：蠭說文曰螫人飛蟲也孝經援神契曰蠭蠆垂芒為其毒在後

原本廣韻略去「說文曰」「孝經援神契曰蠭蠆垂芒為其毒在後」

167. 重修廣韻：燹燹火夜曰燹書曰燧

　　原本廣韻略去「夜曰燹書曰燧」

168. 重修廣韻：荃草牙始生出音譜

　　原本廣韻略去「出音譜」

169. 重修廣韻：○縱縱橫也即容切又子用切九

　　原本廣韻無「也」

170. 重修廣韻：○蛩蛩蛩巨虛獸也說文云一曰秦謂蟬蛻曰蛩渠容切十六

　　原本廣韻無「也」、「云」

171. 重修廣韻：卭勞也病也又臨卭縣亦卭僰又姓列仙傳有周封史卭疏

　　臨，原本廣韻作音；原本廣韻略去「列仙傳有周封史卭疏」

172. 重修廣韻：筇竹名可為杖張騫至大宛得之

　　原本廣韻略去「張騫至大宛得之」

173. 重修廣韻：髭髭鬆髮亂也

　　亂也，原本廣韻作皃

174. 重修廣韻：槑稻也又巨壠切

　　壠，原本廣韻作隴

175. 重修廣韻：○恭恭敬也說文本作恭肅也又姓晉太子申生號恭君其后氏
　　焉出國語九容切陸以恭蚣縱等入冬韻非也十

　　原本廣韻略去「晉太子申生號恭君其后氏焉出國語九容切」

176. 重修廣韻：龔姓也漢有龔遂

　　原本廣韻無「有」

177. 重修廣韻：郏邑名出異苑又亭名出晉書

　　原本廣韻略去「出異苑」「出晉書」

178. 重修廣韻：○蚣蚣蝑蟲名息恭切六

　　原本廣韻「名」後有「也」

179. 重修廣韻：淞水名在吳又音松

　　原本廣韻無「在吳」

180. 重修廣韻：憽小行恐皃

　　原本廣韻「皃」後有「也」

181. 重修廣韻：熪光也張景陽七命云怒目電熪是也

原本廣韻無「是也」

182. 重修廣韻：赿急行也又音蹤

原本廣韻無「也」

183. 重修廣韻：四江〇江江海書有九江尋陽記云烏江蚌江烏白江嘉靡江畎

江沔江虖江提江菌江亦姓出陳留本顓頊玄孫伯益之後爵封於江陵為

楚所滅後以國為氏古雙切十一

海，原本廣韻作淮；原本廣韻略去「尋陽記云烏江蚌江烏白江嘉靡江

畎江沔江虖江提江菌江」「出陳留本顓頊玄孫伯益之後爵封於江陵為

楚所滅後以國為氏」

184. 重修廣韻：扛舉鼎說文云扛橫關對舉也秦武王與孟說扛龍文之鼎脫臏

而死

原本廣韻無「云」「秦武王與孟說扛龍文之鼎脫臏而死」

185. 重修廣韻：橦旞旗飾一曰牀前橫

原本廣韻「飾」後有「也」

186. 重修廣韻：矼石矼石橋也爾雅曰石杠謂之徛字俗從石

原本廣韻無「也」「字」

187. 重修廣韻：肛膵肛脹大又許江切

原本廣韻「大」後有「也」

188. 重修廣韻：峖五峖山名在蜀

原本廣韻略去「在蜀」；原本廣韻「名」後有「也」

189. 重修廣韻：蚣蚣蚻螻蛄類

原本廣韻略去一「螻」字

190. 重修廣韻：淫姓出纂文又音控

原本廣韻無「出纂文」

191. 重修廣韻：噥噥嗔語出字林

原本廣韻無「出字林」

192. 重修廣韻：〇囪說文曰在牆曰牖在屋曰囪楚江切九

原本廣韻略去「說文曰在牆曰牖」

193. 重修廣韻：窗說文作窻通孔也釋名曰窗聰也於內見外之聰明也

原本廣韻無「曰」

194. 重修廣韻：○邦國也又姓出何氏姓苑博江切四

也，原本廣韻作名

195. 重修廣韻：䡆䡆躞胡豆也

原本廣韻無「也」

196. 重修廣韻：韸鼓聲

原本廣韻「聲」後有「也」

197. 重修廣韻：○瀧南人名湍亦州在嶺南呂江切又音雙二

原本廣韻略去「在嶺南」

198. 重修廣韻：驦充塞之兒

原本廣韻「塞」作「實」

199. 重修廣韻：○雙偶也兩隻也又姓出姓苑後魏有將軍雙仕洛所江切七

原本廣韻「姓」後有「也」字，又略去「出姓苑後魏有將軍雙仕洛」

200. 重修廣韻：懹懼也左傳云馴氏懹

原本廣韻略去「左傳云馴氏懹」

201. 重修廣韻：瀧水名在郴州界

原本廣韻略去「在郴州界」

202. 重修廣韻：○龐姓也出南安南陽二望本周文王子畢公高後封於龐因氏

焉魏有龐涓薄江切五

原本廣韻略去「出南安南陽二望本周文王子畢公高後封於龐因氏焉」

203. 重修廣韻：逢姓也出北海左傳齊有逢丑父

原本廣韻略去「出北海左傳齊有逢丑父」

204. 重修廣韻：肨肨肛脹大兒

兒，原本廣韻作也

205. 重修廣韻：舽舽舡船兒

兒，原本廣韻作名

206. 重修廣韻：啌啌瞋語出聲譜

原本廣韻略去「出聲譜」

207. 重修廣韻：瘄喉中病

　　喉中病，原本廣韻作空谷皃

208. 重修廣韻：撞撞突也學記曰善待問者如撞鐘撞擊也

　　原本廣韻略去「學記曰善待問者如撞鐘」；撞擊也，作又擊也

209. 重修廣韻：橦木名又音鍾童

　　原本廣韻無「鍾」字

210. 重修廣韻：斺旌旗槍皃出說文又丑善切

　　槍，原本廣韻作斿；原本廣韻無「出」字

211. 重修廣韻：覩視不明也一曰直視又醜巷切

　　原本廣韻略去「一曰直視」

212. 重修廣韻：稀黍稀不實

　　原本廣韻「實」後有「也」

213. 重修廣韻：鬃髻高

　　原本廣韻「高」後有「皃」

214. 重修廣韻：甇甖也出方言

　　原本廣韻無「出方言」

215. 重修廣韻：五支〇支支度也支持也亦姓何氏姓苑云琅邪人後趙錄有司空支雄又漢複姓莊子有支離益善屠龍章移切二十九

　　原本廣韻無「何氏姓苑云琅邪人後趙錄有司空支雄又漢複姓莊子有支離益善屠龍」

216. 重修廣韻：梔梔子木實可染黃

　　原本廣韻無「木實」

217. 重修廣韻：枝枝柯又漢複姓左傳楚大夫枝如子弓

　　原本廣韻無「又漢複姓左傳楚大夫枝如子弓」

218. 重修廣韻：衼祇衼泥法衣也祇音岐

　　泥，原本廣韻作尼

219. 重修廣韻：禔福也又是支切

　　是，原本廣韻作巨

220. 重修廣韻：鳷鳥名漢武帝造鳷鵲觀在雲陽甘泉宮外

　　原本廣韻略去「在雲陽甘泉宮外」

221. 重修廣韻：騲本音眞今作奉騲字

原本廣韻「作」前有「又」

222. 重修廣韻：楮爾雅曰楮柱也謂相楮拄也

原本廣韻無「曰」

223. 重修廣韻：楚玉篇云木盛

原本廣韻無「云」

224. 重修廣韻：○移遷也遺也延也徙也易也說文曰禾相倚移也又官曹公府不相臨敬則為移書箋表之類也亦姓風俗通云漢有弘農太守移良弋支切三十二

原本廣韻略去「說文曰禾相倚移也又官曹公府不相臨敬則為移書箋表之類也」「風俗通云漢有弘農太守移良」

225. 重修廣韻：㰪上同又楊前幾

㰪，原本廣韻作㰪

226. 重修廣韻：諺埤倉云冰室門名

原本廣韻無「埤倉云」。與原本廣韻同，諺，圓沙書院本作誃

227. 重修廣韻：蛇蝛虵莊子所謂紫衣而朱冠又蛇丘縣名又神遮切

原本廣韻略去「虵莊子所謂紫衣而朱冠又蛇丘縣名」

228. 重修廣韻：蠡爾雅曰蚹蠃蠡蝓注謂即蝸牛也

原本廣韻無「曰」

229. 重修廣韻：○為爾雅曰作造為也說文曰母猴也又姓風俗通云漢有南郡太守為昆薳支切又王偽切六

原本廣韻無「風俗通云漢有南郡太守為昆」；略去所有「曰」

230. 重修廣韻：潙水名在新陽

原本廣韻略去「在新陽」

231. 重修廣韻：隓阪名在鄭又王詭切

原本廣韻略去「在鄭」

232. 重修廣韻：○媯水名亦州春秋時屬燕秦為上谷郡漢為潘縣武德初置北燕州貞觀改為媯州因水為名又姓文士傳有媯覽居為切二

原本廣韻略去「春秋時屬燕秦為上谷郡漢為潘縣武德初置北燕州貞觀改為媯州因水為名」「文士傳有媯覽」

233. 重修廣韻：○麾說文曰旌旗所以指麾也亦作麾許為切六

原本廣韻無「說文曰」

234. 重修廣韻：喎口不言正

原本廣韻作「口不正言」

235. 重修廣韻：撝說文曰裂也易曰撝謙注謂指撝皆謙也

原本廣韻無「曰」字

236. 重修廣韻：蘼薔薇虋冬也又亡彼切

原本廣韻無「也」

237. 重修廣韻：倕重也黃帝時巧人名倕

原本廣韻無「倕」

238. 重修廣韻：圖山名在吳都又市緣切

原本廣韻無「在吳都」

239. 重修廣韻：狓狓猖兒出新字林

原本廣韻略去「出新字林」。與原本廣韻同；狓猖，訛作彼徦

240. 重修廣韻：羆爾雅曰羆如熊黃白文孝經援神契曰赤羆見則奸宄自遠也

原本廣韻略去「孝經援神契曰赤羆見則奸宄自遠也」

241. 重修廣韻：钄玉篇云耟屬也

原本廣韻略作耟屬

242. 重修廣韻：鑒鋸鉏也

原本廣韻略去「也」

243. 重修廣韻：○隨從也順也又姓風俗通云隨侯之後漢有博士隨何後漢有扶風隨蕃旬為切三

原本廣韻略去「風俗通云隨侯之後漢有博士隨何後漢有扶風隨蕃」

244. 重修廣韻：隋國名本作隨左傳曰漢東之國隨為大漢初為縣後魏為郡又改為州隋文帝去走

原本廣韻略去「左傳曰漢東之國隨為大漢初為縣後魏為郡又改為州」

245. 重修廣韻：騎說文曰跨馬也又其寄切

原本廣韻作跨馬又其寄切

246. 重修廣韻：鶀鶀鶀鳥似鳥三首六尾自為牝牡善笑鶀音余出山海經

原本廣韻略去「鶀音余出山海經」

247. 重修廣韻：岐山名亦州春秋及戰國時為秦都漢為右扶風魏置雍城鎮又
　　改為岐州因山而名又姓黃帝時有岐伯
　　原本廣韻略去「春秋及戰國時為秦都漢為右扶風魏置雍城鎮又改為岐
　　州因山而名」「黃帝時有岐伯」

248. 重修廣韻：邠邑名在扶風
　　原本廣韻略去「在扶風」

249. 重修廣韻：駊勁皃
　　原本廣韻作勁也

250. 重修廣韻：疧病也詩云俾我疧兮
　　原本廣韻略去「詩云俾我疧兮」

251. 重修廣韻：蚑蚑蚑蟲行皃又長蚑蠟蛸別名出崔豹古今注
　　原本廣韻略去「出崔豹古今注」

252. 重修廣韻：趌說文曰緣大木也一曰行皃
　　原本廣韻無「曰」

253. 重修廣韻：軝說文曰長轂之軝以朱約之詩曰約軝錯衡
　　原本廣韻無「曰」「之」

254. 重修廣韻：芪藥草說文曰芪母也
　　原本廣韻無「曰」「也」

255. 重修廣韻：汥說文曰水都也又音支
　　原本廣韻無「說文曰」

256. 重修廣韻：伎舒散又音枝
　　枝，原本廣韻作支

257. 重修廣韻：傂參差也
　　原本廣韻無「也」

258. 重修廣韻：羲姓風俗通云尧卿羲仲之後
　　風俗通云尧卿羲仲之後，原本廣韻略去，原本廣韻「姓」後有「也」

259. 重修廣韻：啖啖砍貪者欲食皃
　　原本廣韻無「皃」

260. 重修廣韻：羛地各在魏
　　原本廣韻無「在魏」

261. 重修廣韻：戲於戲歎辝又姓處戲氏之後又喜義切

原本廣韻無「處戲氏之後」

262. 重修廣韻：瀭水名在新豐

原本廣韻略去「在新豐」

263. 重修廣韻：睮目一隻

原本廣韻無「隻」

264. 重修廣韻：〇宜說文本作宐所安也俗作宐亦姓出姓苑魚羈切十一

原本廣韻無「出姓苑」

265. 重修廣韻：儀儀容又義也正也亦州名本漢涅縣地秦為上黨郡武德為遼
州又為箕州今為儀州亦姓左傳徐大夫儀楚

原本廣韻無「本漢涅縣地秦為上黨郡武德為遼州又為箕州今為儀州」
「左傳徐大夫儀楚」

266. 重修廣韻：剻地名在徐

原本廣韻無「在徐」

267. 重修廣韻：涯水畔也又五佳切

原本廣韻無「也」

268. 重修廣韻：〇皮皮膚也釋名曰皮被也被覆體也亦姓出下邳符羈切六

原本廣韻略去「出下邳」

269. 重修廣韻：郫郫縣名在蜀

原本廣韻略去「在蜀」

270. 重修廣韻：罷倦也亦止也又音羆

原本廣韻作「罷倦亦止也又音羆」

271. 重修廣韻：箆說文曰簪屬

原本廣韻無「說文曰」

272. 重修廣韻：堤堤封頃畞漢書作提顏師古曰提封者大舉其封疆也提音題

顏師古曰，原本廣韻作顏曰

273. 重修廣韻：荋荋母即知母草出字林

原本廣韻無「出字林」

274. 重修廣韻：姼姼母也又尺氏切

原本廣韻無「也」

275. 重修廣韻：○兒嬰兒又虜姓宮氏志云賀兒氏後改為兒氏汝移切四

原本廣韻略去「又虜姓宮氏志云賀兒氏後改為兒氏」

276. 重修廣韻：○離近曰離遠曰別說文曰離黃倉庚鳴則蠶生今用鸝為鸝黃
借離為離別也又姓孟軻門人有離婁呂支切三十七

原本廣韻無「也」「有」

277. 重修廣韻：驪馬深黑色又姓驪戎國之後

原本廣韻無「驪戎國之後」

278. 重修廣韻：蠡匈奴傳有谷蠡也又音鹿

原本廣韻無「也」

279. 重修廣韻：攡太玄經云張也

原本廣韻無「太玄經云」

280. 重修廣韻：穲穲穲黍稷行列

原本廣韻「列」後有「也」

281. 重修廣韻：憜多端又思之也

原本廣韻無「又思之也」

282. 重修廣韻：○貲貲也財也即移切十六

貲也，原本廣韻作貨也

283. 重修廣韻：頿說文云口上須俗作髭

原本廣韻無「說文云」；上，作中

284. 重修廣韻：訾思也又姓何氏姓苑云今齊人本姓祡氏漢元帝功臣表有樓
虛侯訾順

原本廣韻略去「何氏姓苑云今齊人本姓祡氏漢元帝功臣表有樓虛侯訾
順」

285. 重修廣韻：鄑鄑城名在海北

原本廣韻略去「在海北」

286. 重修廣韻：蚩蟲似蟬

原本廣韻作蟲名似蟬也

287. 重修廣韻：觜觜星爾雅曰娵觜之口營室東壁也又遵為切

為，原本廣韻作鬼

288. 重修廣韻：敧箸取物也說文曰持去也又起宜切

原本廣韻作「箸物取也」；又略去「曰」「也」

289. 重修廣韻：○卑下也賤也亦姓蔡邕胡太傅碑有太傅掾鴈門卑整府移切

十一

原本廣韻無「蔡邕胡太傅碑有太傅掾鴈門卑整」

290. 重修廣韻：鶋鳥名鶋渠狀如山雞黑身赤足出山海經也

原本廣韻無「出山海經也」

291. 重修廣韻：炨熱化也

原本廣韻作熱僕

292. 重修廣韻：○戎戎狄亦助也說文作戎兵又姓漢宣帝戎婕好生中山哀王

竟如融切九

原本廣韻略去「漢宣帝戎婕好生中山哀王竟」。戎，圓沙書院本作威

293. 重修廣韻：楟木名似柿荊州記曰宜都出大楟潘岳閑居賦云烏楟之柿

原本廣韻略去「荊州記曰宜都出大楟潘岳閑居賦云烏楟之柿」

第三節　圓沙書院本與重修《廣韻》同

1. 重修廣韻：彶姓也

原本廣韻無「也」

2. 重修廣韻：窮謹敬之皃又音穹

原本廣韻略去「又音穹」

3. 重修廣韻：桱罶物朴也又丘江切

丘，原本廣韻作苦

4. 重修廣韻：刉鉒獲也

鉒，原本廣韻作釭；又略去「也」。圓沙書院本與重修廣韻同，又略去
「也」

5. 重修廣韻：幪覆也蓋衣也又幪縠

縠，原本廣韻作殺

6. 重修廣韻：魟魟白魚又音烘

第二個魟，原本廣韻作魟

7. 重修廣韻：騘馬青白雜色

原本廣韻略去「色」

8. 重修廣韻：獌犬生三子

三，原本廣韻作二

9. 重修廣韻：誁誁訌大聲

訌，原本廣韻作誁

10. 重修廣韻：鐘籠鐘竹名也廣志云可為笛

原本廣韻無「也」

11. 重修廣韻：籠篕籠竹車罄亦鐘籠竹又力東力董二切

原本廣韻「鐘籠」後無「竹」

12. 重修廣韻：艟艟艨戰船

原本廣韻「船」後有「也」

13. 重修廣韻：○醲厚酒女容切八

厚，原本廣韻作淳

14. 重修廣韻：穠穓穠

注文原本廣韻作穠穠

15. 重修廣韻：襛大黃負山神能動天地氣昔孔甲遇之

原本廣韻「山」後有「之」

16. 重修廣韻：輷車跡

原本廣韻作「車輷」

17. 重修廣韻：鬃馬垂鬃也

原本廣韻無「也」，圓沙書院本有「也」

18. 重修廣韻：忷爾雅云忷忷惕惕愛也

愛，原本廣韻作憂

第四節　圓沙書院本有訛誤

1. 重修廣韻：鮦爾雅云鰹大鮦又直冢直柳二切

原本廣韻與重修廣韻同，圓沙書院本鮦，作鏗

2. 重修廣韻：涳涳蒙小雨又口江切

原本廣韻與重修廣韻同，口，圓沙書院本作曰

3. 重修廣韻：裌衣袂

原本廣韻與重修廣韻同，圓沙書院作裌

4. 重修廣韻：魟魳魟江蟲形似蟹可食又音烘

原本廣韻與重修廣韻同，又，圓沙書院本作也

5. 重修廣韻：霧天氣下地不應曰霧又莫侯切

原本廣韻與重修廣韻同，侯，圓沙書院作弄

6. 重修廣韻：龓說文云房室之疏也亦作櫳

原本廣韻與重修廣韻同，室，圓沙書院作屋

7. 重修廣韻：憿悜憿了慧人也

原本廣韻與重修廣韻同，了，圓沙書院本作又

8. 重修廣韻：○䕌力冬切三

原本廣韻與重修廣韻同，圓沙書院本三，作二

9. 重修廣韻：○鬆鬡鬆髮亂皃私宗切二

原本廣韻與重修廣韻同，二，圓沙書院作一

10. 重修廣韻：跫踢地聲

原本廣韻與重修廣韻同，地，圓沙書院本作也

11. 重修廣韻：○幢旛幢釋名曰幢幢也旗皃幢幢然也宅江切六

原本廣韻與重修廣韻同，圓沙本廣韻「然」後無「也」

12. 重修廣韻：汝水都名

原本廣韻與重修廣韻同，圓沙書院本名，作邑

13. 重修廣韻：匜杯匜似桮可以注水又羊氏切

原本廣韻與重修廣韻同，圓沙書院本桮，作稀

14. 重修廣韻：○鈹大針也又劒如刀裝者敷羈切十二

原本廣韻與重修廣韻同，圓沙書院本刀作刃

15. 重修廣韻：○提羣飛皃是支切又弟泥切丁二

原本廣韻與重修廣韻同，皃，圓沙書院廣韻作鳥

16. 重修廣韻：孋孋姬本亦作驪

原本廣韻與重修廣韻同，圓沙書院本「本」前有「也」

17. 重修廣韻：漓淋漓秋雨也

原本廣韻與重修廣韻同，圓沙書院本無「也」

18. 重修廣韻：畸殘田

原本廣韻與重修廣韻同，圓沙書院本無「殘田」二字

19. 重修廣韻：奇不偶也又虧也又渠羈切

原本廣韻與重修廣韻同，偶，圓沙書院本作隅

20. 重修廣韻：鶺鴨鷗鳥又音匹

原本廣韻與重修廣韻同，匹，圓沙書院本作四

此外，還有一些其他情況：

1. 重修廣韻：〇洪大也亦姓共工氏之後本姓共氏後改為洪氏戶公切二十二

原本廣韻略去「之」「本姓共氏」，圓沙書院本略去「後改為」

2. 重修廣韻：崤崤山在達州

崤山在達州，原本廣韻作略作山崤。圓沙書院作崤山

3. 重修廣韻：〇淙水流皃士江切又才宗切四

才，原本廣韻作字，士，圓沙書院本作土

4. 重修廣韻：〇奇異也說文作奇又虜複姓後魏書奇斤氏後改為奇氏渠羈切又居宜切十

說文作奇，原本廣韻作俗作奇，非；原本廣韻略去「又虜複姓後魏書奇斤氏後改為奇氏」。圓沙書院省去重修本「又虜複姓後魏書奇斤氏後改為奇氏」

5. 重修廣韻：籬笓籬又爾雅曰樊藩也郭璞云謂藩籬也

原本廣韻無「又」「曰」「謂」「也」。圓沙書院無「又」「曰」「謂」；藩籬，作藩座

6. 重修廣韻：褵玉篇云衣帶也

原本廣韻無「云」「也」。圓沙書院作玉帶衣帶

7. 重修廣韻：嫦說文云甘氏星經曰太白上公妻曰女嫦居南斗食厲天下祭之曰明星又音前

原本廣韻無「說文云」，嫦，圓沙書院本作蒯

小　結

我們統計三種《廣韻》的異同，分析數量比例。

三者全同	圓沙書院本與原本廣韻同	圓沙書院與重修廣韻同	圓沙書院本有訛誤	其他
732	293	18	20	7

上表可見，重修廣韻與原本廣韻、圓沙書院廣韻全同的數量最多，比例最高。另外，作為兩種簡本，即圓沙書院本與原本廣韻，二者的相似度也比較高。圓沙書院也有與重修廣韻相同的地方。除此之外，圓沙書院還有一些訛誤，表現為俗字誤字，這與其他兩種版本的廣韻不同。總體上看，圓沙書院本與原本廣韻屬於同一系統，但是具體來看，二者又有不同，這主要體現在二者的相異之處，即圓沙書院本與重修廣韻本相同有 18 處，說明它不僅僅與原本廣韻一致，還有自己的版本系統。這種特殊的系統在第三章與南山書院本比較後更清晰。

第三章　泰定圓沙書院本《廣韻》與日本內閣文庫所藏南山書院本比較研究

第一節　泰定本《廣韻》與南山書院本相同

南 山 書 院 本 廣 韻	圓沙書院廣韻
東德紅切東方也說文動也亦東風菜吳都賦云草則東風扶留又姓舜七友有東不訾又漢複姓東方朔何氏姓苑有東萊氏十七	同
蝀東風菜義見上注俗加升	同
鶇鶇鶇鳥名又美形也廣雅亦作鸏	同
辣獸名狀如羊一角一目目在耳後其名曰辣又音作陳	同
蝀蛄蝀科斗蟲也郭璞云蝦蟆子	同
倲儱倲儜劣兒出字諟	同
倲上同	同
餗地理志云東郡館名	同
忡古文出道經	同
凍凍凌又都貢切	同
蝀蠓蝀虹也又音董	同
崠崠如山名	同
埬上埬地名	同

鰊魚名似鯉	同
魏醜兒	同
同徒紅切齊也共也合也律歷有六同亦州名又羌複姓有同蹄氏四十五	同
仝古文出道書	同
銅金之一品	同
童童獨也言童子未有室家也又姓漢有琅邪內史童仲玉	同
桐木名又桐廬縣亦姓有桐君藥錄兩卷	同
僮僮僕也又頑也癡也又姓漢有僮尹	同
穜穜稑先種後熟謂之穜後種先熟謂之稑又音重	同
挏引也漢官名有挏馬又音動	同
潼水名出廣漢郡亦關名又通衝二音	同
筒竹筒又竹名射筒吳都賦曰其竹則桂箭射筒	同
硐磨也	同
洞洪洞縣名在晉州北又徒弄切	同
鶇鶇鶇水鳥黃喙喙長尺餘南人為酒器	同
峒崆峒山名	同
舼舼舡	同
瓲瓲瓦	同
瓺上同	同
鮦爾雅鰹大鮦又直冢直柳二切	同
橦木名花可為布出字書又鍾幢二音	同
侗倥侗顓蒙	同
犝犝牛無角	同
罿車上網又音衝	同
狪獸似豕出泰山	同
瞳目瞳	同
箽竹箽	同
曈曈曨日欲明也又他孔切	同
烔熱氣烔烔	同
鄖地名又姓	同
酮馬酪又音動	同
甋井甓一云甃也	同
羫無角羊	同
絧上同	同

衕通街也	同
韇鞁具飾也	同
峒地下應聲	同
筒通筒也	同
眮目眶又徒捴切	同
董草名又多動切	同
哃哃嗜大言	同
弸弓飾	同
郈鄉名	同
絧布名	同
鼕鼓聲	同
䶂黑虎	同
黱黑皃	同
○中陟仲切平也成也宜也堪也任也和也半也又姓又陟仲切四	同
衷善也正也中也又衷衣褻衣也	同
忠無私也敬也直也厚也亦州名	同
苹草名又音衝	同
蟲直弓切爾雅有足曰蟲又姓七	同
沖和也深也	同
種稚也或作沖亦姓後漢種暠	同
盅器虛又敕中切	同
爞爾雅爞爞炎炎薰也	同
苹草名又音中	同
翀直上飛	同
○終職戎切極也窮也竟也又姓漢終軍十五	同
潨小水入大水又徂紅在冬二切	同
殀殁也	同
霿小雨	同
蔠蔠葵蘩露也	同
眾又之仲切	同
鼨龜名	同
鼨豹文鼠也	同
貗獸如豹	同
柊木名又齊人謂椎為柊楑也	同
鴤鳥名	同

浵水名	同
篵篵篵戎人呼之	同
螽螽斯蟲也	同
蝾上同	同
○忡敕中切憂也三	同
沖沖瀜水平遠之皃又音蟲	同
盅器虛也又音蟲	同
○崇鋤功切高也敬也就也又姓四	同
崈上同	同
饛饞饛貪食	同
剿錙屬	同
○嵩息弓切山高又山名又姓或作崧九	同
崧上同	同
娀有娀氏女簡狄帝嚳次妃生契	同
菘菜名	同
硹地名在遼	同
㣧姓也	同
鶪似鷹而小	同
蜙蟲名	同
駥細毛	同
○戎如融切戎狄亦助也說文作㦰兵又姓九	同
戜上同	同
駥馬八尺也	同
茙茙葵蜀葵	同
狨猛也	同
絨細布	同
筬小竹可為矢	同
㣧㣧人身有三角	同
械木名	同
○弓居戎切弓矢釋名曰弓穹也張之穹穹然也其末曰簫又謂之弭以骨為之滑弭弭也中央曰弣弣撫也人所撫持也簫弣之間曰淵淵宛也言曲宛然也世本曰黃帝臣揮作弓墨子曰羿作弓孫子曰傜作弓又姓六	同
涫縣名	同
宮白虎通曰黃帝作宮室以避寒暑宮之言中也世本曰禹作宮亦官名又姓	同

躳身也親也又姓	同
躬上同	同
匔謹敬之兒又音穹	同
○融以戎切和也朗也說文曰炊氣上出也又姓凡四	同
螎上同	同
肜祭名又敕林切	同
瀜沖瀜大水	同
○雄羽弓切雄雌也亦姓二	同
熊獸名似豕亦姓	同
○瞢莫中切目不明六	同
艨艨艨醜兒	同
甍邑名	同
儚懜也國語云君使臣儚	同
𤡔獸如豕目在耳出崐崘	同
夢不明又武仲切	同
○穹去宮切高也	同
恀憂也	同
篢篢籠又去龍切	同
匔謹敬之兒	同
芎芎藭香草根曰芎藭苗曰蘪蕪	同
营上同	同
焪乾也	同
○窮渠弓切窮極也又窮奇獸名聞人鬭乃助不直者三	同
竆羿所封國	同
藭芎藭	同
○馮房戎切馮翊郡名又姓七	同
汎浮也又孚劍切	同
芃草盛又音蓬	同
鄸姬姓之國	同
堸蟲室	同
梵木得風兒又防泛切	同
渢弘大聲也	同
○風方戎切教也伏也告也聲也風者天地之使元命包云陰陽怒而為風七	同
飌古文	同

薑薑梵聲也	同
偑地名	同
楓木名子可為式爾雅楓有脂而香山海經云黃帝殺蚩尤棄其桎梏變為楓木脂入地千年化為虎魄	同
獋獋母狀如猿逢人則叩頭小打便死得風還活出異物志	同
檕竹名	同
○豐敷空切大也多也茂也盛也又酒器豆屬又姓八	同
酆邑名又姓	同
灃水名	同
蘴蕪菁苗也	同
寷大屋（此字形被修改過，可能本為室字）	屋，作室
僼渥僼仙人	同
麷煮麥	同
嶰山名	同
○充昌終切美也塞也行也滿也七	同
珫珫耳玉名也詩傳云充耳謂之瑱也俗從玉	同
荒芥（疑本荒字，後被人改過）蔚草也	芥，作荒字
忱心動	同
祌祌襌衣也	同
颥黃色又音統	同
浺水聲	同
○隆力中切盛也豐也大也六	同
窿穹隆天勢	同
夆多夆禮天	同
霳豐隆雷師	同
癃病也亦作㿖	同
儱鼓聲	同
○空苦紅切空虛書曰伯禹作司空十四	同
崆崆峒	同
硿硿青色也	同
稞稻稈	同
箜箜篌樂器釋名曰師延所作靡靡之音出桑間濮上續漢書靈帝胡服作箜篌	同

埪土埪龕也	同
涳涳蒙小雨又曰江切	同
莖莖心草也	同
倥倥侗	同
蛩蟬脫蛩皮	同
鵼怪鳥	同
袿衣袂	同
悾悾悾信也慤也	同
椌罌物朴也又丘江切	同
○公古紅切通也父也正也共也官也三公論道又公者無私亦姓十三	同
工官也又工巧也	同
疘脫疘下部病也	同
功功績說文以勞定國曰功	同
釭車釭說文車轂中鐵又古雙切	同
魟鯳魟江蟲形似蟹可食也音烘	同
攻攻擊	同
刉鉎獲	同
玒玉名又音江	同
蚣蜈蚣蟲	同
憒憒也	同
簦簦笠方言	同
碽擊聲	同
○蒙覆也奄也爾雅釋草曰蒙王女也莫紅切二十七	同
冡說文云覆也	同
濛涳濛細雨	同
騣驢子曰騣	同
檬似槐葉黃	同
幪覆也蓋衣也又幪穀	同
艨艨艟戰船又武用切	同
罞爾雅麋罟謂之罞	同
醭麴生衣兒	同
𩜁上同	同
𩛿亦上同	同
饛盛食滿兒	同

雺天氣下地不應曰雺又莫弄切	同
霿霚並上同	同
幏說文云蓋衣也又莫弄切	同
鸏鸏鷱鳥也	同
濛濛暓	同
蘉草可為帚	同
懜心悶闇也	同
髳爾雅釋詁曰覒髳茀離也	同
朦大皃	同
盫器滿	同
鬉馬垂鬣也	同
朦朦朧月下	同
蠓蠛蠓似蚊又莫孔切	同
○籠盧紅切又力董切二十七	同
櫳說文云房屋之疏也亦作櫳	同
聾耳聾左傳不聽五聲之和曰聾釋名聾籠也如在蒙籠之內不可察也	同
豅大谷	同
蠪蠪蛭如狐九尾虎爪音如小兒食人一名螭蠪又爾雅曰蠪朾螘郭璞云赤駮蚍蜉	同
櫳櫳頭	同
鞴上同	同
瀧瀧涷沾漬說文雨瀧瀧也	同
朧朦朧	同
礱磨也	同
轆軸頭	同
讐大聲	同
蘢蘢古草又音龍	同
癃禾病	同
𤸇上同	同
巃巃嵸山皃嵸祖紅切又音寵摠二音	同
瓏玲瓏玉聲	同
曨日欲出也	同
襱襱裙	同
裥上同	同

櫳檻也養獸所也	同
嚨喉嚨	同
鸗鳥名	同
蘢築土蘢穀	同
龍龍餅	同
峻崆峻山兒	同
谼山形	同
○洪大也亦姓共工氏後以為洪氏戶公切二十二	同
紅色也又姓	同
釭弩牙	同
鴻詩傳云大曰鴻小曰鴈又姓	同
洚水不遵道又下也又戶冬下江二切	同
谼大壑	同
谾坑也	同
葒水草一曰蘢古	同
潨上同	同
訌大聲	同
粠陳赤米也	同
陒從陒山名	同
仜身肥大也	同
虹螮蝀又古巷切	同
烘燎也又呼紅切	同
澒潰澒水沸湧也	同
訌潰也詩曰蟊賊內訌	同
鴻鴻白魚又音烘	同
翁飛聲	同
颺大風	同
硡石聲	同
鴻鳥肥大鴻鴻然	同
○叢聚也徂紅切五	同
藂俗	同
籠籠取魚器俗	同
叢草叢生兒	同
潨水會	同
○翁鳥紅切老稱也冰鳥頸毛又姓八	同

螉蠮螉細腰蠭也	同
篛竹盛皃	同
鰫魚名	同
楡水楡子果名	同
顊頸毛	同
蓊蓊鬱草木盛皃又烏桶切	同
鞥吳人靴靿曰鞥	同
○怱倉紅切速也十五	同
忩俗	同
蔥葷菜	同
樬尖頭擔也	同
轋轞車載囚	同
璁石似玉也	同
蟌蜻蜓淮南子蝦蟆為鶉水蠆為蟌	同
驄馬青白雜色	同
醲醲醁濁酒	同
囱竈突	同
聰聞也明也察也聽也	同
鏓大鑿平木器	同
熜熅也又子孔切	同
傯屋中會又子孔切	同
繱色青黃又細絹	同
○通達也州名又姓地紅切九	同
蓪蓪草藥名中有小孔通氣	同
狪獸名似豕出泰山又音同	同
俑俑偶人又音勇	同
曈曈曨日欲明	同
恫痛也	同
痌上同	同
侗大也	同
蹪走皃	同
○葼子紅切木細枝也二十一	同
嵕飛而斂足又子貢切	同
椶椶櫚一名蒲葵	同

豵釜屬又姓	同
堫種也	同
嵸九嵸山名	同
蜙蝑蜙蟲	同
猣犬生三子	同
豵豕生三子	同
騣馬鬛	同
鬉上同	同
緵縷也又作弄切	同
鯼石首魚名	同
艘書傳云三艘國名說文云舩著沙不行也	同
蝬三蝬蛤屬	同
翪聳翅上皃	同
碊石也	同
稯數也	同
從龍從又作孔切	同
鬉毛亂	同
稯禾束	同
○蓬薄紅切草名亦州名十	同
髼髼鬔髮亂	同
篷車篷	同
蜂蟲名又音峯	同
篷織竹夾箬覆舟	同
芃芃芃草盛貌又音馮	同
袶爾雅困衱袶亦作袶又音降	同
颫風皃又步留切	同
韸鼓聲	同
韸充塞皃又音龍	同
○烘火皃呼東切又音紅六	同
颫大風	同
魟河魚似鱉	同
谾谷空皃	同
吰吰吰市人聲	同
訌訌訌大聲	同
○峣五東切崆峣山皃又魚江切一	同

○樬蘇公切小籠又先孔切三	同
憽悾憽又慧人也	同
謷白皃	同

小　結

　　本部分我們主要比較了《廣韻》東韻目的所用內容，比較後發現，二者具有驚人的相似。除了南山書院本有兩處後人修改的筆跡產生的差異外，二者完全一致。說明二者是屬於同一版本系統的。與前一章的略本原本廣韻相比，南山書院本跟泰定圓沙書院本關係更近一些。朴現圭、朴貞玉（1986）認定元至正丙午二十六年南山書院本的刊刻時間為晚於圓沙書院刊本，且據之覆刻。這種說法也很有道理。

第四章　泰定圓沙書院本《廣韻》與古逸叢書本《廣韻》比較研究

　　馬月華（2010）曾撰文分析過元泰定本《廣韻》的覆刻問題，他認為《古逸叢書》以此本為底本刊刻，雖然號稱「覆元泰定本」，「但是黎庶昌在《敘目》中已言其惟俗體頗多，訛舛亦眾，今擇其顯然太甚者正之，余悉仍舊，而楊守敬跋文又稱黎星使必欲據張刻校改，余屢爭之，不得，可見《古逸叢書》翻刻時對底本做過不少改動，並不是真正的覆刻」，他通過比較《古逸叢書》本與元泰定本（北大本），得出了「《古逸叢書》本覆刻元泰定本《廣韻》對底本的改動使得其可信度大打折扣，以往根據《古逸叢書》中略注本《廣韻》而作的研究現狀需要重新審視。」其實，由於作者參與《中華再造善本》工作，而北大藏本元泰定本《廣韻》被選中作為再造善本，所以有宣傳廣告之嫌，經筆者重新比較，發現二者各有優劣，不可認為覆元泰定本沒有價值。參照江蘇教育出版社 2008 年出版的宋本《廣韻》，筆者選取近四百例，比較泰定本和古逸叢書本優劣。覆元泰定本，本章統稱古逸叢書本。

第一節　古逸叢書本可從

1. 東小韻䡈：䡈具飾也。䡈，古逸叢書本作䡈，當是。

2. 東小韻戎：戎狄亦助也說文作威兵也又姓漢宣帝戎婕好生中山哀王竟如融切九。威，古逸叢書本作戠，當是。

3. 弓小韻弓：中央曰弣拊撫也。拊，古逸叢書本作弣，當是。

4. 雄空小韻渱：又曰江切。曰，古逸叢書本作口，當是。

5. 蒙小韻蒙：爾雅云草曰。云，古逸叢書本作釋，當是。

6. 東小韻芎：苗曰麋蕪。麋，古逸叢書本作麋，當是。

7. 蒙小韻蒙：蒙玉女也。玉，古逸叢書本作王，當是。

8. 蒙小韻雺：又莫弄切。弄，古逸叢書本作侯，當是，作弄，乃與臨行幪字又音莫弄切相混所致。（如下圖所示）

9. 蒙小韻幪：又幪縠。縠，古逸叢書本作縠，當是。

10. 洪小韻葒：一曰蘢右。右，古逸叢書本作古，當是。

11. 洪小韻烘：又呼江切。江，古逸叢書本作紅，當是。

12. 通小韻通：地紅切。地，古逸叢書本作他，當是。

13. 蕘小韻螉：螉螉蟲。古逸叢書本蟲後有「名」字，當是。

14. 冬小韻冬：戶子。戶，古逸叢書本作尸，當是。

15. 賨小韻賨：南蠻賊也。賊，古逸叢書本作賦，當是。

16. 鍾小韻踵：蹱蹱小兒竹兒。踵，皆作蹱，竹，古逸叢書本作行，當是。

17. 鍾小韻烥：熱仆。仆，古逸叢書本作化，當是。

18. 邕小韻廱：天子教官。官，古逸叢書本作宮，當是。

19. 從小韻從：古文說文相從。從，古逸叢書本作聽，當是。

20. 逢小韻裿：皆孔甲遇之。皆，古逸叢書本作昔，當是。

21. 蚣小韻邛：又音卬縣。音，古逸叢書本作臨，當是。

22. 醲小韻𧗕：鏽𧗕。鏽，古逸叢書本作鱐，當是。

23. 蚣小韻蛬：籠蛬。古逸叢書本作蛬籠，當是。

24. 弓小韻弓：䚡作弓。䚡，古逸叢書本作倕，當是。

25. 蛩小韻傑：可增之皃。增，古逸叢書本作憎，當是。

26. 鰆小韻輔：革乾也。革，古逸叢書本作牽，當是。

27. 尨小韻尨：大也。大，古逸叢書本作犬，當是。

28. 尨小韻佽：不倲。倲，古逸叢書本作媚，當是。

29. 囪小韻鏦：打鍾鼓也。打鍾鼓也，古逸叢書本作短矛也，當是，圓沙書院本因上字「摐打鍾鼓也」所誤。

30. 肤小韻肤：肤肛不伏人。肤，古逸叢書本皆作胦，當是。

31. 腔小韻跫：蹋也聲。也，古逸叢書本作地，當是。

32. 栙小韻釭：甖釭。甖釭，古逸叢書本作缸甖缸，當是。

33. 腔小韻瓨：瓨剌瓠也。剌瓠，古逸叢書本作瓵瓺，當是。

腔小韻痙：空谷皃。空谷皃，古逸叢書本作喉中病，圓沙書院本乃由隔行文字所致。如下圖所示：

34. 淙小韻淙：土江切，又宇宗切。土，古逸叢書本作士，宇，作才，當是。

35. 淙小韻鬆：髻高皃。髻，古逸叢書本作髻，當是。

36. 支小韻禔：又巨支切。巨，古逸叢書本作是，當是，圓沙書院由臨行致誤。如下圖所示。

37. 衹小韻示：又時至切。時，古逸叢書本作時，當是。

38. 衹小韻蚔：又長蚔蠀哨。蠀哨，古逸叢書本作蠀蛸，當是。

39. 衹小韻狓：肢肢飛兒。肢肢，古逸叢書本作狓狓，當是。

40. 衹小韻估：又音攴。攴，古逸叢書本作技，當是。

41. 衹小韻汥：又音攴。攴，古逸叢書本作支，當是。

42. 提小韻嗁：鳥名。名，古逸叢書本作鳴，當是。

43. 離小韻籬：樊潘，郭璞云藩座也。潘，古逸叢書本作藩；座作籬，當是。

44. 觜小韻嫤：女蒯。蒯，古逸叢書本作嫤，當是。

45. 羈小韻觙：箸物取也。古逸叢書本作箸取物也，當是。

46. 羈小韻觙：說文特去。特，古逸叢書本作持，當是。

47. 羈小韻奇：不隅也。隅，古逸叢書本作偶，當是。

48. 羈小韻畸：無訓釋。古逸叢書本補作殘田，當是。

49. 卑小韻椑：似秫。秫，古逸叢書本作枌，當是。

50. 卑小韻鵧：又音四。四，古逸叢書本作匹，當是。

51. 陴小韻蜱：其子啤哨。啤哨，古逸叢書本作蜱蛸，當是。

52. 陴小韻鼙：爾雅曰蚍鼙。蚍，古逸叢書本作蛘，當是。

53. 縪小韻收：剚也。剚，古逸叢書本作敳，當是。

54. 漪小韻猗：或作犄。犄，古逸叢書本作犄，當是。

55. 漪小韻陭：崎氏。崎，古逸叢書本作陭，當是。

56. 漪小韻椅：又寔。又寔，古逸叢書本作梓實，當是。

57. 漪小韻橢：待中。待中，古逸叢書本作侍中，當是。

58. 危小韻危：慣也。慣，古逸叢書本作隤，當是。

59. 腄小韻鼓：鈠鼓。鈠鼓，古逸叢書本作㲉鼓，當是。

60. 陏小韻豞：小豬。豬，古逸叢書本作豶，當是。

61. 脂小韻脂：無角音膏。音，古逸叢書本作者，當是。

62. 姨小韻夷：南蠻似蟲。似，古逸叢書本作從，當是。

63. 姨小韻洟：又他許切。許，古逸叢書本作計，當是。

64. 毗小韻比：二二切。二二切，古逸叢書本作三音，當是。

65. 毗小韻仳：仳惟。惟，古逸叢書本作隹，當是。

66. 絺小韻甀：盛酒瓶。瓶，古逸叢書本作瓻，當是。

67. 茨小韻叢：又七茨上佳二切。上，古逸叢書本作士，當是。

68. 尼小韻妮：比燕。比，古逸叢書本作北，當是。

69. 墀小韻遟：又音樨。樨，古逸叢書本作稺，當是。

70. 梨小韻鑗：釜屬。釜，古逸叢書本作金，當是。

71. 葵小韻鄈：鄈江。江，古逸叢書本作丘，當是。

72. 龜小韻龜：大戴禮曰蟲。曰，古逸叢書本作甲。

73. 惟小韻壝：挬也。挬，古逸叢書本作捊，當是。

74. 濰小韻樏：亦作壘。壘，古逸叢書本作樏，當是。

75. 眉小韻溦：谷者微。微，古逸叢書本作溦，當是。

76. 眉小韻蘪：荼蘪。荼，古逸叢書本作茈，當是。

77. 邳小韻鴷：鴞也。鴞，古逸叢書本作鷾，當是。

78. 嶉小韻檇：似木。似，古逸叢書本作以，當是。

79. 之小韻㤼：又如一名。名，古逸叢書本作也，當是。

80. 之小韻芝：故草生。草，古逸叢書本作芝，當是。

81. 飴小韻胚：楮胚。楮，古逸叢書本作豬，當是。

82. 飴小韻臣：說文頤也。頤，古逸叢書本作頷，當是。

83. 飴小韻瓵：甌瓵。瓵，古逸叢書本作瓵，當是。

84. 而小韻而：頪毛。頪，古逸叢書本作頰，當是。

85. 欺小韻魖：大鬼。魖，古逸叢書本作魌；鬼，作頭，當是。

86. 詞小韻辝：受卒。卒，古逸叢書本作辛，當是。

87. 僖小韻熹：或作鱚。鱚，古逸叢書本作熺，當是。

88. 僖小韻嬉：一曰遁也。遁，古逸叢書本作游，當是。

89. 茲小韻滋：掖也。掖，古逸叢書本作液，當是。

90. 茌小韻茌：俗作茬。茬，古逸叢書本作茌，當是。

91. 微小韻矖：伺祀。祀，古逸叢書本作視，當是。

92. 幃小韻闈：宮中也。古逸叢書本中後補「門」字，當是。

93. 祈小韻旂：有依倚也。有，古逸叢書本作相，當是。

94. 祈小韻畿：玉畿。玉，古逸叢書本作王，當是。

95. 機小韻蘄：蘄。古逸叢書本作蕲，當是。

96. 機小韻錤：鉤逆錄。錄，古逸叢書本作鎙，當是。

97. 余小韻㮇：鵌曰。曰，古逸叢書本作目，當是。
98. 余小韻雓：雓犬。犬，古逸叢書本作大，當是。
99. 疽小韻岨：石山載土。載，古逸叢書本作戴，當是。
100. 疽小韻䢐：利瑉。瑉，古逸叢書本作岷，當是。
101. 虛小韻陓：依曲谷為牛馬之圈。曲，古逸叢書本作山，當是。
102. 袽小韻㯃：秅名。秅，古逸叢書本作杷，當是。
103. 無小韻蝥：盤蝥。盤，古逸叢書本作螌，當是。
104. 于小韻雩：又況於切。況，古逸叢書本作沉，當是。
105. 于小韻釪：形以鍾。以，古逸叢書本作如，當是。
106. 衢小韻蒟：芓熒。芓，古逸叢書本作苄，當是。
107. 逾小韻歈：色歈歌也。色，古逸叢書本作巴，當是。
108. 逾小韻崳：崳岴玉。岴，古逸叢書本作次，當是。
109. 逾小韻堬：琛。古逸叢書本作採，當是。
110. 逾小韻楰：白蚡。蚡，古逸叢書本作粉，當是。
111. 區小韻鰸：似鰕。鰕，古逸叢書本作蝦，當是。
112. 扶小韻榑：海州榑桑。州榑，古逸叢書本作外大，當是。
113. 跗小韻扶：扶桑。桑，古逸叢書本作案，當是。
114. 跗小韻䳕：三苴。苴，古逸叢書本作首，當是。
115. 輸小韻輸：隋也。隋，古逸叢書本作墮，當是。
116. 拘小韻岣：岣蔞。蔞，古逸叢書本作嶁，當是。
117. 模小韻醟：醟輸。輸，古逸叢書本作醶，當是。
118. 酺小韻酺：大脯。脯，古逸叢書本作酺，當是。
119. 酺小韻酺：如主。主，古逸叢書本作季，當是。
120. 酺小韻菩：楚言。楚，古逸叢書本作梵，當是。
121. 酺小韻蒱：竹笪。蒱，古逸叢書本作簫；笪，古逸叢書本作笪，當是。
122. 胡小韻瓳：甗瓳。瓳，古逸叢書本作甎，當是。
123. 孤小韻䀛：陳楚人為。為，古逸叢書本作謂，當是。
124. 孤小韻鏄：鹿矢。鹿，古逸叢書本作魯，當是。
125. 徒小韻䖘：檢兔。檢兔，古逸叢書本作於菟，當是。

126. 徒小韻庌：庌。古逸叢書本皆作廅，當是。

127. 盧小韻瓡：癩頭。頭，古逸叢書本作類，當是。

128. 烏小韻鎢：溫氣。氣，古逸叢書本作器，當是。

129. 㻛小韻㼩：屋下平。下，古逸叢書本作不，當是。

130. 驪小韻䀘：皮䀘。䀘，古逸叢書本作皷，當是。

131. 黎小韻臍：䐃鋏。鋏，古逸叢書本作鋏，當是。

132. 黎小韻繐：絳繐。絳，古逸叢書本作纖，當是。

133. 低小韻碑：出硍琊。硍，古逸叢書本作琅，當是。

134. 低小韻陡：纂圖。圖，古逸叢書本作文，當是。

135. 嗁小韻鼶：鼶鼬則亦。亦，古逸叢書本作穴，當是。

136. 嗁小韻鷉：鱉鷉。鱉，古逸叢書本作鷩，當是。

137. 嗁小韻嵽：山名。名，古逸叢書本作兒，當是。

138. 嗁小韻鯷：鯤鮧。鯤鮧，古逸叢書本作鯷鮷，當是。

139. 嗁小韻諀：轉言。言，古逸叢書本作語，當是。

140. 睥小韻陛：拘非也。非，古逸叢書本作罪，當是。

141. 睥小韻箄：冠旆。旆，古逸叢書本作飾，當是。

142. 鷖小韻嫛：嫛猊。猊，古逸叢書本作婗，當是。

143. 醯小韻忚：歡慢之兒。歡，古逸叢書本作欺，當是。

144. 西小韻㭰：猈㭰。猈，古逸叢書本作椑，當是。

145. 梯小韻鷈：似鳥而小。鳥，古逸叢書本作鳧，當是。

146. 磇小韻磇：匹支切。支，古逸叢書本作迷，當是。

147. 攜小韻巂：馬出蜀中。馬，古逸叢書本作鳥，當是。

148. 瞖小韻欯：欥欯。欥，古逸叢書本作欨，當是。

149. 諧小韻諧：也。古逸叢書本作和也，當是。

150. 懷小韻懷：人面。面，古逸叢書本作目，當是。

151. 嵬小韻嵐：江湖間；謂之嵐。湖，古逸叢書本作湘；嵐，古逸叢書本作嵐，當是。

152. 隈小韻䙚：曲角。曲角，古逸叢書本作角曲，當是。

153. 崔小韻催：行息兒。息，古逸叢書本作急，當是。

154. 頹小韻禿：稻覆。稻，古逸叢書本作棺，當是。

155. 磓小韻頧：毋追。追，古逸叢書本作頧，當是。
156. 裴小韻培：切也。切，古逸叢書本作助，當是。
157. 咍小韻咍：叚，嫛叚。叚，古逸叢書本作叚，當是。
158. 臺小韻炱：炱媒。媒，古逸叢書本作煤，當是。
159. 裁小韻纔：憛也。憛，古逸叢書本作僅，當是。
160. 來小韻來：遠也。遠，古逸叢書本作還，當是。
161. 來小韻秾：周愛此瑞麥。愛，古逸叢書本作受，當是。
162. 猜小韻赵：去之。之，古逸叢書本作也，當是。
163. 真小韻籈：鼓敔。敔，古逸叢書本作敔，當是。
164. 因小韻氤：无氣。无，古逸叢書本作元，當是。
165. 辰小韻屒：重名。名，古逸叢書本作脣，當是。
166. 辰小韻振：又音寘。寘，古逸叢書本作真，當是。
167. 神小韻神：養鄰切。養，古逸叢書本作食，當是。
168. 申小韻娠：又脂刃也。也，古逸叢書本作切，當是。
169. 賓小韻儐：又音嬪。嬪，古逸叢書本作殯，當是。
170. 粦小韻粦：乃牛馬。乃，古逸叢書本作及，當是。
171. 醕小韻楯：市貯。市，古逸叢書本作布，當是。
172. 淪小韻輪：又力訐切。訐，古逸叢書本作計，當是。
173. 遵小韻僎：又音僎。僎，古逸叢書本作撰，當是。
174. 逡小韻竣：退也。退，古逸叢書本作倨，當是。
175. 臻小韻殿：而音真。而，古逸叢書本作又，當是。
176. 汾小韻妢：妢切之笱。切，古逸叢書本作胡，當是。
177. 君小韻鮶：如魚乘馬。馬，古逸叢書本作焉，當是。
178. 君小韻宭：羣名。名，古逸叢書本作居，當是。
179. 斤小韻筋：竹之多筋者。之，古逸叢書本作物，當是。
180. 袁小韻榬：絡絲。絡絲，古逸叢書本作絡絲籰，當是。
181. 煩小韻蟠：蟋負。蟋，古逸叢書本作蟋，當是。
182. 暄小韻諠：亦作諠。諠，古逸叢書本作喧，當是。
183. 暄小韻觛：又欣奇切。欣奇，古逸叢書本作許羈，當是。

184. 蕃小韻轓：又音旛。旛，古逸叢書本作幡，當是。

185. 蕃小韻鱕：魚名。名，古逸叢書本作有，當是。

186. 昆小韻幝：說文裳。裳，古逸叢書本作幑，當是。

187. 門小韻虋：杏作。杏，古逸叢書本作俗，當是。

188. 門小韻鷭：大翼。大，古逸叢書本作比，當是。

189. 屯小韻臀：亦謂之膪。膪，古逸叢書本作䏶，當是。

190. 屯小韻庉：及徒損切。及，古逸叢書本作又，當是。

191. 灘小韻灘：地乾切。地，古逸叢書本作他，當是。

192. 灘小韻撋：擊撋。擊，古逸叢書本作擘，當是。

193. 殘小韻殘：臧。臧，古逸叢書本作賊也，當是。

194. 殘小韻㳙：淺淺。淺淺，古逸叢書本作㦳㦳，當是。

195. 桓小韻萑：本音讙讙。古逸叢書本作本音讙，當是。

196. 桓小韻峘：小山及。及，古逸叢書本作岌，當是。

197. 桓小韻捖：割摩。割，古逸叢書本作刮，當是。

198. 岏小韻岏：五九切。九，古逸叢書本作丸，當是。

199. 岏小韻抏：搤也。搤，古逸叢書本作挫，當是。

200. 端小韻耑：初生之類也。類，古逸叢書本作題，當是。

201. 端小韻偳：㑏偳。㑏，古逸叢書本作抄，當是。

202. 團小韻塼：魚似鮀。鮀，古逸叢書本作鮒，當是。

203. 欑小韻䡾：軐也。軐，古逸叢書本作軏，當是。

204. 欑小韻酇：又音聚。聚，古逸叢書本作纂，當是。

205. 瞞小韻鰻：鰻鯜。鯜，古逸叢書本作鱳，當是。

206. 瞞小韻穧：種徧。徧，古逸叢書本作遍，當是。

207. 瘝小韻瘝：瘝痺。痺，古逸叢書本作痺，當是。

208. 訮小韻獧：又音狠。又音，古逸叢書本作亦作，當是。

209. 千小韻舒：舒音。音，古逸叢書本作青，當是。

210. 箋小韻湔：楚水。水，古逸叢書本作人，當是。

211. 堅小韻蠲：龍暑。暑，古逸叢書本作鬐，當是。

212. 賢小韻弦：說文作弦。弦，古逸叢書本作弝，當是。

213. 蓮小韻縺：寒臭。臭，古逸叢書本作具，當是。

214. 田小韻窴：符名。符，古逸叢書本作府，當是。

215. 邊小韻趨：說文走皃。皃，古逸叢書本作意，當是。

216. 玄小韻縣：相咏。咏，古逸叢書本作承，當是。

217. 還小韻欍：裙欍枉。枉，古逸叢書本作欍，當是。

218. 餐小韻旃：曲旃；眾上。旃，古逸叢書本作柄；上，古逸叢書本作士，當是。

219. 遭小韻驢：自馬。自，古逸叢書本作白，當是。

220. 嫣小韻嫣：許焉切。焉，古逸叢書本作延，當是。

221. 纏小韻闐：巾門。巾，古逸叢書本作市，當是。

222. 篇小韻萹：又補珍切。珍，古逸叢書本作殄，當是。

223. 嬽小韻嬽：又音始。始，古逸叢書本作娟，當是。

224. 沿小韻緣：緣叟。叟，古逸叢書本作由又，當是。

225. 詮小韻悛：正也。正，古逸叢書本作止，當是。

226. 祧小韻斛：斗旁且。且，古逸叢書本作耳，當是。

227. 貂小韻雕：鶵屬。鶵，古逸叢書本作鶚，當是。

228. 貂小韻䂿：短尾矢。矢，古逸叢書本作犬，當是。

229. 超小韻條：抽條。抽，古逸叢書本作柚，當是。

230. 超小韻苕：苽有旨苕。苽，古逸叢書本作卬，當是。

231. 驍小韻螼：又蛇。又，古逸叢書本作似，當是。

232. 聊小韻薓：又力弋切。弋，古逸叢書本作戈，當是。

233. 膮小韻膮：詐麼切。詐，古逸叢書本作許，當是。

234. 宵小韻霄：近大氣也。大，古逸叢書本作天，當是。

235. 宵小韻綃：生絹。 絹，古逸叢書本作絲，當是。

236. 驕小韻鷮：亦名長尾。名，古逸叢書本作鳴，當是。

237. 驕小韻憍：姿也。姿，古逸叢書本作恣，當是。

238. 焦小韻燋：所以然特火。特，古逸叢書本作持，當是。

239. 焦小韻黗：灼黗；亦作龜。黗，古逸叢書本作龜，當是；亦作龜，古逸叢書本作亦作鼊，當是。

240. 飆小韻膔：腫欲潰也。潰，古逸叢書本作潰，當是。

241. 飆小韻賙：具居。具，古逸叢書本作貝，當是。

242. 飆小韻旚：旌旚。旚，古逸叢書本作旗，當是。

243. 蹻小韻繑：綺細。細，古逸叢書本作紐，當是。

244. 奐小韻奐：上地之輕昭。上，古逸叢書本作土；昭，古逸叢書本作脆，當是。

245. 肴小韻狕：又直支切。支，古逸叢書本作交，當是。

246. 交小韻茭：乾蒘。蒘，古逸叢書本作芻，當是。

247. 交小韻鮫：可飾刃。刃，古逸叢書本作刀，當是。

248. 鐃小韻巎：巎崒。崒，古逸叢書本作崒，當是。

249. 梢小韻綃：帆帷。帷，古逸叢書本作維，當是。

250. 梢小韻旓：旌旓。旓，古逸叢書本作旗，當是。

251. 梢小韻箱：甊帚。甊，古逸叢書本作飯，當是。

252. 包小韻苞：又苞荀。荀，古逸叢書本作筍，當是。

253. 敲小韻墝：墧土。墧，古逸叢書本作瘠，當是。

254. 嘲小韻鶦：似山雀。雀，古逸叢書本作鵲，當是。

255. 豪小韻濠：又土名。土，古逸叢書本作水，當是。

256. 勞小韻憥：惹心。惹，古逸叢書本作苦，當是。

257. 勞小韻鐒：鏗也。鏗，古逸叢書本作錊，當是。

258. 高小韻鼛：役車。車，古逸叢書本作事，當是。

259. 高小韻餻：今之餻饟。饟，古逸叢書本作餬，當是。

260. 曹小韻禂：祭家先也。禂，古逸叢書本作禂，當是；家，古逸叢書本作豕，當是。

261. 操小韻幧：所以裹髻。髻，古逸叢書本作髺，當是。

262. 蠹小韻蘸：醋每。每，古逸叢書本作莓，當是。

263. 那小韻那：受偪。偪，古逸叢書本作福，當是。

264. 何小韻何：說文瞻也。瞻，古逸叢書本作儋，當是。

265. 摩小韻麼：磨尼。磨，古逸叢書本作麼，當是。

266. 摩小韻饠：呐兒。呐，古逸叢書本作哺，當是。

267. 腄小韻蛾：蛾㷸。蛾，古逸叢書本作蛾，當是。

268. 奢小韻佘：燒[image]。[image]，古逸叢書本作榺，當是。

269. 邪小韻斜：說文杅也。杅，古逸叢書本作抒，當是。

270. 蛇小韻荼：即方也。方，古逸叢書本作芀，當是。

271. 拏小韻搻：屠搻。屠，古逸叢書本作豬，當是。

272. 葩小韻吧：吧牙。牙，古逸叢書本作呀，當是。

273. 葩小韻蚆：具也。具，古逸叢書本作貝，當是。

274. 葩小韻砐：碨砐也。也，古逸叢書本作地，當是。

275. 叉小韻靫：弓箭矢。矢，古逸叢書本作室，當是。

276. 窊小韻哇：淫聲。淫，古逸叢書本作婬，皆可通。

277. 夃小韻秏：開張屠。屠，古逸叢書本作屋，當是。

278. 煆小韻呀：又呀哩。哩，古逸叢書本作呷，當是。

279. 陽小韻揚：誰也。誰，古逸叢書本作謹，當是。

280. 香小韻鄉：人向也。人，古逸叢書本作鄉，當是。

281. 商小韻賣：俗作商。商，古逸叢書本作賣，當是。

282. 商小韻禓：又以竟切。竟，古逸叢書本作章，當是。

283. 商小韻暘：又餘詩切。詩，古逸叢書本作諒，當是。

284. 姜小韻畺：此田。此，古逸叢書本作比，當是。

285. 穰小韻儴：髭鬙。髭，古逸叢書本作鬚，當是。

286. 牆小韻奬：妄強大。大，古逸叢書本作犬，當是。

287. 鏘小韻鏹：堅鏹。堅，古逸叢書本作鏗，當是。

288. 唐小韻磄：磄庢。庢，古逸叢書本作岸，當是。

289. 唐小韻轄：軡也。軡也，古逸叢書本作軌軡，當是。

290. 當小韻當：干也。干，古逸叢書本作主，當是。

291. 當小韻璫：亦作當唐。當唐，古逸叢書本作璗，當是。

292. 岡小韻崗：又作罡。罡，古逸叢書本作堽，當是。

293. 岡小韻綱：維茲繩。茲，古逸叢書本作紘，當是。

294. 康小韻螊：蜻蜓。蜓，古逸叢書本作蛉，當是。

295. 黃小韻蟥：蚜甲蟲也。蚜，古逸叢書本作蚄，當是。

296. 汪小韻鴦：雉鳥。鳥，古逸叢書本作鳴，當是。

297. 航小韻迒：又苦郎切。苦，古逸叢書本作古，當是。

298. 航小韻魧：又大具。具，古逸叢書本作貝，當是。

299. 航小韻䐵：胚也。胚，古逸叢書本作脛，當是。

300. 航小韻肮：脈也。脈，古逸叢書本作脈，當是。

301. 臧小韻牂：牡羊。牡，古逸叢書本作牝，當是。

302. 卬小韻枊：督卸。卸，古逸叢書本作郵，當是。

303. 藏小韻藏：許郎切。許，古逸叢書本作昨，當是。

304. 幫小韻幫：皮用。用，古逸叢書本作也，當是。

305. 阬小韻阬：塹也。塹，古逸叢書本作壍，當是。

306. 盲小韻蝱：蚊也。蚊，古逸叢書本作蟲，當是。

307. 橫小韻蝗：虱。虱，古逸叢書本作蟲，當是。

308. 橫小韻瑝：又音瑝。瑝，古逸叢書本作皇，當是。

309. 霙小韻妺：清兒。清，古逸叢書本作青，當是。

310. 平小韻枰：枰枰。枰枰，古逸叢書本作枰仲，當是。

311. 驚小韻京：京風。風，古逸叢書本作非，當是。

312. 鏗小韻鏗：曰莖切。曰，古逸叢書本作口，當是。

313. 崢小韻拳：鬚亂。鬚，古逸叢書本作發，當是。

314. 泓小韻閎：試刀上鍾。鍾，古逸叢書本作錘，當是。

315. 精小韻旌：析羽為。「為」古逸叢書本後有「旌」，當是。

316. 營小韻營：巾居。巾，古逸叢書本作市，當是。

317. 傾小韻傾：敬也。敬，古逸叢書本作敧，當是。

318. 靈小韻骼：弟骨。弟，古逸叢書本作脆，當是。

319. 蒸小韻蒸：析羽。羽，古逸叢書本作麻，當是。

320. 憑小韻憑：扶水切。水，古逸叢書本作冰，當是。

321. 蠅小韻蠅：螢螢青蠅。螢螢，古逸叢書本作營營，當是。

322. 升小韻升：俗作日。作，古逸叢書本作加，當是。

323. 僧小韻僧：蘇僧切。僧，古逸叢書本作增，當是。

324. 憂小韻獶：獶獀。獀，古逸叢書本作狄，當是。

325. 憂小韻妋：鼻目間限。限，古逸叢書本作恨，當是。

326. 劉小韻摎：綏縛。綏，古逸叢書本作絞，當是。

327. 秋小韻鞦：戲繩。戲繩，古逸叢書本作繩戲，當是。

328. 猷小韻扰：杼曰。曰，古逸叢書本作臼，當是。

329. 周小韻周：嚸也。嚸，古逸叢書本作密，當是。

330. 周小韻舟：出本。出，古逸叢書本作世，當是。

331. 雧小韻縠：懸擊。擊後古逸叢書本有「也」字，當是。

332. 雧小韻斀：說文充也。充，古逸叢書本作棄，當是。

333. 雧小韻鄒：蜀江源地。源，古逸叢書本作原，泰定本可從。

334. 柔小韻柔：木畢自。畢自，古逸叢書本作曲直，當是。

335. 柔小韻鍒：而人者。而人，古逸叢書本作奡，當是。

336. 飀小韻紑：及甫鳩切。及，古逸叢書本作又，當是。

337. 鳩小韻鳩：又鄹也。鄹，古逸叢書本作聚，當是。

338. 鳩小韻勼：鄹也。鄹，古逸叢書本作聚，當是。

339. 不小韻呼：攻氣。攻，古逸叢書本作吹，當是。

340. 捊小韻駿：火馬，火，古逸叢書本作大，當是。

第二節　泰定本可從

1. 籠小韻蠪：爾雅蠪虹螘。虹，古逸叢書本作杠，泰定本可從。

2. 蝨小韻梛：梛柳。梛柳，古逸叢書本作櫃柳，泰定本可從。

3. 聰小韻涳：又音羥。羥，古逸叢書本作羜，泰定本可從。

4. 隨小韻隋：隋文帝去走。走，古逸叢書本作辵，泰定本可從。

5. 袛小韻劥：絇緒。絇，古逸叢書本作鉤，泰定本可從。

6. 䅖小韻雎：搗。搗，古逸叢書本作鳿，泰定本可從。

7. 治小韻蚩：字從出。出，古逸叢書本作屮，泰定本可從。

8. 依小韻陜：无陜縣。无，古逸叢書本作天，泰定本可從。

9. 豬小韻瀦：水所停也。停，古逸叢書本作亭，泰定本可從。

10. 無小韻恎：欲空之皃。欲，古逸叢書本作嵌，泰定本可從。

11. 逾小韻舀：又弋兆切。弋，古逸叢書本作代，泰定本可從。

12. 吾小韻䵹：牝麤。牝，古逸叢書本作牡，泰定本可從。

13. 烏小韻鷃：俗謂之掬。掬，古逸叢書本作掏，泰定本可從。

14. 都小韻醏：醴醏。醴，古逸叢書本作醸，泰定本可從。

15. 齏小韻齏：齏菜。古逸叢書本作齏菜俗，誤，當由鄰行注文俗字所致。
　　如下圖：

16. 媧小韻腡：牛理。牛，古逸叢書本作手，誤。

17. 釵小韻釵：岐笄。岐，古逸叢書本作歧，泰定本可從。

18. 胎小韻蛤：亦珠蛤。蛤，古逸叢書本作胎，誤。

19. 銀小韻縜：繩組。組，古逸叢書本作紐，泰定本可從。

20. 文小韻炆：摩上。上，古逸叢書本作也，泰定本可從。

21. 暄小韻暄：況袁切。況，古逸叢書本作兄，泰定本可從。

22. 看小韻瞰：堅也。堅，古逸叢書本作堅，泰定本可從。

23. 鐃小韻獿：又奴交切。奴交，古逸叢書本作力刀，泰定本可從。

24. 敲小韻硞：硞礐。礐，古逸叢書本作磍，誤。

25. 嘉小韻豻：豻熊。熊，古逸叢書本作羆，泰定本可從。

26. 牙小韻吾：允音船。船，古逸叢書本作鉛，泰定本可從。

27. 伙小韻伙：歒婗。婗，古逸叢書本作妮，泰定本可從。

28. 霜小韻蠰：齧桑蟓。蟓，古逸叢書本作蠍，泰定本可從。

29. 傍小韻榜：穄名。穄，古逸叢書本作祭，泰定本可從。

30. 傍小韻旁：薄也；歧旁。薄，古逸叢書本作溥；歧，古逸叢書本作岐，
　　泰定本可從。

31. 殀小韻殀：殀殀。前一個古逸叢書本作殁，泰定本可從。

32. 硴小韻硴：披冰切。冰，古逸叢書本作水，誤。

33. 僧小韻甑：甑甑。甑甑，古逸叢書本作艶艶，小韻字甑亦作艶，泰定
　　本可從。

34. 讎小韻醻：送客。送，古逸叢書本作進，泰定本可從。

35. 鳩小韻丩：相糾。糾，古逸叢書本作虯，泰定本可從。

第三節　泰定本、古逸叢書本皆可通

1. 蒙小韻夢：草可為幕。幕，古逸叢書本作帶，皆可通。
2. 龍小韻躘：躘踵。踵，古逸叢書本作蹱，二者皆可通。
3. 容小韻銿：上同與鍾同。鍾，古逸叢書本作鐘，皆可通。
4. 顒小韻驅：見廣倉。倉，古逸叢書本作蒼，皆可通。
5. 囪小韻窻：說文作窻。窻，古逸叢書本作窗，皆可通。
6. 眉小韻虋：虋芜。芜，古逸叢書本作蕪，皆可通。
7. 眉小韻虋：即江蘺。蘺，古逸叢書本作蘺，皆可通。
8. 慈小韻澬：潧水名也。古逸叢書本無也字，皆可通。
9. 肥小韻蜰：負盤虫。虫，古逸叢書本作蟲，皆可通。
10. 余小韻余：又漢複姓。復，古逸叢書本作覆，皆可通。
11. 衢小韻鶋：鶋鶋。鶋，古逸叢書本作鸓，皆可通。
12. 鴦小韻咉：應聲。應，古逸叢書本作應，皆可通。
13. 橫小韻鐄：大鐘。鍾，古逸叢書本作鐘，皆可通。

另有兩例泰定本和古逸叢書本皆不準確的情況：

1. 穊小韻雞：俗作鷄。鷄，古逸叢書本作雛，皆不確。宋本《廣韻》作
   喝。
2. 鼬小韻魏：充也。充，古逸叢書本作進，皆不確。宋本《廣韻》作棄。

小　結

　　比較顯示，古逸叢書本因為據張氏澤存堂本整理校改，的確比泰定本錯誤少，在選取的近四百例中，有 340 例顯示古逸叢書本比較正確，可以依從。另外，有 35 例反映泰定本比較正確。從比例上，古逸叢書本顯然占較大比例。另外，兩本版本之間還有很多正俗字可以相通。兩種版本之間還有一些都不準確的，需要注意。

結　論

一、元代江西書院刻書問題

　　杜信孚、漆身起先生所編《江西歷代刻書》（1994：27～28）第二章「元代江西刻書」收錄了不少元代書院刻書信息，筆者搜集相關信息，對其分析辯證，發現不少問題。《江西歷代刻書》共收元代刻書的書院有七種，筆者轉錄如下：

1. 興賢書院

　　　　《滹南遺老集》45卷。（元·槁城）王若虛著。至元二十年（1283）盧陵興賢書院刻本。

2. 廣信書院

　　　　《稼軒長短句》12卷。（南宋·歷城）辛棄疾撰。大德三年（1299）廣信書院刻本。半頁9行，行16字，白口，左右雙邊。此刻本為行書刻寫，字畫圓潤秀麗，裝印精善，流傳最廣，為歷代所注重。

　　　　廣信書院即鉛山之稼軒書院，在鉛山縣期思渡，宋秘閣修撰稼軒辛先生棄疾寓居，舊名瓢泉書院。

3. 臨汝書院

　　　　《通典》200卷。（唐·京兆萬年）杜佑撰。大德十一年（1307）

臨汝書院刻本。

臨汝書院位於撫州路，踞府城西南五里，一名南湖書院，宋淳祐九年（1249）馮去疾提舉江南西路，以朱子嘗臨是邦，故立書院祀之。

4. 圓沙書院

《大廣益會玉篇》30 卷《玉篇廣韻指南》1 卷。（梁）顧野王撰，（唐）孫強增字，（宋）陳彭年等重修。延祐二年（1315）圓沙書院刻本。

《朱子易圖說》1 卷《周易五贊》1 卷《筮儀》1 卷。（南宋‧婺源）朱熹撰，董楷輯。延祐二年（1315）圓沙書院刻本。

《新箋決科古今源流至論前集》10 卷《續集》10 卷《別集》10 卷。（宋）林馬同、黃履翁撰。延祐四年（1317）圓沙書院刻本。

《大宋重修廣韻》5 卷。（宋）陳彭年等奉詔重修。泰定二年（1325）圓沙書院刻本。

5. 武溪書院

《新編古今事文類聚前集》60 卷《後集》50 卷《續集》28 卷《別集》32 卷《新集》36 卷《外集》15 卷《遺集》15 卷。（宋）祝穆輯，（元）祝淵續。泰定三年（1326）盧陵武溪書院刻本。

6. 梅溪書院

《千金翼方》30 卷。（唐）孫思邈撰。大德十一年（1307）梅溪書院刻本。

《韻府群玉》20 卷。（宋）陰時夫輯，陰中夫注。元統二年（1334）梅溪書院刻本。

《皇元風雅》30 卷。（元）蔣易輯。梅溪書院刻本。

7. 象山書院

《北史》100 卷。（唐‧相州）李延壽撰。象山書院刻本。

筆者結合相關資料，認為杜信孚先生所輯這七種元代江西書院中，性質複雜。由於杜信孚先生沒有給「書院刻書」中的「書院」下一個定義，所以這種

歸類不好確定依據。但是從所錄內容看，作者似乎認為所有涉及「書院」名字的都應該是書院刻書。然而，實際情況可能並非如此。

　　真正屬於元代江西刻書書院的可能只有興賢書院、廣信書院、武溪書院。

　　興賢書院，據《江西通志》所載，「興賢書院在延福坊，明萬曆間知縣何鏐課士所。康熙二十一年知縣王清彥修。乾隆四十八年重修。（謝志府志）」〔註1〕

　　象山書院在鷹潭貴溪。據《江西通志》載，「象山書院，一在貴溪縣南三峰山下，宋陸九淵嘗結廬講學於縣南八十里，應天山以山形如象，更名象山。紹定四年，江東提刑袁甫請於朝，遣上舍生洪陽祖改建三峰山下，徐岩賜額象山書院，中為聖殿，翼以兩廡，後為彝訓堂，翼以居仁、由義、志道、明德四齋堂，後為仰止亭，有池，上建濯纓、浸月二亭，堂左為儲雲、佩玉二精舍，右為九韶、九齡、九淵祠，賜額象山書院。（袁甫記略：寧宗皇帝更化之末年，興崇正學，尊禮故老，慨念先朝鴻儒，咸錫嘉諡，風厲四方，謂象山陸先生發明本心之學，大有功於世教，錫名文安，庸是褒美。於是慈湖楊先生、我先人絜齋先生，有位於朝，直道不阿，交進讀論，寧考動容，天下學士，想聞風采，推考學問，源流所自，先生之道，益大光明。甫承學小子，將指江東，築室百楹，既壯且安，士遐邇咸集。齋曰志道、明德、居仁、由義，精舍曰儲雲、佩玉，又皆象山先生之心畫也。顧瞻之間，已足以生恭敬，消鄙俗，知入德之門，規模信美矣。乃其本末上之，朝有詔賜額：象山書院。元季兵毀，明景泰間巡撫韓雍、知府姚堂重建，並置田以供歲祀，正德間提學李夢陽、知縣謝寶修，嘉靖二十二年袁鳳鳴增修，萬曆八年詔廢天下書院，祭亦裁。知縣伍袁萃捐資贖，還避書院名，改為象山祠。尋詔復，仍編祭，歲久傾圮，三十一年知縣吳繼京新之申請，陸氏裔孫奉祀。）一在城東南隅。康熙三十三年知縣張鵬翼於梅花墩建義學。」〔註2〕

　　臨汝書院，應該是講學書院，據光緒年間《江西通志》所載，「臨汝書院，在城西南二里，宋淳祐九年馮去疾提舉江南西路，以朱子嘗臨是邦，故立書院祀之，元延祐間毀，山長黃鎮同知馬合睦新之。吳澄記宋淳祐戊申馮侯去

〔註1〕《中國地方志集成》，省志輯，江西（五），光緒江西通志，鳳凰出版社，2009年，頁258。

〔註2〕《中國地方志集成》，省志輯，江西（五），光緒《江西通志》，鳳凰出版社，2009年，頁250。

疾提舉江南西路，常平茶鹽事，至官之日，以其先師□國文公朱先生，嘗除是官，而不及赴，乃於撫州城外之西南，營高□地，創臨汝書院，專祠文公，為學者講道之所。明年己酉，書院成，位置外□率仿大學，故其屋規制，非他建書院比右，廡之左豎危樓，貯諸經及群書於其間，屬曰尊經閣。大元延祐乙卯，樓毀於火，官命重建，越六年庚申四月，廬陵黃鎮來長書院，始克構架。又三年至治壬戌九月，工畢，事完，輪奐復舊，同知總管府事，亞中大夫馬合睦提調其役，相之者前經歷趙諧繼之者，今經歷張允明也，是年春，予往金陵，過撫，山長以樓成，請記，余將行，未暇作。其冬還自金陵，而總管太中大夫杜侯至，與巡按官廉訪副使董侯登斯閣周回瞻視，且嘉山長之勤。又一新門外，齋舍廊廡，暨池亭靡不修葺，而以書來促記，命山長躬詣吾門以□。噫，漢賈誼有云俗吏所務，在於刀筆，筐篋侯下車未暖席，而惓惓焉以儒學所當務為急，其賢於俗吏遠矣哉。書院之創，迨今七十餘年矣，未嘗刻石記其興造始末，非缺與？今侯急人之所□，而補昔人之所闕，予何敢以囿陋辭。夫尊經云者，豈徒曰庋群書於高閣以為尊也哉，尊之一言何所本。始曾子嘗言尊所聞，子思嘗言尊德性。尊者，恭敬奉持不敢褻慢之謂。經之所言，皆吾德性內事，學者所聞，聞此而已，所聞於經之言，則覃懷許公所謂信之如神明，敬之如父母，而後謂之尊。讀其言而不踐其言，是侮聖人之言也。謂之尊經，可乎。昔日馮侯名此閣，今日杜侯之重揭斯扁□也。其望於學者為何如。予少時，一再就書院□不常處也。退而私□於經，一句一字，不敢輕忽，□凡力少，用志亦甚苦，然老矣而無聞，僅僅能通訓詁文義之秕糠，於道，昧如也。其有負於馮侯之意多矣。繼自今學於書院者，其可不深以予為戒，而惕然警懼，動息語默必知學校之官，故其加意於儒學者此云。至正元年，照磨王堅孫山長張震修，明初寇毀。嘉靖三十七年知蔡元偉移建臨川縣學故基，萬曆三十七年臨川知縣劉允昌修久廢。（謝志府志）」〔註3〕

可見，杜信孚先生所輯第三種「臨汝書院」，更可能是臨川路儒學所刻，第七種「象山書院」，也可能不是真正的書院刻本，而是儒學路跟書院合刻。

據《書林清話》以及吳國武先生（2011）所考，杜信孚先生所輯第四種「圓沙書院」和第六種「梅溪書院」可能都不是江西的書院，而有可能是元代福

〔註3〕《中國地方志集成》，省志輯，江西（五），光緒《江西通志》，鳳凰出版社，2009年，頁239～242。

建建陽的書院。且這兩種書院可能都不是真正的書院，而很可能是吳國武先生所說的「以書院為名的書坊」，「建陽很有名的圓沙書院，《書林清話》誤歸於元代講學書院。但從所刻五種書籍來看，其字體雕印無疑屬建本，所刻書籍顯然是為科舉服務，書中木記亦具有坊刻特徵。比如，所刻《新箋決科古今源流至論》，前集目錄處有『延祐丁巳』鍾式牌記和『圓沙書院』鼎式牌記。」（2011：28）其說可從，但是由於我們缺少足夠的資料支持吳國武先生的論斷，所以也只能存疑。

圓沙書院到底在哪，是不是書院，依然是個問題。吳國武（2011）認為圓沙書院不是江西的書院，而是元代福建建陽的「以書院為名的書坊」。「建陽很有名的圓沙書院，《書林清話》誤歸於元代講學書院。但從所刻五種書籍來看，其字體雕印無疑屬建本，所刻書籍顯然是為科舉服務，書中木記亦具有坊刻特徵。比如，所刻《新箋決科古今源流至論》，前集目錄處有『延祐丁巳』鍾式牌記和『圓沙書院』鼎式牌記。」（2011：28）。

今考瞿鏞《鐵琴銅劍樓藏書目錄》（清光緒常熟瞿氏家塾刻本）卷十七子部五：「《新箋決科古今源流至論前集》十卷《後集》十卷《續集》十卷《別集》十卷，元刊本。前後續三集，題閩川林駉德頌，《別集》題前進士三山黃履翁吉父編。吉父與德頌同為三山人，亦同時，故既序其書而復補作《別集》。明刊本以《前集》《續集》互倒，且於《太極論》前增《太極圖》及朱子《太極圖解》，全失原本乏舊矣。此本《前集》目後有正書墨圖記云：延祐丁巳孟冬圓沙書院刊行，又有鍾氏記云：延祐丁巳。鼎氏篆文記云：圓沙書院。板印清朗，元刻佳本也。」

又丁丙《善本書室藏書志》（清光緒刻本）卷二十：「《新箋決科古今源流至論前集》十卷《後集》十卷《續集》十卷《別集》十卷，元刊本。怡府藏書。閩川林駉德頌，《別集》，進士，三山黃履翁吉父編。前有嘉熙丁酉三山前進士黃履翁序，雲林君德頌雅有遠度，志在邦典，嘗取治體之大者，約百餘目，參古今之宜，窮始終之要，問而辨之，端如貫珠，舉而行之，審如中鵠，以淹貫之學，發而為經濟之文。先生之論，其至論也。故名曰《古今源流至論》。《別集》有履翁自序，目錄後有大德丁未建陽書林劉克常識，云此書版行於世，因回錄殘缺，今求到校官孟聲董先生鏞抄本。端請名儒，參考無誤，仍分四集，壽諸梓與，四方共之木記。此麻沙坊刻，每頁三十行，行二十五字。愛日精廬

所藏為延祐丁巳圓沙書院刊，較此遲梓十年矣。」

以上兩處都提到了圓沙書院，主要刊刻《新箋決科古今源流至論前集》等科舉內容，與吳國武所論較為一致。

另外，陳力（2017：257）也指出，「還有不少建陽刻本並沒有標明是哪家書坊所刻，從字體風格以及其他因素綜合分析，可以判斷為建陽書坊所刻。」陳力（2017：362）還說，「元人刻書好用俗字（類似今日的簡體字），這也是元刻書的一大特點。一般而言，官刻圖書和學者刻書俗字較少，而書坊刻書則較多。」圓沙書院本《廣韻》本經常出現簡體，且文字多有形近而訛者，可以據此推測，圓沙書院應該是書坊性質的刻書機構。

又李國鈞（1994：969）在附錄部分說，「這裡值得一提的是，在古籍書目裏還著錄著一些非書院的書院刻本。潘承弼、顧起潛《明代版本圖錄初編》指出，不少明刻本『名曰書院，實多私槧』。《圖錄》所收明嘉靖二十三年雲間陸氏儼山書院刊《古今說海》，即陸氏『集梓鳩工，刻置家塾』的私塾刻本。王欣夫《文獻學要略》也曾列舉『名為書院而實則私刻的書院刻本，如方回虛谷書院、茶陵山陳仁子古遷書院、詹氏建陽書院、潘屏山圭山書院、平江路天心橋南梅溪書院、鄭玉師山書院等等。』上文列舉的書院刻本中難免有不明真相的私槧混雜其間，如圓沙書院刻本的版式特徵、牌記款式就像是書坊中物。但因缺乏確鑿證據，姑仍舊之。」也對圓沙書院非真正的書院表示懷疑，但由於沒有確鑿證據，暫時看作真正書院。

考方彥壽（2020），其中所列福建歷代刻書家卻沒有提到圓沙書院，筆者推測圓沙書院有可能就是江西的書坊，但是由於江西福建毗鄰，所以刻書具有建陽刻書的特點。江西、福建因為毗鄰，具有相同的文化圈〔註4〕，所以相互影響，這是很有可能的。

二、元泰定圓沙書院《廣韻》的版本源流及性質

據朴現圭、朴貞玉《廣韻版本考》（臺灣學海出版社印行，1986 年頁 44～45），「《廣韻》略本，乃注刪略之書也。此略本依注刪節之度，可別二大類：即注略本與注略本中再加刪略之本，後者謂之為略多本，另分一節。又前者注略

〔註 4〕蒙學友馮先思博士提示。

本，依版面之行數，分為十一行本、十二行本及十三行本。又此十二行本，從版式覆刻與否，細分為覆刻十二行本與據之而改行本。蓋其十二行本，始自元元貞乙未明德堂本；之後，分為覆刻本與改行本。其特徵，非論覆刻本或改行本，將《唐韻》序之孫愐官職『司法』訛為『司馬』。十二行略本之編刊者，出自建安私刻書坊，校勘不精，只求營利，以致亂改，又其後刊者不辨其訛，從之而誤，甚至鴻儒顧炎武難逃其責（唯四庫原本廣韻本未載孫序首題）。其十二行之覆刻本，有共同特徵，如版框約縱二十點五，橫十三公分，孫序十行及行二十大字，本文十二行及行約二十七、八小字等；其改行本，未予一統。其十三行本，皆鋟於元朝，而以孫序題之官職稱『司法』為主矣。其十一行本，僅獲去聲一卷，未得詳知，而以版左上欄有耳題為標牌。」

　　由上可知，朴現圭、朴貞玉討論了元代《廣韻》的略本情況，主要分為兩種，一種是注略本，一種是注略多本。前者與詳本《廣韻》相比，在注釋部分略去了很多文字，這種情況筆者在文中有過比較和討論。後者是注略多本，也就是說，與詳本相比，注釋部分比普通的略本還要簡略。本文所論的圓沙書院本《廣韻》其實屬於注略本。對於略本何時形成的問題，朴現圭、朴貞玉在該書中做了討論，他們（1986：45～46）說：「首論《廣韻》略本究為何時刪注？據朱彝尊『重刊廣韻序』（題張刊澤存堂本），以為明中涓取而刪之，略均其字數，然而略本已出於元朝，並非明中涓所刪也。又略本書中有避宋廟諱字（除十二行改行本等少數），如陽韻匡字紐十三字及漾韻誆字，避宋太祖諱；又如震韻眘字，避孝宗諱；又如東韻融字注朗字及宕韻蕩字切韻朗字，皆缺一筆，他處朗字均不避；除此，其餘宋諱皆不避。是則此略本既避宋諱，而刪注成於宋朝，實由略本初刻者為建地私人書肆所出，疏於翌代不諱例，而未盡回覆宋諱；除此，元版書亦偶見如此，或避宋諱，或不缺筆，則可知此略本並非刊於宋朝，而出於元代矣。」他們認為略本來自元代，是由建陽私人書坊所刻。雖有宋諱，但是由於沒有刪改徹底造成的。筆者同意其說。

　　圓沙書院本《廣韻》有兩種，一種是「元延祐乙卯二年圓沙書院刊本」，朴現圭、朴貞玉（1986：53～54）對「刻年」分析為：「歲次乙卯，元有延祐二年，明初有洪武八年。向來學者謂之為元延祐刊，早於泰定二年槧，而唯阿部隆一以為斯書之字樣流於明初風，遂推為洪武槧。然而余見中圖藏卷四、五殘卷，其字體刀刻卻類乎元版，又圓沙書院之刻書期，以元延祐、泰定間為主，如美

國國會圖書館藏《山堂先生群書考索前集》之目次末有延祐庚申圓沙書院新刊書牌，而未聞明初鋟版之事，則仍題歲次乙卯為延祐二年是也。」對於該書系統來源，作者說，「本書之行款版式等特徵，若以十二行略本校一過，即知互有覆刻之支派，唯版式微有奪落，字體少有肥瘦，他處無一不同。此十二行覆刻本，蓋疑始於元貞乙未明德堂本，惜乎余未親睹其明德堂本之實物或影抄紙，然由前人之辨識，略得其概，並可推之為圓沙書院之據本。」作者認為乙卯圓沙書院本乃據元貞乙未明德堂本。

對於元泰定乙丑二年圓沙書院本的來源，朴氏認為（1986：55），「本槧乃覆同書鋪刻龍集乙卯本也。然亦有不同處，則除覆刻時偶佚摹字之外，本字若遇於其注解時，龍集乙卯本畫直線而不書其字，本槧一一重寫之矣。」

通過朴現圭、朴貞玉（1986）研究，我們梳理圓沙書院本的大致來源：元貞乙未明德堂本→乙卯圓沙書院本→元泰定乙丑二年圓沙書院本。

但據日本江戶時代學者森立之、澀江全善等所撰的《經籍訪古志》卷二「經部下」記載，元泰定乙丑菊節圓沙書院刊行的略本《廣韻》可能是據金槧本而來，也就是早於元代的金朝刊本。原文如下：

《廣韻》五卷，金槧本，求古樓藏

有「泰定乙丑菊節圓沙書院刊行」木記。

如果真是金朝刊本，那麼略本《廣韻》最早應該是金朝就已經出現了，金朝刊本應該是元代的泰定乙丑刊本甚至之前的明德堂本的祖本。但是我們缺少證據，這種推斷只能存疑。

又據朴現圭、朴貞玉（1986）研究，元貞乙未明德堂本，即是本書所據《四庫全書》所收原本廣韻之祖本。作者（1986：50）說，「本書題『乙未』於元朝，凡有二者，即成帝元貞元年（1295）、順帝至正十五年（1355）。元熊忠《古今韻會舉要》，蓋著成於大德元年，刊於至順二年（1331）。熊忠書曾引本書，則本書須早刊於熊書，當作乙未歲為元貞元年。」

經筆者將原本廣韻與圓沙書院本比較，的確發現二者相似度較高，版本具有相同系統，圓沙書院本與原本《廣韻》相同部分有 293 例，加上圓沙書院本、原本廣韻、重修本廣韻三者完全相同的 731 例，總數占所有比較內容（1069例）的 95.8%。但朴現圭、朴貞玉（1986：146）又將原本廣韻祖本定為原藏於清內府的明內府刊本。「此四庫提要著於紀昀等之手，本書提要頗類乎紀昀

『書明人重刻廣韻後』。又紀昀等嘗校明內府本之誤刊字，本書予以修定。」
這與前說祖本為「元元貞乙未明德堂本」矛盾，甚至劉芹（2013）在分析原本
廣韻性質時，也採納了朴現圭、朴貞玉（1986：146）的論斷，即「原本廣韻
成書於明代」。

筆者認為成書於明代並非祖本是明代，祖本應該還是朴現圭、朴貞玉
（1986：50）所說的元代。同樣，劉芹（2013）從編排體例、注釋、注音、韻
字字形、韻字收錄等方面比較了四庫所存原本廣韻與覆元泰定本廣韻後，認
為：「兩部書無論從編排體式上還是內容編定上極其相像」，最後得出結論：
「《四庫全書》所存《原本廣韻》成書晚於《重修廣韻》，來源於明內府刊版刪
削，最早所據底本可溯至元元貞乙未明德堂本，與《覆元泰定本廣韻》一卵雙
生。」這種說法未免絕對。

據我們考察，雖然《原本廣韻》與泰定圓沙書院本廣韻有很多相似處，但
是二者仍有差異，具體表現在圓沙書院本有訛誤而《原本廣韻》沒有，圓沙書
院本與《重修廣韻》有相同處而與《原本廣韻》並不一致，所以我們認為圓沙
書院本與《原本廣韻》雖然同屬略本系統，但是與《原本廣韻》相比，泰定圓
沙書院本與南山書院本的關係更近一些。筆者比較了泰定圓沙書院本與南山書
院本平聲東韻字的所有內容，發現二者完全一致。朴現圭、朴貞玉（1986：84）
指出至正丙午南山書院本由泰定乙丑圓沙書院本而來，這是可信的。

三、從詳本《廣韻》到略本《廣韻》

吳志堅（2009：77）指出，「元代規定鄉試、會試，許將《禮部韻略》外，
餘並不許懷挾文字。事實上，《禮部韻略》只有在第二場考古賦詔告章表時才能
派上用場。」說明元代科舉考試並不用《廣韻》。但是圓沙書院以及元代大量刊
刻略本《廣韻》，其目的應該主要是朴現圭、朴貞玉（1986：45）所說的「只求
營利」。陳力（2017：361）也說，「書坊刻書專為營利，所以質量稍差，但其傳
佈較廣，讀者面大，對於圖書事業的發展也是功不可沒。」

元代還刻有詳本《廣韻》，但是版本數量遠不如略本多。朴現圭、朴貞玉
（1986：35～36）指出，「元人之有略本，愈來愈熾，刻版甚多，明人亦爾。而
其詳本概至元末，被人多忘，而於其版本之源流表上，元末及明朝已不識詳本
之存在，則本槧之刻年應為元初矣。」

　　《廣韻》作為韻書，主要是作詩押韻之用，它從《切韻》發展而來。熊桂芬（2015：910）從「增字」的角度論及從《王三》到《廣韻》的變化，「總的來看，《王三》和《廣韻》是增字的兩座高峰。從《切韻》到《廣韻》所增字頭的類型主要是語詞用字、異體字以及多音互見字。《王三》所增字頭中名物字的數量與其他類型的字相比是平分秋色的，而《廣韻》的增字中名物字則比別的語詞用字多近一倍。《廣韻》增加的字頭中異體字所佔的比例也遠遠高出《王三》。」從「加訓」的角度看，熊桂芬（2005：911）說，「從訓釋內容來說，從《切韻》到《廣韻》，除了對每個字的詞彙意義訓釋得更詳細外，還增加了很多百科知識的內容，包括姓氏、地名、職官、名物、典制、異聞傳說等多方面的內容，尤其對姓氏源流、州郡的建置與沿革等的解說尤其詳備，這使《廣韻》成為一部兼具韻書、字書和類書特色的綜合性辭書。」熊桂芬老師還分析了造成這種現象的原因，她指出，「姓氏內容、異聞傳說的大量增加是從《唐韻》開始的，職官、典制、名物的內容則是從《廣韻》開始大量增加的。在韻書裏大量加入這些內容與當時的社會文化背景有關。唐代姓氏學、地名學都相當發達，志怪傳奇興起，類書編纂盛行，這些都影響了《切韻》修訂者的編撰思想。」熊桂芬老師認為《廣韻》具有了「綜合性辭書的許多實用功能」。

　　當然，這種評價主要指的是詳本《廣韻》。從詳本《廣韻》到略本《廣韻》，變化主要體現在對注釋的簡略上。另外，元代還有略多本，也就是說比略本還要簡略的版本。朴現圭、朴貞玉（1986：75）指出，「然其略多處皆見於注解較長之字，而他字如略本，未予刪節。又其每小韻收錄字之次順，別具格式，異乎詳本、略本。」但是這種簡略主要是對注解的省略，跟《廣韻》以前的《切韻》係韻書性質不同。

　　陳力（2017：353）指出，「與前代相同，元代的坊刻圖書主要以適應科舉需要的圖書以及醫學等日常生活用書居多。」作者分析說，「元代儒學、書院數量龐大，生員眾多，因此，科舉圖書成為書坊刻書的重點。」「一般文人作詩填詞、引經據典的工具書也是書坊刻書的重點。元建陽書坊劉錦文日新堂《新增說文韻府群玉》有牌記云：端陽陰君所編《韻府群玉》，以事繫韻，以韻摘事，乃韻書而兼類書也，檢閱便益，觀者無不稱善。本堂今將元本重加校正，每字音切之下，續增許氏《說文》以明之。間有事未備者，以補韻書之編，誠為盡

美矣。」這種說法很有道理。

　　董婧宸《南宋監本〈大宋重修廣韻〉版本補考》（2020）〔註5〕在結語部分說，「元代以來，為便於查檢，形成了反切在前、刪改說解、改動小韻下字序的略本《廣韻》，成為明代以迄清初的主流刊本。」這種說法有道理。所以，我們認為，圓沙書院所刻的略本《廣韻》，仍然有工具書的作用，是為科舉服務的。

〔註 5〕未刊稿。

參考文獻

（以作者姓氏首字母順序排列）

C

1. 曹之《書院刻書漫話》，《四川圖書館學報》1985 年第 2 期。
2. 陳相因、劉漢忠《廣西刻書考略（上）》，《廣西地方志》，2000 年第 4 期。
3. 陳新雄《廣韻研究》，臺灣學生書局，2004 年。
4. 陳矩弘《元代書院刻書事業述略》，《圖書與情報》2006 年第 2 期。
5. 陳方糧《湖北宋元明清刻書考略（下）》，《圖書情報論壇》2008 年第 2 期。
6. 蔡志榮博士論文《明清湖北書院研究》，華中師範大學 2008 年。
7. 陳力《中國古代圖書史——以圖書為中心的中國古代文化史》，社會科學文獻出版社，2017 年。
8. 陳明利《元代福建書院及其刻書考》，《瀋陽大學學報》2018 年第 5 期。

D

1. 杜信孚、漆身起《江西歷代刻書》，江西人民出版社，1994 年版。
2. 〔英〕戴維·芬克爾斯坦、阿利斯泰爾·麥克利里合著，何朝暉譯《書史導論》，商務印書館，2012 年版。

F

1. 方孝岳、羅偉豪編《廣韻研究》，中山大學出版社，1988 年版。
2. 方品光、陳愛清《元代福建書院刻書》，《福建師範大學學報》1994 年第 3 期。

3. 方彥壽、黃麗奇、王飛燕《閩臺書院刻書的傳承與發展》,《福州大學學報》2013年第 6 期。

4. 方彥壽《福建歷代刻書家考略》,中華書局,2020 年。

G

1. 高葉青《關中地區古代書院概況及功能探微——以書院藏書與刻書功能為主》,《寶雞文理學院學報》2013 年第 2 期。

2. 郭洪義《從避諱字看〈廣韻〉版本》,《五邑大學學報》2015 年第 2 期。

H

1. 黃海明《概述四川尊經書院的刻書》,《四川大學學報》1992 年第 4 期。

2. 胡青、簡虎《論宋元之際江南書院對社會的教化》,《江西社會科學》2004 年第 6 期。

3. 胡春榜《元代江西書院繁盛成因探析》,江西師範大學碩士論文 2008。

J

1. 金達勝、方建新《元代杭州西湖書院藏書刻書述略》,《杭州大學學報》1995 年第 3 期。

2. 賈秀麗《宋元書院刻書與藏書》,《圖書館論壇》1999 年第 2 期。

3. 紀國泰《鉅宋廣韻版本及價值考論》,《西華大學學報》2009 年第 1 期。

L

1. 劉實《略論我國書院的教學與刻書》,《浙江師範學院學報》1982 年第 1 期。

2. 李才棟《江西古代書院研究》,江西教育出版社 1993 年。

3. 李國鈞等著《中國書院史》,湖南教育出版社,1994 年。

4. 陸漢榮、曹曉帆《古代書院藏書的重要來源之一——書院刻書》,《圖書館建設》1995 年第 1 期。

5. 李致忠《歷代刻書考述》,巴蜀書社 1990 年。

6. 李致忠《古代版印通論》,紫禁城出版社 2000 年。

7. 林申清編著《宋元書刻牌記圖錄》,北京圖書館出版社 1999 年。

8. 劉青《明清書院刻書與藏書的發展及其影響》,《圖書館學刊》2004 年第 5 期。

9. 李俊傑《〈廣韻〉版本系統簡述》,《古籍整理研究學刊》2006 年第 6 期。

10. 劉芹《〈四庫全書〉所存〈原本廣韻〉成書來源考》,《中國典籍與文化》2013 年第 4 期。

N

1. 聶鴻音《俄藏宋刻〈廣韻〉殘本述略》,《中國語文》1998 年第 2 期。

P

1. 朴現圭、朴貞玉《廣韻版本考》，學海出版社，1986 年。

Q

1. 漆身起、王書紅《江西宋元刻書事業初探》，《江西圖書館學刊》1993 年第 1 期。
2. 漆身起、王書紅《江西明清刻書事業初探》，《江西社會科學》1993 年第 12 期。
3. 全昭梅《廣西書院與地方文化研究》，廣西大學碩士論文 2013 年。

S

1. 申萬里《元代教育研究》，武漢大學出版社 2007 年。
2. 孫新梅《清代河南的書院刻書述略》，《蘭臺世界》2010 年 11 月。
3. 〔日〕森立之、澀江全善等撰《經籍訪古志》，杜澤遜、班龍門點校，上海古籍出版社，2014 年。

T

1. 田建平《元代出版史》，河北人民出版社 2003 年。

W

1. 魏隱儒《中國古籍印刷史》，印刷工業出版社，1988 年。
2. 吳萬起《宋代書院與宋代學術之關係》，文史哲出版社 1991 年。
3. 吳國武《宋元書院本雜考——以《書林清話》著錄為中心》，《湖南大學學報》2011 年第 6 期。
4. 吳志堅《元代科舉與士人文風研究》，南京大學博士論文 2009 年。

X

1. 徐梓《元代書院研究》，社會科學文獻出版社，2000 年。
2. 薛穎《元代江西書院刻書考論》，江西師範大學碩士論文 2008 年。
3. 肖書銘《明清時期福建官府刻書研究》，福建師範大學碩士論文 2011 年。
4. 肖永明、於祥成《書院的藏書、刻書活動與地方文化事業的發展》，《廈門大學學報》2011 年第 6 期。
5. 熊桂芬《從〈切韻〉到〈廣韻〉》，商務印書館，2015 年。

Y

1. 余迺永《俄藏宋刻〈廣韻〉殘卷的版本問題》，《中國語文》1999 年第 5 期。
2. 余迺永《澤存堂本〈廣韻〉之版本問題》，《語言研究》1999 年第 2 期。

3. 葉憲允《論福建鼇峰書院的藏書與刻書》,《上海高校圖書情報工作研究》2005年第 4 期。

Z

1. 曾建華《古代書院的藏書與刻書》,《出版科學》2005 年第 5 期。

2. 張秀民《中國印刷史》,浙江古籍出版社,2006 年。

3. 〔美〕周紹明著,何朝暉譯《書籍的社會史——中華帝國晚期的書籍與士人文化》,北京大學出版社,2006 年。

4. 張亮、譚曉明《善本古籍〈廣韻〉版本考》,《圖書館學刊》2010 年第 3 期。

5. 張亮《善本古籍〈廣韻〉版本考》,《圖書館學刊》2010 年第 3 期。

6. 張發祥《元代撫州書院述論》,《東華理工大學學報》2015 年第 4 期。

7. 張亮、鄭國新、丁一聞《徐宗元尊六室所藏〈廣韻〉及批校題跋輯錄》,《圖書館學刊》2019 年第 3 期。

8. 趙路衛《元代士人與書院——以長江流域為中心》,湖南大學博士學位論文,2017 年。

後　記

　　呈現在讀者面前的是我的一本研究元泰定圓沙書院所刻《廣韻》的小書。
這本書的緣起是在江西省文化藝術科學重點研究基地「書院文化與教育研究
中心」申請到了江西省文化藝術項目，涉及到書院與刻書問題的研究。由於我
的專業是傳統小學，特別是音韻訓詁學。所以我就從書院、刻書、韻書這個角
度來思考問題。後來隨著研究的深入，我對江西的圓沙書院的性質產生了新的
認識，這個書院有可能是江西的，也有可能是福建的。這個書院有可能不是純
粹的書院，而可能是書坊性質的刻書機構。但是，目前的條件和材料難以讓我
做出確切的判斷。我認為這個書院有可能是江西的，因為福建書院的研究資料
並沒有提及圓沙書院這個機構，而相反，大多數的江西文獻都有提及。所以，
有可能是江西的書院，但是刻書的特色卻是福建建陽性質的。因為江西和福建
相鄰，所以相互影響，有時分不清彼此。因為刻書文化已經相互交融了。

　　研究泰定圓沙書院本《廣韻》，我主要從版本比較入手。重點比較了俄藏黑
水城本這一詳本且出現較早的版本，比較了重修廣韻以及原本廣韻，比較了元
代同樣是略本廣韻的南山書院本，比較了古逸叢書本這一在圓沙書院本之後重
修的版本。目的就是通過比較，來認識泰定圓沙書院本《廣韻》的特點，並盡
可能的梳理版本源流。

　　版本學對於我來說，並不是我的專長。我其實側重小學文獻，具體點是側
重音韻文獻。所以對版本的認識有些並不深刻。這是需要坦誠的。但是經過這

次寫作與研究，我對版本的興趣建立起來了，也更加喜歡「文本」的問題了。後來發現，我是在進行語文學的探索。就像維也納退休教授 Steinkellner 論及語文學的問題所說，「語文學的基礎工作是文本校勘與研究，其成果常常就是精校本」，「在校勘的過程中，對文本中出現的各種異讀都要非常清晰地、嚴格準確地記錄下來，不然的話很有可能在最後的階段作出錯誤的選擇和解讀。」而 Pollock 提出了語文學的三個維度，即「語文學作為讓文本產生意義的一門學科，其自身即定位於三個不同的意義層面，即這個文本的起源，它的被接受（認知）的傳統，和它對眼下語文學家自己的主觀性的參與等等」。而牛津大學 Sanderson 提出了文本對勘來建構歷史的兩條關鍵內容：一是要找到這些文本的源頭，辨明這個文本變化、發展的過程和方向，為此必須拓展閱讀的寬度；二是要對產生這些文本的那個文化有深切的瞭解和研究。我覺得以上有關語文學的論述是相當精彩的。而這些論述無疑會指導我將來的研究工作。

　　在寫作過程中，湖北民族大學青年教師陳雲豪博士師兄、國家圖書館研究員向輝博士、北京師範大學文學院青年教師董婧宸博士、青島大學文學院青年教師張佳博士、江西農業大學青年教師孫尊章博士、北京師範大學珠海分校馮先思博士後等對本書的寫作提供了很好的建議和意見，有時很犀利而中肯，有時很委婉而切實，我對此表示感謝。

　　是為記。

李福言

於南昌小經韻樓

2020.08.20